Nekoko
著 猫子
Hihara Yoh
画 緋原ヨウ
「始祖竜、どーん！」
フィリア
Philia
不死者の弟子
The Disciple of Lich
邪神の不興を買って
奈落に落とされた
俺の英雄譚
2
カナタ
Kanata

リリー
Lily
「ニンゲンって、ニンゲンって……
ああ、ああ、脆いです、です
です」
ロズモンド
Rosemonde
「消し飛ばしてくれるわ！
《大地爆轟《グラウンドボム》》！」

「《雷霊犬の突進《ライラプスファング》》！」
ポメラ
Pomera
コトネ
Kotone
「《気紛れ王女の断頭台《フリーキーブレード》》！」

「タダノ、ストーカージャネエカ！」
「だだ、だって、仕方ないではありませんか！
パニックになって錬金生命体の子を吹っ飛ばしてしまいました
そもそも、きっと、私が
睨んでいたの
カナタにバ
こんなの
どんな顔を
出て行けというので
それに、《地獄の穴》からカナタ
追い出した時だって、あんな、あんな私から一方的に突き放す
ルナエール
Lunaère
ノーブルミミック
Noble Mimic

不死者の弟子 2

邪神の不興を買って奈落に落とされた俺の英雄譚

著 猫子 Nekoko
画 緋原ヨウ Hihara Yoh

The Disciple of Lich

This is Heroic Tale of Mine That I Incurred Evil God's Displeasure and Dropped to the Abyss

The Disciple of Lich

This is Heroic Tale of Mine That I Incurred Evil God's Displeasure and Dropped to the Abyss

CONTENTS

第一話 ■ 魔法都市マナラーク

1

《邪神官ノーツ》の騒動より、一週間が経過した。都市アーロブルクから混乱の色が薄れ、事態は一応の落ち着きを迎えていた。《邪神官ノーツ》が都市アーロブルクに訪れ、領主の館に潜んで結界を張ったらしい、というところまでは街中の周知の事実となっていた。

だが、そこにどういう思惑があったのかはわからないが、ガランドはノーツに脅されていた、ということになっているようだった。

「……でも、本当は違ったのですよね？」

馬車の隣に座るポメラが、俺へと尋ねて来る。

「俺が入ったときには、ガランドが既に死んでいたのでよくはわかりませんが……口振りからして、協力関係にあったのをノーツが一方的に裏切ったのだと思います」

「どうしてガランドが脅されていた、なんて話になったのでしょう？」

「そうしておいた方が、都合がよかったのかもしれません。代理で来る領主の方は、ガランドの親戚に当たるそうです。……しかし、仮にガランドがノーツのテロ行為に加担していたとなると、代理領主の家まで首が刎《は》ねられるそうですからね」

貴族による王家への反逆行為があったとなれば、見せしめのために遠い親戚筋まで刑罰が及びかねない。ガランドの部下が嘘《うそ》を吐《つ》いたというよりは、ガランドの加担を見抜いた人間がその事実を握り潰したのかもしれなかった。

実際に貴族の親族纏《まと》めての死刑を行ってしまえば、領地の混乱が大きくなってしまう。だが、だからといって理由もなく見過ごしたとなれば、治安の悪化へと繫《つな》がる。誰も得をしない刑罰を実行するよりも、事実を捻《ね》じ曲げる方を選んだのかもしれない。

「……でも、ポメラには、ちょっと信じられません。まさか……ノーツが倒していたなんて……」

成功していて……あの短い間に、いつの間にか纏めてカナタさんが倒していたなんて……」

「正確には、錬金生命体《ホムンクルス》ですけれどね。ノーツの一族は元々は神官ではなく、王家に仕える錬金術師の一族だったそうです」

強大な力で反抗勢力を押し潰す傲慢さを、宗教の威光を得ることで誤魔化そうとしたのかもしれない。

「まぁ……その話は、今は置いておきましょう。他の人に聞かれると、少し面倒かもしれません」

現在、俺とポメラは、都市アーロブルクを離れ、別の都市へと向かっている最中であった。

領主の交代に伴い、アーロブルクの冒険者ギルドの機能の大部分がしばらく停止するという話だったので、これを機に俺とポメラも移動することにしたのだ。

俺はポメラの修行のため、霊薬の大半を使ってしまっていた。ただ、都市アーロブルクでは圧倒的に素材不足であったのだ。

俺もポメラを連れて都市中回ったが、絶望的な品揃《しなぞろ》えの悪さに愕然《がくぜん》とした。《地獄の穴《コキュートス》》へ取りに戻るか、ちょっと悩んだくらいである。

霊薬……《神の血エーテル》は大事だ。あれは魔力を大幅に回復させてくれると同時に、魔術への理解力をドーピングすることができる。レベル上げや魔術修行には不可欠だ。

ロヴィスに続いてノーツが出てきたことで、この世界では案外レベル数百くらいの相手なら簡単に出て来ることがわかった。身の安全を考えれば、ポメラもまだまだレベルを上げるべきだろう。

冒険者ギルドが機能している都市へと移るためと、霊薬の材料を調達するために、俺達《たち》は都市アーロブルクを出ることにしたのだった。

そんなわけで、俺達は移動の馬車の列へと、護衛枠の冒険者として入らせてもらっている。

この世界ではとにかく魔物が多く、冒険者であっても下位の者であれば、安全に都市の間を通行することができない。そのため、商人や冒険者、移動したい一般市民が協力し合い、日を合わせて馬車の列をなして移動することが度々あるそうだ。商人は馬車を、冒険者は戦力を、一般市民は金銭を出すのが基本であるそうだ。

俺は別に平原くらいならば危機なく越えられるだろうと思っていたが、ポメラの功績を知った商人に、予定が合うならば聖女様にぜひ同行してもらいたいと頭を下げられ、躍起になって断る理由もないので同行することにしたのだ。

今向かっているのは魔法都市マナラークである。魔法学園やら、大規模な錬金術師の研究所やらがあるそうだ。ここであれば、霊薬の素材を手に入れることもできるはずであった。

「ところで……その子は、どこまで連れていくつもりなのですか？　本当に、いいのですか？　カナタさんのことですから、何か事情があってそうしているのだということは、ポメラにはわかりますけれども……。その子、本当に、どういう経緯で、いつ出会ったんですか？　何か、隠していますよね？」

ポメラがじとっとした目で、俺の隣で燥《はしや》いでいるフィリアを見つめる。

「ちょっと誤解なく説明できる自信がなくて……とにかく、今目を離すわけにはいかないんです」

勿論《もちろん》、フィリアも連れてきていた。というか、置いて行ったら都市アーロブルクが今度こそ更地になりかねなかった。

「カナタ！　カナタ！　お外、遠くにすっごい大きな鳥さんがいた！」

フィリアは馬車の帳《とばり》を捲《めく》っては外を見て、感嘆の声を漏らしていた。

……可愛《かわい》らしい童女の姿をしているが、フィリアはノーツの蘇《よみがえ》らせた《恐怖神ゾロフィリア》である。神に仕立て上げるためにノーツの先祖の呪いによって人格を破壊されていたが、俺の《因果破断《カルマブレイカー》》によって元の人格を取り戻している。だが、《恐怖神ゾロフィリア》の力を有していることには変わりない。

「フィ、フィリアちゃん、あんまり身を乗り出すと、そのっ、危ないですよ！　馬車も、凄《すご》く速いんですから！」

ポメラが大慌てで席を立ち、フィリアの肩へと手を触れていた。

この世界の馬車は、荷物がどれだけ重くてもかなり安定した速さを保つことができている。スタミナも地球の馬とは大違いだ。移動用の馬は、ある程度レベルが高い個体を使っているらしかった。他は知らないが、今回の移動に用いられている馬車は、車を遥《はる》かに凌《しの》ぐ移動性能だ。とはいえ、ぶっちゃけた話、俺が走った方が速いことには違いないが。

「カナタさんも、フィリアちゃんのこと、もう少し気に掛けてあげてください。この子……凄く好奇心旺盛ですから、見ていてあげないと危ないかもしれませんよ」

「た、多分大丈夫ですよ」

「た、多分、大丈夫って……」

……フィリアは、この速度の馬車から落ちてもほとんど無傷だろう。なにせ、俺が《英雄剣ギルガメッシュ》でバラバラにしても平然と復活したくらいなのだ。馬車から落ちたくらいであれば、そのまま笑顔で追い掛けて来るはずだ。

馬車の中でポメラ、フィリアと話していると、後ろの馬車から笛の音が響き始めた。笛の音を聞いた御者の商人が馬車の動きを止め、俺達の方へと顔を出した。

「鬼貝で造った、笛の音ですね。全体で魔物の対応に当たって欲しい、という合図です。お願いいたしますね、聖女ポメラ様」

商人の人がポメラへと頭を下げる。

「そっ、その呼び方は止《や》めてもらえませんか！　その、ポメラ……困ります……」

ポメラが顔を赤くし、商人へと必死に伝えていた。

「そうなんですか？」

「はい……お願いします。そもそも、ポメラより、カナタさんの方が遥かに強いですから……」

「あれ、そうだったんですか？　てっきり、ポメラ様の御付《おつ》きの方か何かなのかと」

商人が、少し疑う様に俺の方を眺めていた。

「ポ、ポメラ、普通の冒険者です！　何か……その、話に変な尾鰭《おひれ》が付いていませんか……？」

……もう一つ言うと、ポメラよりフィリアの方が遥かに強い。

「では、行きましょうかポメラさん」

俺は馬車の帳を潜《くぐ》り、フィリアと二人で外へと出た。

「その女の子……馬車に置いて行かなくていいんですか？」

商人が俺へと尋ねて来る。

「ええ、見張っておかないと何をするのかわからない子でして……」

俺は苦笑しながらフィリアを背負った。納得いかない様子の商人を尻目に、俺は後続の馬車の方へと向かうことにした。後から、ポメラが追い掛けて来る。

「カナタさん……フィリアちゃん、連れて行っていいんですか？　カナタさんが守り損ねることはないと思いますけれど、その、万が一のことがあったら……」

「……フィリアちゃんを馬車に残しておくと、馬車がどうなるか不安だったので」

「カナタさん、フィリアちゃんを何だと思ってるんですか……？」

神話級アイテム《夢の砂》を制御する力を得た、レベル１８００の錬金生命体《ホムンクルス》である。本人の人格が純粋な少女のものであることは俺も断言できるが、彼女にとってはじゃれ合いのつもりでも、馬車一つが炎に包まれて塵《ちり》になりかねない。

「だいじょーぶ！　フィリア、強い！」

得意気に言うフィリアを、ポメラが心配そうな目で見ていた。ただ、俺としてはむしろ、なまじ強いためにフィリアが心配なのだ。

周囲を見る。今回の集まりに参加していた八台の馬車が全て停《と》まっており、最後尾の馬車へと走る冒険者達の姿があった。

最後尾の馬車の付近では、冒険者達が大きな牙を持った、白い毛皮の大猿の群れとの交戦を行っていた。ファングエイプという魔物である。

俺は見るのは初めてだが、魔物の詳細については冒険者ギルドの方で聞いたことがあった。群れで活動し、隊商などを好んで追い掛け回す厄介な魔物である、と。ただ、危険度はせいぜいD級である。こちらの冒険者は数も揃《そろ》っている。まず苦戦することはないだろう。

俺達の方へと、二体のファングエイプが駆けて来た。

「悪目立ちしない程度に、ノルマだけ狩りましょうか」

この戦力差なら、俺とポメラの二人で一体でも狩ればお釣りがくる。この二体さえ倒しておけば、文句は言われないだろう。

「せっかくですし、精霊魔法を実戦で使う練習をしておいたらどうですか？」

精霊魔法は精霊の力を借りて発動するため、普通の魔法より工程が多く、発生に時間がかかる。その分、魔力消耗が抑えられ、術者の実力以上の力を発揮できるという利点はあるが、実戦で弱みを隠しつつ強みを前面に出していくのはなかなか難しいのではないだろうか。余裕のある相手に対して用いて、少しでも慣れておいた方がいいだろう。

「は、はいっ！　やってみます！」

ポメラが大杖《つえ》を握る手に力を込める。

「精霊魔法第八階位《火霊蜥蜴の一閃《サラマンダークロウ》》」

炎の大爪の一閃《いっせん》が宙を駆ける。大地が大きく抉《えぐ》れ、その痕は黒色に焦げていた。巻き込まれたファングエイプの一体が、火達磨《ひだるま》になりながら上半身と下半身に分かれ、地面の上を転がった。

遠くから騒《ざわ》めきが聞こえる。……あまり、悪目立ちしない範囲でやりたかったのだが……。

「もうちょっと、下の階位の魔法でよかったかもしれませんね」

「ご、ごめんなさい……。で、でも、ポメラが加減できなくなったのは、半分くらいはカナタさんのせいですよ……？」

ポメラが頬を赤くして俺をジトッとした目で見ている間に、もう一体のファングエイプが彼女へと距離を詰めていた。地面を蹴って跳び上がり、大きな爪でポメラへと飛び掛かる。

「精霊魔法……！」

ポメラが急いで魔法陣を浮かべるが、さすがにファングエイプの攻撃には間に合わなかった。

「きゃあっ！」

彼女は慌てて、そのまま大杖を前へと突き出した。

「ギッ！」

ポメラの突き出した大杖は、ファングエイプの胸部を貫いた。そのままポメラは大杖を高く掲げ、地面へと振り下ろした。勢いよく地面へと叩《たた》き付けられたファングエイプの頭部が、血肉を撒《ま》き散らして爆《は》ぜた。

「あ、危なかった……少し、びっくりしました」

……レベル差を考えると当然の結果だが、少し惨《むご》い。

「ポメラ、もう魔法いらないかもしれませんね……」

ポメラが少し寂し気に呟《つぶや》きながら、大杖についた血肉を振って落としていた。

「油断していると、レベル300くらいの相手に囲まれることもあるかもしれませんよ」

「《歪界《わいかい》の呪鏡》以外で、そんなことあり得るんですか……?」

《歪界の呪鏡》の悪魔はレベル3000前後ばかりなのだが……《歪界の呪鏡》の悪魔の動きをまともに捉えられないポメラからしてみれば、レベル300もレベル3000もさほど大差なく思えてしまうのかもしれない。

「何にせよ……ポメラさん、お疲れ様です。残りのファングエイプはすぐに片付きそうですね。俺達はもう、戻りましょうか」

「フィリアも戦いたい！　ポメラばっかり褒められて狡《ずる》い！」

俺の上で、フィリアが不平を垂れる。ちらりと尻目に彼女の顔を見ると、頬がぷっくりと膨らんでいた。……彼女が機嫌を損ねると、つい身構えてしまう。

そのとき、嫌な気配が近づいて来るのを俺は感じ取った。

ファングエイプだけではない。何かが、ファングエイプに乗じて俺達へと迫ってきている。

「何か……来てますね」

俺は《英雄剣ギルガメッシュ》を抜き、周囲を見回す。

地面を突き破り、一体の真っ黒な蜘蛛《くも》が現れた。犬程の大きさがあり、赤い眼《め》が輝いていた。

俺は距離を詰め、刃の一閃で黒蜘蛛を両断した。地面が割れ、衝撃波で土の飛沫《しぶき》が巻き起こる。

ぱっかりと中央の割れた黒蜘蛛が、砂となって四散する。

「そこまで、レベルは高くないか……」

黒蜘蛛の身体《からだ》が崩れたのは、《英雄剣ギルガメッシュ》の持つ魔力に身体の頑丈さが耐えきれなかった際に起こる現象だ。何か、妙な気配を感じたので変に身構えてしまった。

「カナタ、さすがっ！」

フィリアが、俺の背に摑《つか》まったまま燥いだ。

「ど、どうしましたか、カナタさん？　あの鏡以外で、剣を抜くなんて珍しい……」

ポメラが歩いて寄って来た。

「いえ……少し、まずいことになっているかもしれません」

俺は《英雄剣ギルガメッシュ》を鞘《さや》へと戻し、魔法袋からナイフを取り出した。

《英雄剣ギルガメッシュ》は大体いつもオーバーキルになるため、通常の魔物を相手取るために別の武器を用意しておいたのだ。素手で戦うと、結局加減し辛《づら》く変に悪目立ちしてしまう。このナイフは雑貨屋で買った解体用のナイフを少し磨いただけだが、充分に武器として扱えている。

「まずいこと、ですか？　地下に潜っていた魔物がいたみたいですが……そんなに……」

「潜っていた、ではなくて、潜っている、ですね。まだ、います」

周囲から悲鳴が聞こえて来た。さっきの蜘蛛の魔物が、集まってきていた冒険者達を囲む様にして、一斉に現れたのだ。間隔はそれなりに空いているが、全部で五十近くはいる。

「《モンスターパレード》!?　そ、そんな……」

明らかに群れとして行動することに長《た》けている魔物だ。

この世界において、五十近い数で行動することを前提とした生態の魔物はかなりの脅威であるはずだが、ポメラも初めて見た様であった。俺は遠くの黒蜘蛛を《ステータスチェック》する。

種族：ラーニョ
Lv：24
HP：91／91
MP：84／84

レベル24……だいたいD級冒険者くらいの強さだ。今回戦力として集められた冒険者は、大半がD級冒険者程度だったはずだ。数の差ではこちらがかなり押されている。

あまり悪目立ちすれば、今後別の転移者や《人魔竜》から目をつけられるリスクが跳ね上がる。

しかし、ここで身を隠すために他の冒険者を見殺しにする様な真似《まね》もできない。

「ちょっと本気を出して数を減らしに行かないとまずいかもしれませんね」

「わ、わかりました！」

ポメラが大杖を構えた。広範囲の精霊魔法を放つつもりらしい。

ラーニョの群れが、二十体ほど俺達の方へと向かって来る。尖兵《せんぺい》がやられたことで、俺を警戒対象として見ているのかもしれない。だとすればありがたいことだ。

「ここで一気に数を減らし、手分けして他の冒険者の援護に向かいましょう！」

俺がそう言ったとき、背負っているフィリアが大きく腕を振りあげたのが見えた。

空に虹色の光が輝き、ドラゴンが浮かび上がった。

緑色の肌に、赤い根のような模様が広がっている。大きな翼に、禍々《まがまが》しい爪。その姿に俺は見覚えがあった。仮面こそ被《かぶ》っていないが、前回俺と戦ったときにゾロフィリアが取った姿に間違いなかった。確か、ノーツが《始祖竜ドリグヴェシャ》と呼んでいた姿だ。

ラーニョが大量に現れた時以上の悲鳴が辺りに広がった。ポメラも大杖を構えた姿勢のままでその場に凍り付き、唐突に現れたドラゴンを見上げていた。

「フィ、フィリアちゃん、落ち着いて……！　ちょっと待って！　できれば一回消して！」

「始祖竜、どーん！」

フィリアが腕を振り下ろす。ドラゴンがラーニョの溜《た》まっている地面へと急降下した。大地が大きく抉れ、辺り一帯に地震が起こる。

「フィリア、凄いでしょ？　褒めて！　褒めて！」

フィリアがきゃっきゃと腕を上下に振るう。俺は顔を両手で覆ってその場に立ち尽くしていた。

……多分、フィリアは俺がポメラに呼び掛けた言葉に対し、自分もその対象に入っていると思って喜んで行動に出たのだろう。

ドラゴンの姿はすぐに薄れて消えていった。他の場所にいたラーニョ達も、危険を察知したらしく、交戦を止めて地面へと潜って逃げて行った。

そこまではよかったが……ついでに、他の冒険者達もパニックになっていた。

「今……何が起きたんだ!?」

「ドラゴンがいたぞ！　今すぐここから逃げた方がいいんじゃないか！」

こんなところで冒険者が散り散りになったら、各方向に逃げた冒険者は勿論、残された商人や一般人達もパニックになる。

「お、落ち着きましょう！　とりあえず、ドラゴンは消えたようですし……！」

俺が大声で他の冒険者に呼び掛けてはみたが、一向に落ち着く気配が見えない。どうしたものかと思っていると、一人の高齢の冒険者の男が、俺達に向かって頭を下げた。

「まさか、貴女《あなた》様の召喚精霊であったとは！　聖女ポメラ様！」

「……ふぇっ？」

大杖を掲げた姿勢で硬直していたポメラへと、周囲の視線が一斉に集中した。

都市アーロブルクでの一件と、ドラゴンが現れた際に丁度杖を構えていたせいで、どうやら彼女が呼び出したらしいと、男は勘違いしてしまったらしい。

「あ、あの、あの……ごめんなさい！　ポメラにも、何が何だか……えっと、えっと……」

その場でおおっと歓声が上がり、拍手が響き渡った。人目が集まることに慣れていないらしいポメラは、顔を真っ赤にしてあたふたとしていた。

……ポメラには本当に申し訳ないが、とりあえずこの場の混乱を抑えるためにはこの流れに便乗した方がよさそうだった。俺は表情を殺し、内心で謝罪しながら周りに合わせてポメラへ拍手しておいた。フィリアも事態を知ってか知らずか、俺に合わせて笑顔で楽しそうに手を叩いていた。

2

魔物の襲撃が無事に片付き、馬車はまた魔法都市マナラークを目指して出発した。

「すいません……なんだか、全部ポメラさんに投げているみたいになってしまって」

俺は馬車の中でポメラへと頭を下げた。

「それはいいのですけれど……いえ、いいのかどうかはわかりませんけれど………」

ポメラが複雑そうな表情を浮かべた。……ポメラはここ数日で、街の人達を治療しつつノーツの結界を退けた都市アーロブルクの英雄になり、強大な竜の精霊を使役する召喚術師になってしまったのだ。色々と思うところはあるだろう。

「その……フィリアちゃんは、いったい何者なんですか……?」

ポメラが、不安そうにフィリアを見る。

さすがにポメラにこれ以上黙っているわけにはいかなそうだ。どの道、一緒に行動している以上、誤魔化し続けることも不可能だったのだ。

俺は確認の意思を込めて、フィリアへと目で合図を送った。一応、ポメラに話す前にフィリアより了承を得ておきたかったのだ。

フィリアは相変わらず椅子から身を乗り出し、帳を捲っては外を眺めて喜んでいた。俺の目線を受け、フィリアが振り返る。

彼女は俺と目が合うと、にこっと笑みを浮かべた。可愛いけど、そうじゃない。

「フィリアちゃん、ポメラさんにフィリアちゃんのことを話しておきたいんだけど、大丈夫かな?」

俺が尋ねると、フィリアが笑みを消し、無表情になった。

どうやら答えあぐねているようだ。五千年前のことや、《恐怖神ゾロフィリア》であった頃の記憶がどれだけ残っているのかはわからないが、壮絶な過去であったはずだ。人伝《ひとづて》に軽々しく話されることを良く思っていないに決まっている。

フィリアがまた笑みを浮かべて、長椅子の上を這《は》って俺の膝の上へと座った。

「フィリアちゃん？」

フィリアが首を伸ばし、俺の顔を振り返る。

「フィリア、難しいことわからないから、フィリアのことは全部カナタに任せる！」

満面の笑みでそう言いきられてしまった。

……さっき考え込んでいたのは、自分のことがよくわからなかったからなのかもしれない。ノーツの先祖はそれなりに強力な呪いをフィリアに植え付けていたようであったし、封印の期間もあまりに長すぎた。自分が何者なのか、よくわかっていないのだろうか。

いや、もしかしたら単に、覚えていないことにしたのかもしれない。思い出すのも辛《つら》い記憶ばかりだろう。それに、フィリアの特殊な状況を思えば、彼女に関する判断を誤れば、保護している俺の立場がどうなるかもわからない。フィリアは、俺達に気を遣って『判断を全て任せる』とそう言ってくれたのかもしれない。

「フィリアちゃん……」

俺が声を掛けると、体重を預けるように倒れて来た。目が閉じており、心地良さそうに吐息を漏らしている。燥ぎ疲れて眠くなったらしい。

俺の考えすぎだったのだろうか？　いや、どちらとも言い切れない。だが、フィリアが俺に判断を任せてくれた、そのことには変わりはない。

「彼女は、ノーツが封印を解いた、大昔の人間なんですよ」

「ふぇ……？」

ポメラが目を丸くする。

「ノーツは、フィリアちゃんを使って王国転覆を目論《もくろ》んでいたみたいですね。フィリアちゃんにそこまでの力があるとは思いませんでしたけど……戦っていて、俺もちょっと冷やっとしました」

あのときはまさか、四人の自分に襲われることになるとは思わなかった。

「…………」

ポメラは黙ったまま口をぱくぱくさせていた。

「ポメラさん？」

「カナタさんを少しでも追い込むなんて、化け物じゃないですか……」

「ポメラさん、俺のことなんだと思ってるんですか？」

ポメラがはっと気がついたように手で口を塞ぐ。

「勿論、今のフィリアちゃんに戦闘の意志はありません。ノーツの遠い先祖が、フィリアちゃんを制御するために呪いで縛っていたみたいでしたが、それはもう解いてありますから」

「い、いえ……で、でも…………ほ、本当に、大丈夫なんですか……？」

ポメラが落ち着かない様子で俺へと尋ねて来る。

ポメラが脅《おび》える理由もわかる。俺もフィリアをどうするべきなのかはかなり悩んだが、しかし今の彼女の様子を見ていると、殺すことも置き去りにしていくことも、選択肢として有り得なかった。だったらいくら考えても、連れていく以外に道はなかったのだ。

「ひゅう」

そのとき、フィリアが寝言を漏らしながら、俺の膝で顔を横に倒した。心地よさそうに眠りながら笑みを浮かべていた。さっきまで脅えていたポメラの表情が緩み、フィリアに釣られるように笑顔になる。

「不安な気持ちはわかりますが……フィリアちゃんを見捨てるわけにはいかなかったので」

「そう……ですね」

ポメラが小さく頷《うなず》いた。

3

馬車での移動は、以降は特に魔物の襲撃やらの大きな問題が生じることはなかった。出発から五日が経《た》ったところで、大きな壁に囲われた都市が見えて来た。壁を越え、高いとんがり屋根が少し覗《のぞ》いている。

「あれが、魔法都市マナラークですか」

「みたいですね。アーロブルクからそこまで大きく離れているわけではありませんが……ポメラも、来たのは初めてです。王国内で、魔導書の書庫や錬金魔法の研究施設などが一番充実しているところだと、よく耳にします」

「なるほど……ルナエールさんも、ここに来たら喜ぶかな……」

俺はつい、そんなことを呟いていた。

ルナエールには冥府の穢《けが》れがあるので現実的ではないだろうが……現代の魔導書や研究成果などには、彼女もきっと関心はあるだろう。街の壁越しに見える屋根からして、街並みの景観も凄そうだ。できれば、彼女と一緒にこの都市を訪れてみたかったものだ。

「カナタさん……？」

ポメラの声で、ふと俺は我に返った。

「っと、ちょっと考えごとをしていました。すいません、聞き流してしまいましたか？」

「いえ……その、ルナエールさんって、カナタさんの魔法の師なんですよね？」

ポメラは訝《いぶか》しむ様に声を掛けて来た。

「ええ。魔法というか……魔法を含めた戦いの技術は、ルナエールさんから教わったものです」

ポメラは、ルナエールを妙に気に掛けているようだった。俺の法螺《ほら》話とでも思っているのだろうか。

「それが、どうかしましたか？」

「いえ、ルナエールさんの話をするカナタさん……その……いつも、妙に熱が入っているといいますか……」

「あの人は俺の命の恩人でもありますからね」

ポメラは一体、何がそんなに引っ掛かっているのだろうか。

「名前からして、女の人だと思うのですが……その、ルナエールさんは何歳くらいの方なのですか？」

「せ……」

思わず、千歳ちょっとのはずだと答えそうになってしまった。俺は慌てて口を噤《つぐ》む。

ルナエールがリッチであることがわかってしまう。ポメラを信用していないわけではないが、敢《あ》えて言いふらすようなことではないだろう。人間の寿命の範囲まで下げておいた方が良さそうだ。

「八十歳くらいだったと思います」

「なんだ……ルナエールさん、年配の方だったのですね……」

ポメラがほっとしたように息を吐いた。妙な勘違いが生まれた気がするが……まあ、ルナエールとポメラが顔を合わせるようなことにはならないので大丈夫だろう。

「それがどうかしたんですか？」

「い、いえ！　別にっ、その、だからなんだというわけではないのですけども……！」

ポメラが顔を赤くして首を振った。よくはわからないが、ポメラが納得してくれたようで何よりだ。

4

ついに魔法都市マナラークへと辿《たど》り着いた。都市の中で、旅路を共にしていた商人や、冒険者達とも別れることとなった。

「ありがとうございました。いや、ポメラ様に同行してもらい、本当に良かった」

俺達に声を掛けた商人が、ポメラへとぺこぺこと頭を下げる。

「い、いえ、ポメラは……本当に、大したことは何もしていませんから……えっと、あの……」

「おお！　なんと謙虚な！　今までアーロブルクに、こんな英雄がいたとは知りませんでした！」

ポメラは泣きそうな顔で、助けを求めるようにちらちらと俺の方へと目をやっていた。

……都市アーロブルクの《邪神官ノーツ》騒動やら、フィリアの始祖竜落としやらについては、今更もう弁解することはできない。申し訳ないが、本当に申し訳ないがここはポメラに涙を呑《の》んで欲しい。

「ポメラ、タイヘンそう……」

フィリアが俺のローブの裾を摑みながら、ポメラの様子を眺めてそう呟いていた。フィリアは他人事《ひとごと》のようにそう言っているが、ポメラが大変な原因の大半はフィリアの始祖竜落としにある。

「フィリアちゃん……その、結果として助かったし嬉《うれ》しかったんだけど、あんまり人目につくところで始祖竜を投げるのは止めてね……」

俺が言うと、フィリアはしゅんと首を項垂《うなだ》れさせ、俺のローブを握る手の力を強める。

「ごめんなさい……フィリア、張り切っちゃって。フィリア、カナタの言うこと聞く。人目につくところでは始祖竜投げない」

「わかってくれたらいいんだ」

俺はフィリアの頭を撫《な》でる。

よかった。フィリアも、自分の行動があまりよくないことだったかもしれないということはしっかり理解していたようだった。もう目立つところで始祖竜を投げるような真似はしないでいてくれるらしい。スケールが大きすぎて、自分が何の話をしていたのかよくわからなくなってしまったが。

「俺達からも礼を言わせてくれ！」

「あなたがいなければ、私達も無事にマナラークへ辿り着けなかったかもしれません！」

他の商人や冒険者達も、ポメラの許《もと》へと集まり始めていた。

「い、いえ、いえ、その、あの……」

元々人付き合いに慣れていないポメラが、顔を真っ赤にして慌てふためている。さすがにこの流れはよくなさそうだ。

「おい、ハーフエルフの小娘」

黒い尖《とん》がり帽子の、ローブを被った男がポメラへと近付いていく。身なりや装備からして、恐らくそれなりに成功しているC級以上の冒険者だ。

「正直……法螺話だと思っていた。お前が最近まで下級冒険者だったのは知っているし、結界返しで館が崩れて《邪神官ノーツ》が生き埋めになったなんて話が広まっていたときには、アーロブルクは馬鹿ばかりかと笑っていた。だが、あんなものを見せられては信じざるを得ない。いやはや、目が曇っていたのは、俺だったとはな」

尖がり帽子の男は、訳知り顔で見当外れのことを口走っていた。強キャラ感を醸しながら何を言っているんだこの人は。

「え……？　え……？」

ポメラが本気で困惑していた。

……ともかく、ちょっと強引にでもポメラを連れて去った方がよさそうだ。俺はできかけていた人の群れを掻《か》き分け、ポメラの腕を掴んだ。

「行きましょうかポメラさん、俺達もほら、急ぎの用事がありますからね！　皆さん、ありがとうございました」

「待て、用があるのはハーフエルフの小娘……」

俺は男の摑んできた手を、肩を下げて躱《かわ》した。

ポメラも俺の嘘に便乗し、足を速める。続いて、フィリアが楽しそうに俺と並んで走る。少し走ったところで、足を止める。

「……ここまで来たら、大丈夫そうですね」

「カナタさん……ポメラ、この調子で大丈夫でしょうか……？」

ポメラはしゅんと小さくなっていた。

「……本当にすいませんポメラさん、俺もどうしてこういう流れになってしまったのか……」

そのとき、近くから歓声が上がった。ポメラがそれに反応して、びくっと肩を上下させた。

しかし、歓声の方を見れば、長い金髪の、鎧《よろい》の男が中心にいるようであった。冒険者ギルドが近くにある。金髪の男がギルドに向かうのを、他の冒険者達が出迎えているようであった。

「アルフレッドさん！　依頼を終えて、戻って来ていらしたんですね！」

「レッドトロルの討伐は無事に終わったのですか？」

「やれやれ、そう騒ぐな……。一人で二体のレッドトロルを同時に相手取るなど、大したことではない……」

金髪の美丈夫、アルフレッドとやらが溜め息交じりにそう口にする。

「ええ!?　お一人で、二体のレッドトロルを倒したんですか!?」

周りの歓声が一層沸いていた。

「あまりアルフレッド様の進路を邪魔しないでください！　私達は、忙しいんです！」

アルフレッドの横に並ぶ女剣士が、周囲の冒険者達を追い払っていた。

「レッドトロル如《ごと》きでこの騒ぎとは……。魔法都市はS級冒険者を抱えていると聞いて楽しみにしていたというのに、聞けば半ば引退状態であると言うし……期待していたほどレベルは高くないのかもしれんな」

アルフレッドがそう零《こぼ》す。どこか嫌味な冒険者だが、あの人気振りを見るに、実力は本物なのだろう。

「ポ、ポメラのことじゃなかったんですね……なんだか、恥ずかしいです……」

ポメラが顔を赤くしてベレー帽を押さえていた。……ここ最近、変な形で持て囃《はや》され過ぎて、すっかりトラウマになってしまっているようだ。本当に彼女には申し訳ないことをしてしまった。

俺はアルフレッドを、こっそりと《ステータスチェック》で確認しておくことにした。下手に《ステータスチェック》で強者を盗み見れば、最悪相手に探っていることがバレかねないので控えた方が無難ではあるのだが……好奇心に抗《あらが》えなかったのだ。この人混みの中なら、万が一気付かれたとしても、誰が見たかはわかりはしないはずだ。

アルフレッド・アルゴバート
種族：ニンゲン
Lv　：76
HP　：274／289
MP　：243／266

「……本当に大したことなかった」

てっきり謙遜なのかと思ったが、本気で大したことがなかった。ロヴィスの半分以下である。なんだろうか、《ステータスチェック》を使えば使うほどこの世界の水準がわからなくなってくる。

「どうしましたか、カナタさん？」

ポメラが不思議そうに俺を見る。

「いえ、なんでもありませんでした」

5

宿を取って少し休憩してから、ポメラとフィリアを連れて早速魔法都市で霊薬の材料を探してみることにした。尖がった屋根の、高い建物がずらりと並んでおり、ここの街並みは歩いているだけで楽しい。ちょっと怪しい雰囲気にわくわくさせられる。

猫の風見鶏《かざみどり》のようなものがあった。……風見猫とでも呼べばいいのだろうか？

「カナタさんが何を探したいのかはポメラにはよくわかりませんけれど……きっと、ここなら見つかるはずです。ここは、魔術師にとって聖地と言われている場所ですから」

「エーテルという霊薬の素材が欲しいんですよね。ただ、材料が全然足りていなくて……」

「エーテル……は、ごめんなさい、ポメラにはよくわかりません」

正式名称は《神の血エーテル》である。

【神の血エーテル】《価値：伝説級》

高位悪魔の脳髄を煮詰めたものを主材料とした霊薬。

神の世界の大気に近い成分を持つと言い伝えられている。

呑んだ者の魔法の感覚を研ぎ澄ませると同時に、魔力を大きく回復させる。

かつて大魔術師が《神の血エーテル》を呑んだ際に、この世の真理を得たと口にしたという。


《地獄の穴《コキュートス》》を出た際に、ルナエールから大量にもらっていたものだ。魔力を回復させると同時に、魔法の感覚を研ぎ澄ませる修行の便利アイテムである。

これさえあれば、魔法の修練の効率が桁違いになる。《歪界の呪鏡》で魔法を連打して経験値を稼ぐのにも役立ってくれている。俺も修行のために、自分の血がすべて入れ替わる勢いでエーテルを飲ませてもらっていたものだ。

「ポメラさんにも飲んでもらっていたものですよ。あの、緑色のポーションです」

「……あ、あれ、ですね。覚えています。あの……はい、お腹《なか》がたぽたぽになるまで飲ませていただきましたね」

ポメラが苦笑しながら自分の腹部を摩《さす》った。

「アレがないと、ポメラさんに《歪界の呪鏡》でレベルを上げてもらうことができないんです」

ポメラの表情が引き攣《つ》った。

「カ、カナタさん、あの……もう、レベル上げは終わったのでは？」

「え……？　ああ、いえ、エーテルが少なくなったので控えさせてもらっていたんですよ。魔法都市に来て落ち着いたらまた再開していこうと考えているので、安心してください」

「も、もう、大丈夫ではありませんか？　えっと……その、ポメラ、レベル200台に入っていませんでしたか？」

　ポメラが震える指で自分を示す。

「レベル200くらいだと冒険者としてはそれなりにやっていけるのかもしれませんが……もし外で盗賊みたいな連中に襲われたら、命を落としかねませんよ。できるだけ早くに上げておいた方がいいかと」

　確か、ロヴィスはレベル200ないくらいだったか。しかし部下も連れていたし、ロヴィス程度でも安定して追い返すならレベル250は必要だろう。勿論ロヴィスより強い、危ない奴《やつ》だっていくらでもいるはずだ。

　実際、俺はまだ《地獄の穴《コキュートス》》の外に出てからそう長く経っていないが、ロヴィスにノーツ、ゾロフィリアと戦うことになったのだ。ゾロフィリアは最終的にレベル3000にまで跳ね上がった。最低でも、ポメラもそれくらいまではレベルを上げてあげた方が安全だろう。

「そんな屈強な盗賊団がいるんですか!?　レベル200もあったら……その、ポメラの認識に誤りがなければ、一地方の大英雄くらいにはなると思うのですが……」

　その目線が正しければ、ロヴィスでさえ大英雄に入りかねない。さすがにそれはないだろう。

「フィリアも！　フィリアもエーテル、飲んでみたい！」

　フィリアがぱたぱたと両腕を上下させる。

……フィリアは素の状態でさえレベル１８００あるので、とりあえず強さに関しては今のままで問題ないのではなかろうか。俺はフィリアを保護したというよりも、都市アーロブルクを保護するためにフィリアを連れていくことにしたと言った方が正しい。

フィリアはじゃれているつもりで始祖竜を投げかねない。子猫の群れに混ざった獅子《しし》と言ってもまだ足りない。

魔法の感覚を研ぎ澄ませる、という面でも不要だろう。フィリアは俺が長い修行の末にどうにか習得した時空魔法第十九階位《超重力爆弾《グラビバーン》》を、見ただけであっさりと模倣してしまった。

フィリアはとりあえず第十九階位までは模倣対象さえいれば扱えるということである。結構貴重な霊薬なので、ジュース感覚で飲まれるのは少し困る。

「あ、あまり美味《おい》しくはないよ」

「おいしくなくても飲んでみたい！」

「う〜ん……予備ができたら、味見くらいならいいかな？」

「やった！　カナタ、約束、約束だからねっ！」

フィリアがきゃっきゃと喜ぶ。

「あの、そのエーテルの素材はどういうものがあるのですか？」

ポメラが尋ねて来る。

俺は魔法袋から《アカシアの記憶書》を取り出して、手で捲った。《アカシアの記憶書》は知らないものを調べるときには目前にそれがある必要があるのだが、一度調べたものを調べる際には、それを頭に思い浮かべるだけでページを探り当てることができる。

「主な材料になる悪魔の脳味噌《のうみそ》は《歪界の呪鏡》で手に入るので……後は、これとかこれとかですね」

俺はページを指で止めて、ポメラへと見せる。横からフィリアが首を伸ばしてページを覗いてきた。

【精霊樹の雫《しずく》】《価値：A級》
精霊の世界に聳《そび》え立つ巨大樹、ユグドラシルの雫。あらゆる精霊の源であるともいわれている。高い癒しの効果があり、錬金魔法においても重宝される。精霊王よりユグドラシルに住まうことを許されている高位の精霊と契約を結び、彼らとの交渉を経て手に入れることができる。

【アダマント鉱石】《価値：S級》
紫色の輝きを帯びた鉱石。人の世に存在する中で、最も硬い物質だと言われている。あらゆる魔法に対しての高い耐性を持つ。
地中深く、地脈の魔力の強い部分で夥《おびただ》しい年月をかけて生成されるという。

「他にも色々あるみたいですが、とりあえずこの辺りを確実に押さえておきたいですね。別の材料は、他の品で代用が効くようなものも多いので」

ポメラは《アカシアの記憶書》のページを目にして、真顔になっていた。

「《精霊樹の雫》と、《アダマント鉱石》……ですか？」

「はい。きっとありますよ。ここは魔術師にとって、聖地と言われている場所ですからね」

「……それ言ったのはポメラですけど、えっと……その、ううん……ある……ものなのでしょうか？」

ポメラが首を傾《かし》げ、街の方へと目をやった。

「その……と、とにかく、探してみましょうか。ポメラも魔法都市に来たのは初めてですし……その、もしかしたらあるのかもしれません」

6

俺はポメラ、フィリアを連れて、魔法のアイテムを扱っている建物へと訪れていた。店の内装も綺麗《きれい》で、ガラスケースに首飾りなどのアイテムが厳かに並べられていた。明らかに富裕層といった身なりの整った中年の男女が多く歩いており、俺達には少し場違いな雰囲気でもあった。

「カ、カナタさん……あのう、こんな店まで来なくてもよかったのでは……？　ポメラ達、少し浮いている気がします……」

ポメラは周囲の視線を気にしながら、俺の背後に隠れるようにこそこそと歩いていた。

気にし過ぎだと返したいが……周囲の目は、俺も少し気に掛かっていた。小ばかにしたようにこっちを見てぼそぼそと話をする者の姿もあれば、露骨に嫌悪の表情を浮かべて別のフロアへと去っていく者もいた。

……早めに出た方がよさそうだ。しかし、俺としてはどうしても《神の血エーテル》の素材を集めておきたかった。

実はここに来る前に三つほど店を回ってみたのだが、どこも全く手応えがなかったのだ。それで店の人に、ここいらで品揃えの充実している大きな店がないか聞いて、ここ《ウィッチリング》へやってきたのだが……随分と高級志向の店らしく、あまり俺達は受け入れられていない感じがする。

さっさと探して、さっさと出よう。

「わぁっ！　綺麗！」

フィリアだけは物怖《ものお》じしていなかった。商品に向かって走りだそうとしたので、俺は大慌てで彼女の腕を掴んだ。

「ここではまずいから！　ここではまずいから！」

俺はフィリアへと必死に耳打ちする。周囲からくすくすと笑い声が聞こえてくる。……フィリアには、ポメラと一緒に外で待っておいてもらった方がよかったかもしれない。

そのとき、咳払《せきばら》いが聞こえてきた。顔を上げれば、黒に近い深緑色の髪をした、眼鏡を掛けた女が俺達の前に立っていた。群青のローブに、金の輪に青い水晶を埋め込んだバッジのようなものをつけている。

「この《ウィッチリング》の店員、リーヴァと申します」

「すいません、騒がしくしてしまいまして……」

俺が頭を下げると、リーヴァはハンッと息を漏らした。

「ここまでご足労いただいて申し訳ないのですが、旅の冒険者風情に、私達のアイテムの真価が理解できるとは思えないのですがね……。ここにあるものは、この都市マナラークで錬金魔法の真髄に触れんと、日々研究している方々のために用意した品々なのです」

リーヴァがガラスケースへと腕を向け、面倒臭そうにそう語った。

「こんな店に来なくとも、適当な雑貨店でも選んだらどうですか？　貴方方《あなた》には、それで充分だと思いますが」

「その、どうしても欲しいものがありまして……」

「欲しいもの？　はあ、なんでしょうか？」

リーヴァが興味なさそうに言う。

「その……鉱石を」

とにかく価値S級の、《アダマント鉱石》を手に入れておきたいのだ。もう片方の《世界樹の雫》は見つからなければ最悪自力で手に入れる手段はある。ただ《アダマント鉱石》は、世界のどこを探せばいいのか全く見当がつかないでいる。

「鉱石、鉱石ですか……」

リーヴァは深く溜め息を吐いてから、俺達に背を向ける。

「ついてきてください」

俺は小さく頭を下げ、リーヴァへと続く。ポメラはおどおどと、フィリアは意気揚々と俺の後に続いてきていた。

「まぁ、客だというのならば、どんな世間知らずや失礼な人物、果てはゴブリンだろうが丁重に扱うというのが《ウィッチリング》の方針では有りますし、あくまでここがいいというのであれば我々も真摯に対応させていただきますがね……」

リーヴァはぶつぶつと文句を言いながら歩く。……ゴブリンと同列に相手を語るのは、十分失礼なのではないだろうか？

リーヴァはやがて、同じフロアにあった、あるケースの前で足を止めた。

「このケースの中の鉱石を見てください」

言われて俺が目を移すと、青い、光を放つごつごつとした丸い石があった。直径は五百円玉ぐらいだ。

「いいですか？　これは……」

「《ブルムーン》ですね」

青白く輝く鉱石だ。《地獄の穴《コキュートス》》にごろごろと転がっていたのを目にしたことがあった。あそこで一度、直径十メートル近い巨大な《ブルムーン》に轢《ひ》かれたことがあったくらいだ。

「し、知っていましたか。まぁ、それであれば話が早くていいです。いいですか？　当店で扱っているのは、こうした高価なアイテムばかりであり、貴方が求めているようなものは……」

「確か……D級アイテムだったと思いますが、これが、どうかしたのですか？」

「…………」

リーヴァが無言で顔を顰《しか》める。

俺は少し、この段階で嫌な予感がした。まさか、ここにもD級程度のアイテムしかないのだろうか。

その可能性も、微塵《みじん》も考えていないわけではなかった。この世界では下と上のレベル差が激しい。人間のレベルに限らず、魔法やアイテムにもそのくらいの差があったとしてもおかしくはない。

この店でさえないとしたら、俺は《アダマント鉱石》がもう手に入らない、ということになる。それは困る。

「あの、俺が欲しいのは、別にこれではなくて……もうちょっと上の奴が欲しいと言いますか……」

「あん？」

リーヴァの眉間に皺《しわ》が寄った。

「い、いえ、あったらありがたいなというだけで、別にこの店に不満があるとか、そういうわけじゃないんですが……」

「すごいきれい！　カナタ！　カナタ！　フィリア、これ欲しい！　格好いい！」

フィリアが《ブルムーン》の横にあった首飾りへと目を向けた。《ブルムーン》を装飾に用いている。

「これくらいだったら買ってあげてもいいけれど……」

顔を近づけると、値段の書かれた札が前に置かれていることに気が付いた。札には【三十四万ゴールド】と書かれている。

「えっ、これ、そんなにするんですか!?　《ブルムーン》なのに!?」

見間違いかと思い、俺は顔を一気にケースへと近付ける。三十四万ゴールドも抜かれたら、アーロブルクで依頼を熟《こな》して貯《た》めた資金が吹き飛んでしまう。

《ブルムーン》は所詮D級アイテムだ。加工しているとはいえ、三十四万ゴールドはちょっとぼったくり過ぎなのではなかろうか。《地獄の穴《コキュートス》》にあったものをもっと拾っておくべきだったかもしれない。

仮にこれが適正価格だというのなら、手持ちのアイテムで金銭を作っておいた方がいいかもしれない。ルナエールからもらった物を売り飛ばしたくはないが、ロヴィスの方位磁石は今すぐ売却しても罰は当たらないだろう。あれの価値はA級下位だったはずだ。

「カ、カナタさん、声、少し大きかったかなと、その……」

ポメラがぼそぼそと俺に忠告する。俺が振り返ると、リーヴァが顔を赤くして鼻に皺を寄せ、俺を睨《にら》んでいた。

「す、すいません、あの、別に不当に高いとか、そういうことを言いたいわけではなくて……！」

「出ていけぇ！　世間知らずで失礼な猿が！」

リーヴァが近くに飾っていた杖を手に取り、俺へと振りかざしてきた。

ど、どんなに世間知らずで失礼な相手でも客として対応すると言っていたのに！　いや、今のは俺の言い方も悪かったけれども！

「本当すいません！　すぐに出ていくので！」

俺は杖を壊さないように指で受け止め、回して絡め取って床へと転がした。俺も力加減が上手《うま》くなってきたかもしれない。

そのままポメラの腕を引き、急ぎ足で《ウィッチリング》を去ることにした。

7

「《ウィッチリング》でも、D級アイテムくらいしか扱っていなかったなんて……」

俺は魔法都市マナラークを歩きながら、頭を押さえそう呟いた。

あれから他の店も駄目元で当たってみたが、どうにもならなかった。ルナエールは一体どれだけ規格外のアイテムをあれだけ貯め込んでいたのか。この世界の水準について色々とわかってきたつもりではあったが、一般人は大金をはたいても手に入るのはせいぜいD級アイテムくらいだとは思わなかった。

「あの……もしかしてポメラ、凄く高価なポーションを湯水の如く飲み干していたのですか……？」

D級アイテムの《ブルムーン》の首飾りの時点で、三十四万ゴールドの値がついていたのだ。D、C、B、A、S、伝説、神話と続くと考えれば、伝説級のポーションである《神の血エーテル》はとんでもない値段がつくに違いない。

……かといって、あまり目立つことをして、他の転移者や《人魔竜》との無用な戦いになるようなことは避けなければならない。余っているものでも、考えなしに売却するわけにもいかないだろう。何せ、丁度いい、手頃なアイテムというのが手持ちに存在しない。

「うん……あんまり目安がまだわからないけれど、多分一杯五百万ゴールドくらいなのかな……？」

俺は考えながら答える。とりあえず、ざっくり適当に答えてみた。恐らく、もっと上の値段になるのではなかろうか、とは思うが……。

「ごっ、ごごご、五百万!? ごめんなさい、ごめんなさいポメラ、その、そんな高価なものだって知らなくて……！　ごめんなさいごめんなさい、なんでもカナタさんに従いますし、その、今すぐ吐いて少しでも返します！」

値段を聞いたポメラがパニックに陥った。

「い、いいえ、適当に言っただけなんで！　それに俺も、ルナエールさんからもらっただけなので！」

口にしつつ、俺も俺でルナエールに恐らく一億ゴールドを軽く超える恩があるのだなと実感させられた。《歪界の呪鏡》を含めて、神話級アイテムを幾つも彼女から譲り受けていた。

……本当に、少しでも恩を返せる日は来るのだろうか？

「カ、カナタさんの師匠のルナエールさんは、何者なんですか……？　カナタさん以上に強いだけでも信じられないのに、そんなアイテムをいくつも持っていたなんて……とても信じられません」

「ルナエールさんは、その、世捨て人でして……。外の世界と関わりたくないようだったので、俺の口からあの人のことを話すわけにはいかないんです」

それに、何よりもリッチ、不死者なのだ。ルナエールの存在は教会から決して認められるものではなく、彼女の纏う冥府の穢れは、耐性のない人間に恐怖と嫌悪を植え付ける。

「カナタさん……ルナエールさんのこと、本当に大好きなんですね。いつも、凄く楽しそうか、心配そうかのどちらかですし。お婆《ばあ》さんも、きっと喜んでいますよ」

ポメラがニコニコと微笑《ほほえ》みながら俺へと言う。

「ルナエールさんにお婆さんは失礼だと思いますが……！」

俺はついムッとしてポメラを振り返る。ポメラがびくっと肩を震わせた。

「ひゃいっ！　ご、ごめんなさいっ！」

そこで俺はすぐ、ポメラにはルナエールが八十歳だと伝えたことを思い出した。

「い、いいえ、なんでもありません。本当にすいません、変に声を荒げてしまって……」

俺は咳払いを挟んでごまかした。そもそも自分がルナエールお婆さん説を唱えていたことを忘れてしまっていた。

「…………それはいいのですが、カナタさん、その、ルナエールさんのことで何か嘘を吐いていませんか？　い、いえ、あまり表に出てこられない事情のある人のようなので、それは仕方ないとは思うのですが……」

ポメラがぎゅっと大杖を握り締め、訝しむように俺を見る。

……これ以上ルナエールの話を続けていると、何らかの形でボロを出してしまいそうだ。俺は苦笑いを浮かべつつ、どうにか話題を切り替える術《すべ》がないかを探る。

「カナタ、カナタ！　フィリアね、あそこのお洋服屋さん、もう少し近くで見てみたいの！」

そのとき、フィリアが俺のローブの裾をぐいぐいと引っ張った。彼女は瞳を輝かせ、ローブの裾を引くのとは逆の腕で、遠くの洋服店を指で示している。

この上なくグッドなタイミングであった。やっぱりこの子、色々見据えた上で俺が動きやすいように気を遣ってくれているのではなかろうか。

「よし、わかったよフィリアちゃん。材料の方は諦めた方がよさそうだし、極端に高くなかったら買ってあげるよ」

「やった！　フィリア、カナタ大好き！」

フィリアがぎゅっと俺の腰に抱き着いてくる。俺はフィリアの頭を撫でつつ引き剝がし、洋服店の方へと向かうことにした。

「むぅ……」

ポメラは腑《ふ》に落ちなそうに俺の背を見つめていたが、すぐに俺達の後を追いかけてきた。しかし、彼女は途中で足を止め、ぶるりと身震いをした。

「どうしましたか？」

「い、いえ、少し……悪寒が……ただの寒気みたいですが。もしかしたら、病魔……ですかね」

ポメラが困ったように口にする。そのとき、フィリアが目を見開き、俺の手を振り払って前方へと躍り出た。

「フィリアちゃん？」

遅れて、毒々しいような、懐かしいような、そんな気配を遠くから感じ取った。

フィリアの目線の先を追えば、厚手の黒のローブに身を包んだ魔術師が、高い屋根の上に立っていた。長いだぼっとした袖で腕を隠し、ローブで頭部を覆いつくしている。

ローブ全体に、血のような赤い文字で魔術式が羅列していた。その内容はともかく、レベルの高さは一目見てわかる。俺よりも数段上の魔術師だ。

エルフは世界に宿る精霊と深い交流を行い、身体に馴染《なじ》ませることで長寿となった種族である。俺よりも早く、魔術師の放つ異様な気配を感じ取ったのだろう。

フィリアにも、錬金生命体《ホムンクルス》として持たされた力があるようだ。場面にも左右されるだろうが、感知能力は二人とも俺以上なのかもしれない。

魔術師はじっと俺の方を眺めていた。フードからは、白い絹のような滑らかな髪が靡《なび》いていた。

フィリアが、屋根の上に立つ魔術師へと両手を翳《かざ》す。

「フィリアちゃん、落ち着いて！」

声を掛けるが、耳を傾ける様子がなかった。フィリアの表情はいつもの天真爛漫《てんしんらんまん》なものと違い、

明確な警戒の色があった。

「ぱっくんちょ！」

フィリアが両手を打ち鳴らす。魔術師の立つ屋根が隆起し、変形し、赤茶色の巨人の顔面を模した。

フィリアの制御する《夢の砂》の力だ。あそこまで広範囲で、かつ瞬間的に発動できるものだとは思っていなかった。

空を仰ぐ大きな顔は口を開き、素早く閉じて魔術師を喰《く》らった、かに見えた。

「つかまえた！」

フィリアは言うが、違う。刹那、魔術師は巨人の死角へと回り込んでいた。俺でさえ見逃しかねない速度だった。フィリアからは、巨人が魔術師を喰らったかのように見えたはずであった。

「フィリアちゃん！　あの巨人をすぐに引っ込めて！」

魔術師は袖から腕を伸ばし、口で手袋を咥《くわ》えて剝がす。そのまま二本の指を伸ばして巨人の顔面を小突いた。巨人が振動し、麻痺《まひ》したように動かなくなる。

フィリアも全身が振動し、地面へと倒れそうになった。俺は彼女の身体を支える。

「きゅう……ごめん、カナタ、フィリア、だめだった……」

フィリアが目を回しながらそう口にする。身体に全く力が入っていない。

あの巨人とこっちの人間の姿、どちらもがフィリアの本体なのだ。分裂してもＨＰ・ＭＰが共通していることは、俺がゾロフィリア戦で確認したことでもあった。

虹色の光が舞い、赤茶色の巨人の顔面がただの屋根の一部へと戻っていく。騒動に気づいた都市の住人達が、巨人が戻っていく屋根と、その上に立つ魔術師を眺めて悲鳴を上げていた。

「カ、カナタさん……フィリアちゃんって、レベル、凄く高いのではありませんでしたっけ……？」

ポメラが恐々と声を掛けて来る。

……フィリアは、最低レベル１８００だ。あの魔術師は、明らかにフィリアよりも格上であった。おまけに《夢の砂》の肉体を破壊してもダメージが通りにくいと知ってか、妙な武術でフィリアに振動を加えて、全体の動きを停止させた。《夢の砂》を知っていたのか、単に手を抜いたのかは知らないが、強者であることは間違いない。

魔術師は咥えた手袋を嵌《は》め直し、もう一度俺の方を向いた。それから屋根を蹴って下に降り、姿を消した。

俺は腕の中のフィリアへと目線を落とす。今は身体が麻痺しているようだが、特にダメージを負ったわけではない様子だった。

「……ごめんね、フィリアちゃん。ポメラさん、フィリアちゃんをお願いします！　俺は……その、さっきの魔術師を追ってみます！」

身体の動かないフィリアをポメラへと任せた。

「ポ、ポメラが、フィリアちゃんをですか!?」

ポメラはフィリアを抱えながらも戸惑っていた。

「そっ、そもそも、今の人って、ポメラ達に敵意があったのでしょうか？　フィリアちゃんが一方的に仕掛けて、往《い》なされただけに思えますけれど……」

それはまだわからない。ただ、フィリアにダメージを与えることもできたはずだ。行動不能に追い込んだだけなのは、敵対意思がなかったためではないかと考えられる。

というより、俺は今の人物に心当たりがあった。背丈と髪が、ルナエールと一致していた。距離があったため、特徴的な髪先の赤いグラデーションは確認できなかった。しかし、ルナエールならばあの異様な強さや、フィリアが警戒したことにも説明がつく。フィリアが冥府の穢れとルナエールの魔力の高さを感知したのであれば、過剰反応して先制攻撃に出たとしてもおかしくはない。

もっとも、あれだけ言っていたルナエールがあっさり地下迷宮の外に出て来たとは考え難い。千年間地下迷宮で過ごしていたのに、今更何か外に用事ができたとも思えない。そう容易に腰を上げられるのであれば、俺と一緒に外に出てきてくれたらよかったのにと、つい自分本位に考えてしまう。しかし、少し違和感はあったものの、雰囲気がルナエールに酷似していたのだ。

俺は魔術師の立っていた建物の下へと素早く駆け付けた。気配が途絶えている。ここからどこへ向かったのやら、さっぱりわからない。

「今……不気味な奴が、屋根の上に立っていたよな？　どこへ行った？」

「なんだ、冒険者同士の交戦か？」

周囲の人達はざわついていた。魔術師を見てはいたらしいが、どこへ向かったのかは彼らもさっぱりわかっていないようであった。

高いところから見れば、何かわかるかもしれない。俺は近くの壁に足をつけて駆け上がり、建物の屋根に昇った。周囲を見るが、先ほどの魔術師の姿はなかった。気配も全く追えそうにない。

「ルナエールさん、なわけがないか……」

俺は一人、屋根の上で呟いた。ルナエールだとすれば、このタイミングで俺を追いかけて来る理由もなければ、俺から逃げる理由もない。ルナエールと会いたいと考えていたから、些細《ささい》な共通点を強引に彼女と結び付けて考えてしまったのかもしれない。

しかし、それならそれとして、魔法都市に来ていきなりゾロフィリア以上の相手から目をつけられていることになる。敵対意思はまだ不明瞭だが、厄介なことに巻き込まれそうになっている可能性は高い。もっと一気に距離を詰めて《ステータスチェック》でレベルを調べておくべきだった。きっとまたいつか、あの魔術師と対面することもあるだろう。

街で見かけた冒険者アルフレッドは、魔法都市のS級冒険者に会いに来たが半ば引退状態で残念だ、と口にしていた。もしやルナエールではなく、そのS級冒険者だったのだろうか？

「お、おい、今、とんでもない速さで壁を駆け上がって行った奴がいなかったか？」

「さすがに気のせいだろ」

「あそこ、足跡ついてるんだが……」

建物の下から声が聞こえてくる。まずい、ルナエールかもしれないと考えなしに直進してしまった。変に悪目立ちすれば、また別の危険な連中から目を付けられることに繋がりかねない。

「《短距離転移《ショートゲート》》」

俺は魔法陣を浮かべ、屋根の下へと飛んだ。地面へは少し距離が足りなかったが無事に着地し、その場から去った。

8

ポメラ達の許へと戻り、彼女達と合流した。フィリアはまだフラフラしているようで、ポメラへと身体を預ける様に凭《もた》れ掛かっていた。

「どうでしたか、カナタさん？」

ポメラが俺へと尋ねる。俺は首を振った。

「見失ったみたいです。ただ、恐らく俺より上の相手だったので、戦いにならなくて良かったです」

俺の言葉に、ポメラがさっと蒼褪《あおざ》める。

「ええっ!?　カナタさんより上なんて……そっ、そんな人間が、本当に存在し得るのですか？」

ポメラが大袈裟《おおげさ》に大声で叫ぶ。目を閉じていたフィリアが、その声にびくっと身体を起こしていた。……ポメラは一体俺をなんだと思っているのだろうか？

「俺より上の人はたくさんいますよ。この世界の人間のレベルは結構極端ですからね。ルナエールさんからも、いつ危機に遭うかわからないので警戒しておくようにとよく言われていました」

一般冒険者はだいたいレベル１００より下程度のようだったが、フィリアやさっきの魔術師のように、俺と同等かそれ以上のレベルを持っている人間は確かに存在する。特に、俺のような転移者はそういった危ない人間に目を付けられやすいのだという話だった。

そういった連中ともある程度は渡り合えるように《双心法》なんかも身に付けてはいるわけだが、交戦にならないに越したことはない。

「い、いくらなんでも……そんな……ううん……」

ポメラが首を捻《ひね》りながら、言葉に言い淀《よど》んでいた。

「彼女の敵意の有無はわかりませんでしたが……一応、警戒はしておいた方がいいかもしれません。俺も、情報を集めておこうと思います」

フィリアが過剰反応で攻撃に出てしまっている。これがきっかけとなって後々の対立に繋がる、なんてことも考えられない話ではない。誤解を解いておくべきだろう。

相手の情報次第によっては、これ以上目を付けられない内にこの魔法都市から逃げてしまった方がいいかもしれない。

どちらにせよ、あれほどに腕の立つ魔術師であれば、何らかの形で有名になっているはずだ。情報を得ることはさほど難しくはないだろう。それに、どうしても俺はあの魔術師がルナエールに似ていたと思えてならないのだ。俺がそう思いたいだけなのかもしれないが、確かめておきたい。

「素材集めの方は、その……もう、諦めますか?」

「ううん……正直、これ以上この魔法都市で探してもあまり意味がない気はするんですよね……」

《ウィッチリング》でさえD級アイテムが限界だったのだ。これ以上のアイテムを得るためには、少数の高レベル冒険者とのコネクションを手に入れるか、直接魔境に出向いて探しに向かうかしかないかもしれない。

そのとき、後ろを通りかかった人達の会話が耳へと入った。

「また新しい錬金魔法が開発されたらしいな。《魔銀《ミスリル》の杖》の出している価格設定にも大幅な変動があるって話だ」

「だとしても、んな上流の話、私達なんかには関係ないだろ……」

「おいおい、夢と向上意欲のない奴だな」

その談笑に、俺は足を止めた。話をしていた彼らへと振り返り、歩み寄った。

「すいません！　あの、《魔銀《ミスリル》の杖》について聞いてもいいですか？」

「なんだ？　この都市に来て、《魔銀《ミスリル》の杖》も知らねぇのか」

男の方が、ハンと冷たく笑った。細身だが、背の高い人物だった。

魔法都市マナラークの人間は、この都市に無知な人間に対してやや冷たい傾向にあるように思う。あまり彼らから話は聞きだせないかもしれない。

「いいか？　《魔銀《ミスリル》の杖》は、この都市最高峰の錬金術師団体だ。連中は、半ば善意で販売所も出している。他の錬金術師団達を応援する意味でも、得た技術やアイテムの一部を流しているのさ。競うまでもなく、彼らは頭一つ抜けてるからな」

男は楽しげに話してくれた。てっきり教えてくれない流れではないかと思ったが、案外いい人だった。

「そんなところがあるんですね……」

「兄ちゃん、疎すぎるぜそれは。ちょっと勉強不足だなぁ、《魔銀《ミスリル》の杖》が目的でマナラークに来る人間も少なくないって程なのに。兄ちゃんも、そのローブ、魔術師なんだろ？」

「すいません、世間知らずなもので……」

俺は男へと苦笑いを返す。

「……お前もロクに縁はないだろうに、よくぞそこまで自慢げに話せるな」

横に並んでいた背の低い女が、溜め息交じりにそう零した。男がムッと表情を歪《ゆが》めて彼女を睨む。

魔法都市マナラーク最高峰の錬金術師団、《魔銀《ミスリル》の杖》……。どうやら他のマナラークの錬金術師団とは一線を画する団体のようだ。

最先端の研究団体直属の販売所であれば、高ランクのアイテムも期待できるかもしれない。あったとしても今の俺の手持ちのゴールドでは厳しいだろうが……ポーションの素材になるアイテムの有無や、値段の確認としては悪くない。

「あの……その販売所って、どこにありますか？」

「……いや、あそこは」

女の方が、呆《あき》れたふうに口を挟もうとする。だが、男がそれを前に出て遮った。

「仕方ねえなぁ……俺が、近くのところまで案内してやろう」

「本当ですか？　でしたら、ぜひお願いします。通りが多くて、少し迷ってしまって……」

「おうよ、任せておけ」

男は愛想よく答えてくれた。

「おい、グレッド！　趣味が悪いぞ」

女の方が、男へとそう声を掛けた。男はにやりと笑い、彼女に後ろ手を振った。

「おいおい、俺は何も嘘なんて吐いていないだろ？　こいつが行きたがっているから親切に連れて行ってやろうってだけだ。お前は、先に向かってろ」

女は呆れた顔で男を眺めていたが、俺と目が合うと顔を逸《そ》らし、別の方へと歩いて行ってしまった。なんだろうか、今の意味深な会話は。

「そっちの二人は、お前の連れか？」

男はポメラとフィリアへと目をやった。ポメラが不安げに俺の様子を眺めていたので、どうやら知人らしいと気が付いたようだった。

「そうです。ただ、あの……」

「ま、とっとと二人を拾って行こうぜ。俺も、暇だってわけじゃあないからさ」

「は、はい」

俺は男の言葉に頭を下げた。

俺はポメラ、フィリアに事情を説明し、彼を先頭に《魔銀《ミスリル》の杖》へと向かった。

「ありがとうございます。えっと……」

「ケビンだ」

「ケビンさん、案内していただいてありがとうございます。俺はカナタで……ポメラさんと、フィリアちゃんです」

俺は背後の二人を手で示しながら、そう説明した。フィリアは嬉しそうに大きく手を振っていたが、ポメラは不安げに小さく頷いただけだった。

「礼は結構。いや、それに《魔銀《ミスリル》の杖》にご来店とは、よほど高位の魔術師らしいからな。貸しを作っておいて損はないだろう？」

ケビンは俺達を振り返り、ニヤニヤと笑う。少し、嫌な感じの笑い方だった。

「あははは……何かお返しできる機会があれば、ぜひ……」

「冗談だよ、冗談。そう硬くなるなよ、なあ」

俺の苦笑いを満足げに眺め、ケビンはまた前へと向き直った。ちょっと嫌味な雰囲気はあるが、良い人……だろうと俺は思う。いや、少しだけまだ迷ってはいるが、人間、他者の好意を素直に受け取れなくなってしまってはお終《しま》いだろう。……多分。

「カ、カナタさん……あの、ケビンさん、本当に大丈夫なのでしょうか？　ポメラは……その、少しだけ不安なのですが……」

ポメラがこそっと俺へと耳打ちをしてきた。俺は軽く笑ってそれを誤魔化した。ポメラが不安げにケビンの方を見る。

まぁ……大丈夫、だろう。ここは賑《にぎ》やかな普通の街だ。少なくとも、人気のないところに向かっている雰囲気はない。一応、移動の間にケビンのことは《ステータスチェック》で確認しておいたが、ごくごく普通の一般冒険者といったところだった。凶悪な人物と繋がりがあるとも思えない。大事にはならないはずだ。

やがて、白塗りの、気品を感じさせる高い塔へと辿り着いた。

「ここだよ。ここが、《魔銀《ミスリル》の杖》……この魔法都市マナラークの心臓部と言っても過言じゃない建物だ。地下と二階より上は、関係者以外は立ち入り禁止になっている」

四角柱の塔で、高い位置に大きな時計がついており、その周囲に天使のようなレリーフがついていた。

「ここが、そうなんですね。なんだか……その、厳かな雰囲気ですね」

入り口には銀色の輝きを帯びたグリフォンの像が二つあった。販売所とは聞いていたが、庶民的な雰囲気はない。というより、思ったより人が出入りしている様子がない。

本当に入って大丈夫なのだろうか。少し、気後れしてしまう……。

正直、場違い感がすごかった。《ウィッチリング》でもそうだったが、ここはあそこの比ではない。確かに、ここならば求めているアイテムがありそうな気はするのだが……。

俺はちらりと背後へと目をやる。ポメラは塔を見上げながら、今すぐにでもここから去りたそうな顔をしていた。俺もケビンには申し訳ないが、正直ここには入りたくない。

「きれーい！　楽しそう！」

一人、体調を取り戻したフィリアだけが、目を輝かせて嬉しそうに燥いでいた。

「どうした？　行かないのか？」

ケビンが声を掛けて来る。ポメラは無言ながら、俺へと『ここは止めておきましょう』と目で訴えかけてきていた。

「……い、いえ、その」

「そんなわけないよな？　俺が、わざわざ案内してやったんだから」

ケビンが冗談めかしたふうに、軽く笑いながら言う。だが、目が怖い。

ポメラはポメラで、『断ってください』と目で訴えかけて来ていた。俺はポメラからさっと目を逸らした。

「……見学だけでもさせてもらえないか、頼んでみようかなと思います」

「そうか、せっかくここまで来たんだから、入口のところまで付き添ってやるよ」

ケビンが嫌な笑みを浮かべながら言った。

「カッ、カナタさん、カナタさん！　ここ、絶対に入っちゃ駄目な空気です！　あの人……その、カナタさんを笑い者にしようとしているんです！　ポメラには、そんな気がしてなりません……」

ポメラがさっと俺の近くへ寄って来て、小声でそう口にした。

「……すいません、なんだかつい、断り辛くて。もし善意だったらと……」

「絶対そんなことはないと思います！」

「いえ……ないのは俺も何となくわかっているんですが、ここまで付いてきて一方的に騒いで解散するのも変な感じがしませんか？　どう切り出したらいいのかがわからなくて……」

ポメラががっくりと肩を下げた。ジトっとした目で俺を見上げる。

「カナタさん……結構、流されやすい人なんですね……」

「……すいません。あの、責任持って俺だけで行きますんで、近くで待っておいてもらっても……」

「……カナタさんが行くなら、ポメラも付き添いますよ」

「本当にすいません……」

俺はポメラへ小さく頭を下げた。ケビンがニヤニヤと笑いながら俺達の様子を眺めていたが、俺が顔を上げると何事もなかったかのように顔を逸らした。

「フィリア、あの像触ってみたい！……怒られるかな？」

フィリアだけが、純粋に楽しそうに燥いでいた。

グリフォンの像を越え、扉からそうっと中へと入った。中にはカウンター越しに、灰色のローブを纏った女の人が立っていた。

ローブには、杖の様な模様が入っている。どうやら《魔銀《ミスリル》の杖》の受付の方であるらしい。

「……えっと、一般の方でしょうか？」

受付の人は俺達の統一感のない格好を眺め、訝しむ様にそう口にした。

「あ、俺はただの付き添いなんで」

ケビンがその場から二歩退き、諂《へつら》うような笑みを浮かべた。受付の人が、ケビンの言葉を聞いて面倒臭そうに目を細める。それから俺とポメラ、フィリアの顔触れを見て、白け切ったように息を吐きだした。

……やはりケビンは、半ば嫌がらせのためにわざわざ俺達をここまで案内してくれたらしい。この時点で、俺はもう既に出ていきたくなっていた。

9

「……本日のご予定は、購入でしょうか？」

受付の人が俺へと声を掛ける。

「は、はい。ただ、あまり手持ちがなくて、その、少し下見させてもらえればなと……」

俺はしどろもどろながらに答えた。

「面会の約束を取っていた魔術師の名前を仰《おっしゃ》ってもらえますか？」

「いえ、特には……」

「……外部の人間が中に入るには、付き添いの所属魔術師が必要なことはご存知でしょうか」

受付の人が子供をあやす様な、小ばかにするかの様な口調でそう言った。俺はついケビンを睨んだ。

「それと、そっちの子供も《魔銀《ミスリル》の杖》に連れて入るつもりだったのですか？　わざわざそんな規則を設けてはいませんが……普通に考えて、あり得ないかと。ご遠慮いただきたいですね」

受付の人が、フィリアへと目をやってそう言った。フィリアがびくっと肩を震わせ、俺のローブを摑んで背後に隠れて、しゅんと小さくなる。

「……フィリア、外で待ってる」

……というより、この調子だとそもそも俺達は入れそうにない。受付の人の言葉から察するに、内部の人間と何らかの繋がりがない限りはそもそも入れないシステムになっているのだ。

こうなった以上、適当に恥を搔いてこの場を去って、とっととケビンから離れるしか俺達に選択肢はないだろう。

「そもそも、貴方方は通行証をお持ちでしょうか？　まず通行証の申請をしてもらい、一週間程度審査の時間をもらうことになっているのですが……」

「その審査にさえ通れば、この施設を使うことはできるのでしょうか」

もしかしたら、審査の詳細次第では《魔銀《ミスリル》の杖》の通行証を手に入れることができるかもしれない。一週間は長いが……俺達に特に、急いでしなければならない用事があるわけでもない。

「あのですね。一般の方が通るには、特別な紹介があるか……最低でも、冒険者ギルドでB級以上である必要があります。別に、その条件を満たすからといって審査が通るわけでもありませんが」
B、B級以上、か……。俺とポメラはまだC級冒険者だ。
一つ上がればいいだけ……ではあるが、冒険者の階位は強さそのものよりも実績の数に重きを置いている節がある。とりわけＢ級以上は審査が厳しくなる。多分……真面目に活動しても、後何年かは必要になってくるはずだ。それに、Ｂ級冒険者は最低限度の条件にすぎないのだ。

「どうした？　申請はしないのか？　《魔銀《ミスリル》の杖》を、この魔法都市の研究機関の最高峰と知って行きたいなんていうものだから、さぞ高名な魔術師だと思ったのだが……」

ケビンがここぞとばかりに俺を詰《なじ》ってくる。

……そういう論調で馬鹿にしてかかってくるつもりだったのか。よくもまぁ、そんなことのためにわざわざ案内を買って出て来たものだ。

フィリアが無表情で腕をケビンへ振り上げようとしていたので、俺はその腕をそっと止めた。

フィリアがやればこの建物ごと壊してしまいそうだということもあったが、そもそも、こんなしょうもない相手にわざわざ喧嘩腰《けんかごし》になる必要もない。

「……すいません、自分が世間知らずでした。手間を掛けさせてしまって申し訳ございません」

俺は受付の人へと頭を下げた。

「おいおい、ここまで案内させておいて、それはないだろう……はぁ。ま、田舎街から出てきた魔術師擬《もど》きはこんなものか。受付なんかより先に、俺に頭を下げてもらいたいものだが……」

ケビンがここぞとばかりに口を挟んでくる。

そのとき、出入り口の扉が開き、ローブを纏った大柄の男が現れた。年齢は五十前後だろうか。顔には深い皺がいくつも刻まれていたが、意志の強そうな精悍《せいかん》な目をしていた。

高い鼻に、白いごわごわとした髭《ひげ》の人物であった。首や腕には、魔術関連の装飾品が目立つ。

受付の人が、びくっと身体を震わせ、背筋を伸ばした。

「ガネット様……お疲れ様でございます。今日は冒険者ギルドに用事があったのでは？」

「お勤めご苦労。別件に、確かめておかねばならないことができたのでな。そちらは部下に投げさせてもらった」

どうやらガネットは《魔銀《ミスリル》の杖》の幹部であるらしかった。立ち振る舞いに威厳とオーラがあった。俺もポメラも、ケビンも、自然と彼の通るであろう奥に続く道を空けていた。フィリアだけがぼうっと通路の中央寄りに立っていた。

「おひげ、硬そう」

俺はそっとフィリアの肩を摑んで通路の端へと引き寄せた。

「気を遣っていただかなくて結構だ。ここに来た目的は、既に果たされたようだ。《魔銀《ミスリル》の杖》に向かっていると聞いてまさかとは思ったが、良いタイミングであった」

ガネットがずんずんとこちらに向かってくる。俺の前まで来た後、ぐるんと身体の向きを変え、ポメラの正面へと立った。ポメラが頭を下げながらそうっと横に退いて道を譲ると、ガネットもそれに続いてポメラの前へと立った。

「あ、あの……ポ、ポメラに、何かお話があるのでしょうか……？」

ガネットはポメラを見つめた後、深く首肯した。

「アーロブルクより戻ってきた部下より貴女のことは耳にしておりました、聖女ポメラ殿。《人魔竜》の悪《あ》しき結界より街の人々をたった一人で守った、S級冒険者相当の魔術師がこの魔法都市を訪れていると。いえ、お会いできて光栄でございます」

ガネットがポメラに対してそう言った。

ケビンと受付の人は顎が外れんばかりに大口を開け、丸くした目が飛び出さんがばかりの驚愕《きょうがく》した表情でポメラを見ていた。ポメラが、助けを求める様に居心地悪そうに俺の方を向いた。

「まさか、《魔銀の杖《ミスリル》》にポメラ殿が来られておるとは思っておりませんでした。さして用件があるわけではないのですが、ポメラ殿がどのような人物であるのかお話ししてみたかったのです」

ガネットは温和な笑みを浮かべながらポメラへとそう言った。

「い、いえ、ポメラはその……そんな、大した人間ではありませんので……えっと……」

ポメラが吃《ども》り気味に答える。どう話せばいいのか、本当に困っているらしい。ガネットは彼女の言葉を聞き、嬉しそうに手を叩いた。

「おお！　謙虚な人物であるとは聞いておりましたが、噂《うわさ》通りの人格者でございますな。しかし、謙遜が過ぎますぞ。《人魔竜》を撃退するなど、そんなことができる人間はこの国にそう多くはございません。この国中から優れた魔術師が集う魔法都市にも、儂《わし》が知る限りでは一人しかおりませんからな」

ガネットが話せば話すほど、ケビンと受付の人は顔を青くしてだらだらと汗を垂らしていた。

「《人魔竜》が出て行ったのは、別の要因があったのだと思います……。ポメラは、被害を抑えようとしていただけなんです。ポメラよりもっともっと凄い人は、いくらでもいると思います……その辺りとかに」

ポメラがちらりと俺とフィリアへ目をやった。

「ふぅむ……いえ、その歳《とし》でそれだけの力を有していながら無名であるのですから、並々ならぬ事情があったのでしょうな。余計な勘繰りをする気はありませぬのでご安心くだされ。不快に思われたのなら申し訳ございませぬ」

ガネットはぺこぺこと頭を下げ、それからほっと安堵《あんど》の息を吐いた。

「実のところ、儂はポメラ殿が危険な人物ではない、ということを確認したかったのですよ。一応、この都市の代表者の一人でもありますからな。それ以上の意図はございません。信頼の置けそうな人柄で安心いたしました」

ガネットの行動があまりに早いと思ったが、どうやら彼がSランク冒険者相当であると見立てたポメラの人柄を、見極めておきたかったらしい。都市とポメラの関係が悪化すれば大事だ、とも考えたのかもしれない。

この世界は個人のレベル格差が大きい。《邪神官ノーツ》程度であっても、彼一人でアーロブルクが壊滅の危機だったのだ。警戒して動くのも当然のことだろう。

「は、はぁ……なるほど……」

ポメラがもどかしそうにそう答える。俺のことを口にするべきか否か、悩んでいるのだろう。

ただ、レベルが知られればそれ以上の存在から目を付けられるリスクが伴う。俺もポメラにだけリスクを負わせるのは心苦しいので明かすべきなのか悩んでいるのだが、ひとまず現状であればポメラを狙って来る外敵程度であれば俺が処理できるはずだ。

ポメラの件もアーロブルクの外ならば知る人ぞ知る、といった程度で、そこまで大事になっていないようだ。余計なリスクを増やす必要はないだろう。

ポメラを狙って動くのはロヴィスクラスだろうが、俺を狙って動くのはゾロフィリアやルナエールクラスになるはずだからだ。

「ポメラ殿らは、この《魔銀《ミスリル》の杖》に入りに、通行証の取得に来たのですかな？　《魔銀《ミスリル》の杖》は、いわばこの都市の心臓。怪しい人物を入れるわけにはいかないので、通常は審査に少し時間を掛けさせていただいているのですが……ポメラ殿でしたら、便宜上、儂の知人ということにして、工程を大幅に省かせていただきますが、いかがですかな？」

俺は唾を呑み込む。願ったり叶《かな》ったりの提案であった。

「ただ、その、ポメラ達は、あまりここのルールを知らなかったもので……。通行証は、外部の人間だと、B級以上の冒険者でないと申請さえ出せないのですよね？」

ポメラが言うと、ガネットは顔を曇らせて受付の人を睨んだ。

「……なるほど、そう言って、申請を蹴ったところだったのか。ポメラ殿はどうにも遠慮がちだが……まさか、失礼な言い方をしたのではなかろうな？」

「い、いえ！　私は、ただここのルールを説明させていただいただけでございます！　まさか、そのようなことだとは……！」

受付の人はあからさまに動揺していた。ガネットはうんざりしたように目を細め、すぐに笑顔に戻ってポメラへと向き直った。

「申し訳ございません、ポメラ殿。ここマナラークは、少しばかりその……選民意識の強い者が多く、外部の人間に冷たく当たることがございまして……。ポメラ殿が、不快な思いをされていなければよいのですが」

……なるほど、だからか。《ウィッチリング》を筆頭に魔法アイテムを扱っている店をいくつも回ったが、正直あまり対応がいいとは思えなかった。魔法の研究が他の都市より進んでいる自負があるので、魔法に関してプライドが高いのだろう。

「冒険者ランク自体はさほど高くはないのですな。いえいえ、勿論、そこは特例ということで通させていただきます。ポメラ殿には、少しでも長く、この都市で快適な時間を過ごしていただきたいですからの」

ガネットは受付の人に対しての際とは打って変わって、優しげな声色でポメラへと言った。……ガネットの様子を見て、この世界の権力者は大変なのだなと、俺はそう思った。

「カナタさんはもちろん、入れた方が嬉しいですよね？」

ポメラは俺の方を向いて尋ねてきた。俺は控えめに頷いた。

正直、滅茶苦茶《めちゃくちゃ》嬉しい。多分、ここで手に入れ損なえば、A級アイテムの《精霊樹の雫》とS級アイテムの《アダマント鉱石》は自力で取りに行くしかなくなる。

「ではその……ガネットさん、可能なのでしたら、お願いしてもいいですか？　ポメラだけでなく、できればカナタさんの分もお願いしたいのですが……」

「ええ、ええ、勿論ですぞ。ポメラ殿の頼みであれば！　お連れの三人の分も、すぐに手配させましょう」

ガネットが笑顔で頷く。

「ガネット様……子供の分も、ですか……？」

受付の人が控えめに尋ねる。ガネットは無言で彼女を睨んだ。

「なっ、なんでもございません！」

受付の人は自分の言葉を素早く撤回し、ガネットへと頭を下げた。

何はともあれ、ガネットのおかげで《魔銀《ミスリル》の杖》に入ることができそうだ。俺はほっと息を吐く。

「……あれ、お連れが三人？」

言ってから気が付いた。どうやら、ケビンがポメラの連れとしてカウントされているらしい。

「ガネット様、そちらの男はただ案内のためについてきた魔法都市の住人です」

受付の人に言われ、ガネットがケビンの方を向いた。

「む、そうだったか。よくポメラ殿を案内してくれた。ご苦労……」

ガネットがそこまで言って、眉を顰《ひそ》める。

「……この都市の魔術師ならば、外部の人間の通行証の申請がほとんど蹴られることは知っているはずだが、何故《なぜ》お前はここまでポメラ殿らを案内した？」

「お、おお、俺は……俺は……」

ケビンは顔を真っ青にしながら、だらだらと汗を垂らしていた。ガネットはポメラ、俺、受付の人の顔を軽く見回す。それで概《おおむ》ねの事情を察したらしく顔に皺を寄せ、それからケビンを睨みつけた。

「お前のような輩《やから》がいるから、マナラークは高慢で意地の悪い人間が多いと言われるのだ。面汚しめが、ポメラ殿の気分を害した責任はどう取るつもりだ？」

「い、いえ、その、その……」

足許《あしもと》に、彼の汗で水溜《みずた》まりができかかっていた。

「もういい、消えろ。顔は覚えたぞ。マナラークから出ていけとまでは言わんが、二度と《魔銀《ミスリル》の杖》の周辺を歩くなよ」

「は、はい！」

ケビンが逃げるように走って去って行った。ガネットはその背を忌々し気に睨んでいたが、くるりとポメラへと振り返った頃にはまた元の笑顔になっていた。

「手続きが終われば、儂が案内をしましょう」

この人……親切で融通が利くが、少し怖い。独特の迫力がある。

10

通行証を用意してもらった俺達は、ガネットに続いて《魔銀《ミスリル》の杖》の奥へと進むことになった。

床には厚い絨毯《じゅうたん》が敷かれており、壁には気品のある絵が掛かっていた。ケースに入ったアイテムが、まるで美術品かのように並べられている。

これまで俺達が見て回っていたアイテムの店とは違い、明らかに研究者肌の寡黙そうな人物が多い。こちらを見てガネットに頭を下げることはあっても、あからさまにこの空間で浮いている俺やポメラをそこまで気に留める様子はなかった。

フィリアは受付の人に『こんな子供を連れて来るなんてあり得ない』と言われたことがショックだったのか、普段より大人しかった。

「……フィリア、いい子にしてる」

「ありがとう、俺も助かるよ。ここまで畏《かしこ》まった場だって予想してなかったから……ごめんね」

俺はフィリアの頭を軽く撫でる。彼女は心地よさそうに目を瞑《つぶ》った。

受付の人の反応からして、フィリアは外で待ってもらった方がいいのではないかとは考えたのだが、今回それは少し難しかったのだ。

ポメラだけでは《アダマント鉱石》はわからないだろうし、《アカシアの記憶書》を貸すにしても見当たらなかった際の代替品を探し出すことはできないだろう。かといって、この状況でポメラを置いて俺だけガネットに案内してもらうというわけにもいかない。

ガネットが関わりを持ちたいと考えているのはポメラの方だからだ。了承はしてくれるかもしれないが、あまりいい気分ではないだろう。

……そして、赤の他人に任せて目を離すには、フィリアはちょっと危険なのだ。彼女自身は純粋なのだが、放っておくと前のように始祖竜をぶん投げかねない。実際、ケビンに対しても、放置しておくと何かしでかしかねない雰囲気であった。

俺とフィリアが話している間、ポメラはガネットからあれやこれやと話を振られていた。ポメラは必死に受け答えをしながら、助けを求める様にちらちらと俺の方を見ていた。

……も、もう少し、彼らの会話に首を突っ込んだ方がいいのだろうか。だが、ガネットが話をしたいのはポメラの方だ。あまり会話に割り込むと、ガネットから邪魔者として認識されかねない。彼の機嫌を損ねるのは極力避けておきたいところだ。

俺は歩きながら、周囲の展示物を眺める。ケースには展示物の詳細が書かれた板が添えられていた。

《魔銀《ミスリル》の杖》は、これまで見て回ってきた店とは格が違う。本物の店だ。ここでなら、俺が探している素材もきっと見つかるだろう。

ただ……一つ、難点があった。

「あの……ガネットさん、俺達はその、目的の物があるのかを確認したくて来たのですが、実は今、あまり金銭に余裕がないんです。わざわざ忙しいところをついてきてもらって、その、申し訳ないのですが……」

D級アイテムでさえ三十万ゴールド以上の値がついていたのだ。恐らくS級アイテムの《アダマント鉱石》は、倍以上の値段になっているはずだ。下手すれば、百万ゴールド近くまで行きかねない。残念ながら、今の手持ちのゴールドではちょっと及ばない。

「なんと、そうでしたか。しかし、ポメラ殿さえよろしければ、支払いはまた次の機会に、という形で構いません。貴方方とは、少しでも長いお付き合いになればと考えておりますのでな」

ガネットが温和な笑みのままそう言った。ありがたい提案ではあるのだが……あまりこの人に、借りを作りすぎない方がいいような気がする。

「して、ポメラ殿は何をお探しなのですか？」

ガネットがポメラへと尋ねる。

「え、えっと……鉱石を、お願いします。それで、いいのですよね、カナタさん？」

ポメラがちらりと俺の方へ確認する。俺は小さく頷いた。

ガネットは俺とポメラの様子を訝しむように眺めていた。俺とポメラの関係を測りかねているようであった。

ポメラがガネットへと向き直ると、彼は何事もなかったかのようにまた笑みを浮かべる。

「鉱石ですな、お任せください。ここ《魔銀の杖《ミスリル》》は、鉱石の品揃えには特に自信があります。何せ、抱えている魔術師の量と質は、宮廷錬金術師団にも匹敵すると言われておりますからな」

ガネットが得意気に言った。

俺達はガネットに続いて階段を用いて、三階にある一室へと入らせてもらった。

「本来ならば、ここは内部の人間か、通行証持ちの中でも十年以上付き合いのある方に限定させていただいておるのですが……儂の権限で、ポメラ殿らは特別にご招待いたしましょう」

大きな部屋にいくつものガラスケースが展示されており、中には多種の鉱石が並べられている。外見の全く異なるカラフルな鉱石が並べられている様子はとても綺麗であった。

「わっ、綺麗……！」

フィリアが感嘆の声を漏らした後、はっとしたように口を両手で塞いでいた。

「ええ、そうでございましょう？　配置にも気を遣っているのですよ。気に入ったものがあれば、首飾りに加工したものをプレゼントいたしますよ」

ガネットが少し頭の位置を下げ、フィリアと顔を合わせてそう言った。

「本当!?」

フィリアが目をキラキラさせる。

俺は自分の血の気が引いていくのを感じた。ここの鉱石は百万ゴールド近い額であってもおかしくはないのだ。さすがにその借りをガネットに作るべきではないように思う。

「フィ、フィリアちゃん、さすがにガネットさんに悪いから、ここは我慢しよう」

「……そっかぁ。カナタが言うなら、そうする」

「その、余裕ができたら、またいつか買ってあげるから……」

「カナタがプレゼントしてくれるの！　フィリア、待ってる！」

フィリアが両腕をぱたぱたさせて燥ぎ、それからはっと気が付いたようにまた両腕で口を押さえた。

「ほっほ、少しくらい大きな声を出しても問題はありません。今は、この部屋に他の方はおりませんからな」

ガネットに案内してもらいながら、室内に展示されている鉱石を見て回った。

「こちらの《マナラーク鋼》は、この《魔銀の杖《ミスリル》》独自の錬金術で造り出したものなのですよ。どうですか？　この仄《ほの》かに赤い銀色が、なかなか美しいでしょう？」

ガネットがやや得意気に、綺麗な直方体に加工された金属塊の紹介を行う。

横に五十センチメートル程ある。丁度、加工すれば剣一本分程度になりそうな量だ。

「複数種の希少金属をもとに造られた、高い性能と加工のしやすさを併せ持つ金属なのです。ただ、これを錬金できる人間が、この《魔銀の杖《ミスリル》》であっても片手で数えられるほどしかいないのが難点ですがね」

この《魔銀の杖《ミスリル》》の集大成というべき金属なのか。錬金術の素材となった金属に加えて、技術料も乗ってくることだろう。決して安価ではないはずだ。

「……あの、どのくらいの値段がついているのでしょうか？」

ポメラが恐々と尋ねる。

「そうですな。基本的にこの塊一つで、百五十万ゴールドの値をつけさせていただいております」

「百五十万……」

俺は思わず値段を口に出して復唱する。人間のレベルに格差があるように、高いアイテムはとことん高い、ということは覚悟していた。ただ、こうもあっさりと百万ゴールド越えが出て来るとは思わなかった。

低級依頼をのんびりと熟しているだけでは、この額はなかなか手に入らない。やはりS級アイテムともなればとんでもなく高額なものなのだ。D級アイテムで三十万ゴールド越えが出てきたところでもう少し警戒するべきだったかもしれない。

今後の方針を切り替える必要があるかもしれない。俺も、冒険者のランクをもう少し気にして活動するべきか。いや、もう依頼を受けるよりも高額な買取が行われている魔物の素材を狙って、《地獄の穴《コキュートス》》のような地下迷宮に潜ったりした方がお金を稼ぐには効率がいいか。

レベル100程度を装っておけばA級冒険者までは見えてくるはずだし、規格外の危険な連中に目をつけられる心配も少ないはずだ。

それに、S級アイテムの中にも差はあるはずだ。もしかしたら《アダマント鉱石》はもうちょっと安いかもしれない。八十万ゴールド程度で手に入ってくれるとありがたいのだが。

「……と、《マナラーク鋼》の話はどうでもよかったですな。長々と話してしまって、いや、お恥ずかしい。大半の鉱石や金属はここに揃っておりますので、お探しのものを言ってください。場所は全て、把握しておりますからな」

俺は店内を見回す。知らない鉱石や金属ばかりで、よくわからない。

「《アダマント鉱石》は、どこにありますか？」

「む……？　申し訳ございませんが、聞き損じてしまいました。もう一度お願いできますかな」

俺が尋ねると、ガネットは照れたように笑いながらそう零した。

「実は《アダマント鉱石》を探していまし……」

俺が名前を言い切ったところで、ガネットの笑顔が凍り付いていることに気が付いた。

俺も自分の顔が強張《こわば》るのを感じていた。……何か、違うぞ、これは。

ちらりとポメラを見ると、彼女は『やっぱりそうでしたか』とでも言いたげな顔で気恥ずかし気に頭を押さえていた。

「ちょ、ちょっとすいません！　名前がこんがらがってしまっていて、変なことを口走ってしまいました」

俺は《アカシアの記憶書》を魔法袋より取り出し、ガネットの話していた《マナラーク鋼》へと意識を向けながら捲った。


【マナラーク鋼】《価値：C級》

都市マナラークにて開発された合成金属。赤の掛かった銀の輝きが美しい。

都市マナラーク及び周辺都市において、武器の素材として用いられることが多い。金銭に余裕のあるB級冒険者や、手頃な武器が見つからないA級冒険者からよく好まれる。

人気が高くやや生産数が追い付いていない傾向にあるが、製造している《魔銀《ミスリル》の杖》が良心的であるため価格が安定している。


開いたページの価値のランクを見て、俺は遅ればせながら全てを察した。血の気が引き、変な汗

が身体の奥から溢《あふ》れて来るのを感じる。

価値のランクは神話級、伝説級、S級となっているはずなので、S級とはいっているが、上から三番目なので大したことはないだろうと思い込んでいた。それに《地獄の穴《コキュートス》》の下の階層では、ちょっと歩けば何かしらのS級アイテムが簡単に見つかっていたのだ。

だから俺は、価値の度合いを数段見誤っていたらしい。多分《アダマント鉱石》は店を回って見つけられるようなアイテムではないのだ。というか、あの《地獄の穴《コキュートス》》はそこまでぶっ飛んだところだったのか。

C級で百五十万ゴールドだったら、S級は一体どうなるんだ……？　単純に一つランクを跨《また》ぐごとに倍と考えても、一千万ゴールド以上の価格になることになる。ここまでの感覚だと、日本円とゴールドにそこまで大きな違いはなかったので、一千万円相当ということになる。

こんなことなら適当にS級アイテムを詰めて持ってきておくべきだったか。いや、この様子だと売りさばくのにもかなりのリスクが伴いそうであるし、纏まったお金があってもC級までのアイテムしか買えないのであれば、あまり意味はないかもしれない。

「……あれ、俺がルナエールさんからガブガブと飲ませてもらっていた《神の血エーテル》って、あれ一本数千万ゴールド相当だったんじゃ……」

いや、下手したらそれ以上だったかもしれない。思考がぐるぐるして気分が悪くなってきた。というか、金銭感覚がぶっ壊れそうだ。

「どうなさいましたかな、ポメラ殿のお連れの方……？　何やら体調が優れないようですが」

「……あ、あの、参考までに聞いてみたいだけなのですが……この施設には、どの程度の価値のランクのアイテムまで置いてありますか？」

「外部の方に公開しているのは、Ｃ級アイテムが一番上になりますな。Ｂ級アイテムは、我々にとっても貴重な研究対象となりますので。それが、どうかなさいましたか？」

俺は頭を抱えた。……どうしよう、たった今、この魔法都市マナラークへ来た理由の大半がなくなってしまったかもしれない。ガネットの優しげな表情が苦しい。

11

《魔銀《ミスリル》の杖》に置いている鉱石や金属の確認を終え、《アダマント鉱石》やその代わりになりそうなものがないことが発覚した。ひたすらこちらの顔色を窺《うかが》うガネットをどうにかやり過ごし、俺とポメラ、フィリアは、《魔銀《ミスリル》の杖》を後にすることにした。

歩き回り続けた上に妙な気疲れもあったので、休憩を兼ねて早めに食事を取ることにした。目についた酒場へと入る。

「酒場ですか……」

ポメラが呟くように口にする。俺は彼女の言葉につい身構えてしまった。

「……俺はあまりお酒は得意ではありませんし、ポメラさんにもその……あまり酔っ払って欲しくはないので、食事だけでお願いしますね」

「そ、そのう……ポメラ、以前、そんなに酷《ひど》かったのですか……？」

ポメラが不安げに尋ねて来る。俺は苦笑いを返答ということにさせてもらった。

「その反応が、一番もやもやするのですが……」

「……多分、聞かない方がいいと思います」

「そ、そんなにポメラ、酷かったのですか……？　いえ、カナタさんが聞かない方がいいと言うのであれば、聞かないでおこうと思います……。その、迷惑を掛けてしまったみたいで、申し訳ありません……」

ポメラが項垂れる。俺の脳裏に、机に頬擦《ほおず》りしながら快活な声で『カナタしゃーん』と口にしていたポメラの姿が浮かぶ。……俺もあのときのポメラは見なかったことにしよう。

「えっと……それで、その、鉱石の件はもう諦めるのですか？」

俺は深く頷く。

「ええ、それに関して大変なことに気が付きました。どうやら、都市で購入できるアイテムはＣ級アイテムが限界のようです。ここより上は、他の冒険者と直接繋がりを作るか、自分で取りに向かうしかないのかもしれません……」

俺は頭を手で押さえる。もう少し《神の血エーテル》を慎重に扱うべきだったのだ。価値を見誤って、とんでもないことをしてしまったかもしれない。

「あっ……やっぱり、気が付いていなかったのですね……」

ポメラが遠い目でそう言った。

「ごめんなさい、ポメラがもう少ししっかり伝えるべきだったのかもしれません……。あまりにもカナタさんが自信満々だったので、ポメラの方が何か勘違いしてるのかなと考えてしまいまして……」

……やはり、俺の想定していたレベルの基準やアイテムの基準は滅茶苦茶であったようだ。《地獄の穴《コキュートス》》の常識を少しでも引っ張るのは止めておいた方がよさそうだ。もう少し、固定観念を捨てて周囲を見直した方がいいのかもしれない。

「しかし、《アダマント鉱石》が手に入らないとなると、今後どうすればいいのか……。エーテルを用いて、ポメラさんのレベルをもう少し上げてあげたかったのですが……どんどん先延ばしになってしまいますね」

「……その、ポメラのレベルも、別にそこまで上げてもらわなくてもいいような気がすると言いますか……」

ポメラが言い辛そうに口にする。

「カナタ、欲しいものがあるの？」

傍らに座っていたフィリアが声を掛けて来る。

「ああ、希少な鉱石が欲しかったんだけど……思ったよりも三段階くらい希少だったみたいで、手に入る目途がなくなってしまったんだよ」

フィリアは口にしていた食べ物を一気に呑み込み、自信ありげに自分の胸を叩く。

「じゃあ、フィリアがカナタのために出してあげる！　ね、ね、カナタ！　なんていう名前の、どんな石なの？」

「出して、あげる……？」

「早く早く！」

俺が首を傾げていると、フィリアが急《せ》かしてくる。

「《アダマント鉱石》っていう、とても硬い紫色の石なんだけど……」

「わかった！　フィリアに任せて！」

フィリアが手を握って「えい！」と叫び、手を開く。その中には、紫色の光を帯びた鉱石が握り込まれていた。少なくともその外見は、俺の知る《アダマント鉱石》と一致している。

「え、えっ……ええ!?」

俺は驚きのあまり、店の中であるということも忘れて大声を出してしまった。

「フィリア、凄いでしょ？　褒めて、褒めて！」

得意気にそう口にするフィリアの横で、ポメラが呆然《ぼうぜん》と彼女を見ていた。

「カ、カナタさん、これって、いったい……ど、どうなっているのですか？」

「……元々、フィリアちゃんの身体は《夢の砂》の塊だった」

《夢の砂》は、万物を生み出す錬金術の究極の触媒だ。加えて、人の想《おも》いに呼応し、ありとあらゆる願いを叶える力を持っている。彼女はその力を制御して、ドラゴンを生み出したり、俺の力をコピーしたり、分身体を造り出したりと、これまでにもやって見せていた。

しかし……まさか、希少鉱石を思いのままに造り出すことができるなんて、思いもよらなかった。

あまりに便利過ぎる。

ただ、これはある意味、フィリアの身体の一部のようなものではないだろうか。使ってしまっていいものなのだろうか。

「お客様、店内ではお静かに」

俺が場所も忘れて興奮していると、酒場の女店員からそう警告を出されてしまった。

「……すいません、つい」

謝りながらも、頭の中はもう《夢の砂》のことでいっぱいになっていた。

食事が終わってから、宿屋の一室にてフィリアの生み出した《アダマント鉱石》の検証を行うことにした。俺は室内に、店から購入してきた大釜を並べ、その中にフィリアの《アダマント鉱石》の破片を入れて、様々な面からその性質の検証を行っていた。

「どう？　どう？　フィリア、カナタの役に立てる？」

フィリアが興奮気味に尋ねて来る。

「……やっぱり駄目かもしれません」

「だ、ダメ、なの……？」

俺が答えると、フィリアはショックでその場でよろめいた。ポメラが慌てて彼女を支える。

「だ、駄目なんですか？　フィリアちゃんは、色んなものを造り出す力があるって、カナタさんがそう言っていましたのに……」

「色々と制約があるみたいです。フィリアちゃんが造れるのは、基本的に対象と近い性質を持った劣化コピー……という形になるみたいです。それに造り出した対象が一定の大きさ未満になると、崩壊して《夢の砂》に戻り、フィリアちゃんに取り込まれるようになっているみたいでして……」

その性質上、フィリアのコピーを素材にしたり、薬にしたりすることは恐らくできないらしい。

どうやら《アカシアの記憶書》でも、フィリアの造ったものは《夢の砂》として認識されているようであった。まあ、それがなくても、フィリアの身体をすり減らすことになりそうだったので、採用はできなかっただろうが……。

「ただ、《夢の砂》があれば《アダマント鉱石》を作ることはできるかもしれません」

「本当？　フィリア、カナタの役に立てる!?」

フィリアが顔を輝かせて復活する。

まだ確定したわけではないが……《夢の砂》があれば、下位の鉱石を用いて《アダマント鉱石》を錬金術で造り出すことができるはずであった。

《夢の砂》は元々、万物を生み出す錬金術の究極の触媒なのだ。フィリアの制御による特異能力を発揮せずとも、使い方次第で幅広い物質の性質を書き換える力を持っている。

《アダマント鉱石》そのものを造り出せずとも、似た性質を持つ代用品を造り出すことができれば、《神の血エーテル》の素材にすることができる。

活路が見えてきた。問題なのは、その錬金実験のために、どうしてもお金が必要になることだが……。

12

――カナタが《神の血エーテル》の素材捜しに難航していた頃、魔法都市マナラークの廃教会堂を一人の人物が訪れていた。

彼女は厚手の黒のローブを纏っていた。ローブは表面に赤い魔術式が羅列しており、不吉な外観をしている。不気味なローブとは対照を成すかのように、そこから覗く顔は人形の様に愛らしい。

廃教会堂を訪れた少女、ルナエールは、よろめく様に壁へと凭れ掛かった。しばしそのまま固まっていたが、彼女はふと思い出したようにフードを脱ぎ、何もない空間へと手を翳す。

「時空魔法第八階位《異次元袋《ディメンションポケット》》」

手の先に魔法陣が浮かぶ。

魔法陣の中央より一つの箱が転がり落ちてきた。黄金で縁取られ、装飾に宝石を鏤《ちりば》められている。見るからに高級なその宝箱は、くるりと宙で回って綺麗に着地をする。ルナエールの相棒ノーブルミミックである。

「ドウダッタ、主。カナタ、イタカ?」

ノーブルミミックが問うと、ルナエールの無表情な瞳に涙が滲《にじ》んだ。

「……《地獄の穴《コキュートス》》に帰りましょう、ノーブル」

「モウ!?」

ノーブルミミックは、ルナエールの言葉に驚いて身体を大きく跳ねさせた。ノーブルミミックの反応に、ルナエールは弱々しく頷いた。

「イ、イヤ、主……アンナ苦労シテ、外套《がいとう》作ッタノニ……」

ルナエールの現在纏っているローブは、不死者である彼女の冥府の穢れを抑制する効力を持っている。

もっとも、フィリアが危機を感じ取ってルナエールへの攻撃に出たように、完全に遮断できるわけではない。ただ、通常状態のルナエールが都市を訪れていれば、彼女から発せられる冥府の穢れにより、あっという間に都市全体が混乱に陥っていたことであろう。この《穢れ封じのローブ》は、不死者の魔力を制限し、冥府の穢れを抑えることができるのである。

ルナエールが持て余した知識を総動員させて設計し、《地獄の穴《コキュートス》》中の魔物を狩って回って素材を揃えて造り上げたものである。何分急であったため不完全な面はあるが、街中を歩いても大きな騒動が起きなかったのは、しっかりとその効力を発揮しているといえる。

「もう、いいのです、もう……。私はカナタのように、純粋な生者ではありません。外に出るべきではなかったのでしょう。これを纏っていても、結局ちょっと勘のいい人間がいれば騒動を引き起こしてしまうようですしね」

「外ニ出テカラ、アンナニ嬉シソウニシテタノニ……」

ルナエールは《穢れ封じのローブ》を完成させたその日に《地獄の穴《コキュートス》》を飛び出したのだが、以来ずっとそわそわしていた。

今日はカナタに会えるか、明日はカナタに会えるか、カナタに会ったらどう説明すればいいのか、そもそもカナタに会ってからどうすればいいのか、カナタは今何をしているか、そんな話にノーブルミミックは延々付き合わされていた。ノーブルミミックはそんな話を適当に流しながらも、主が一喜一憂しながら話す様を、微笑ましく見守っていた。

この魔法都市マナラークに向かったと聞いて、今度こそ会えるはずですとルナエールが大喜びしていたところであったのに、突然この調子である。

「何故だか止まっているはずの心臓が痛くて仕方ありません。ノーブル、私はもう駄目かもしれません」

ルナエールは露骨にいじけてしまっている。苦しげに自身の胸部を押さえ、床に三角座りを決め込んでいた。

「デ、何ガアッタンダ、主？」

「…………」

ノーブルミミックの問いに、ルナエールは少し沈黙を保つ。

「……カナタの横に、女の子がいました。金髪の可愛らしい子で……凄く、仲が良さそうでした」

「ソレデ？」

「それで……とは？」

「仲良サソウナ女ガイタノハワカッタガ、ソレデ？」

「…………」

ルナエールが再び沈黙する。

「……何事カト思ッタラ、マサカ……何トナク仲ガ良サソウダト思ッテ、ソレダケデ飛ンデ逃ゲテ来タノカ……」

ノーブルミミックは、ルナエールのあまりの純情さに呆れ果てていた。ルナエールの長年の相棒ではあったが、そもそも《地獄の穴《コキュートス》》に人間が訪れなかったため、まさかここまで対人下手だとは思ってもいなかったのだ。

「違います！　わ、私も、もう少し様子を見ていようと思ったのですが……その、冥府の穢れに敏感な子……錬金生命体《ホムンクルス》がいたみたいで、攻撃を受けてしまったのです。それで……カナタもいたので、驚いて逃げてきてしまっただけで……」

「……外套ガアッタノニ、攻撃ヲ？」

ルナエールには《穢れ封じのローブ》がある。確かに、今の状態であっても嫌悪感や恐怖を抱かせる恐れはある。だが、街中でいきなり攻撃を仕掛けられるようなことがあるのだろうか、とノーブルミミックは身体を捻った。

「マサカ、ソノ女ヲ、殺気ヲ込メテ睨ンデイタワケジャナイダロウナ、主ヨ」

ルナエールがびくりと肩を震わせる。ノーブルミミックは大きく溜め息を吐いた。

「……事件起コス前ニ帰ッタ方ガイイカモナ」

「さ、殺気なんて、そんな……込めていません。少ししか」

「……少シ？」

「カ、カナタとどういう関係なのだろうと気になって、様子を窺っていただけです。本当に」

ルナエールが弁解する。ノーブルミミックは訝しげにルナエールの方へ身体を向けていた。

「マァ……折角来タンダ。カナタト話シテミタラドウダ？　今ノトコ、ソノ女、カナタトノ関係モ何モワカラナイシ」

ルナエールは俯《うつむ》き、ゆっくりと首を振った。

「駄目です……。カナタに中途半端に姿を見られて、私もよくわからないままについ逃げてきてしまいました。元々《地獄の穴》《コキュートス》であんな別れ方をして、今更どんな顔で会いに行けばいいのかわからなかったのに……今回のせいで、余計にそれが難しくなってしまいました」

「ジャア、カナタヲ諦メテ《地獄の穴》《コキュートス》ニ帰ルカ？」

「それは……」

「ナラ、話ヲシテミルシカナイダロ」

ルナエールははっとしたように顔を上げる。諦める選択肢がないのであれば、カナタ本人に会いに行く以外に方法はないのである。うじうじと先延ばしにしていても、どうにもならない。状況は悪くなるばかりである。

「しかし……もしも話し合って、あの金髪の子が恋人だとカナタ本人に告げられたら……」

ルナエールが立ち上がり、壁に手を触れる。

そのまま指を曲げる。石の壁に、五本の抉れた筋がくっきりとできた。

「……私はどうしたらいいのかわかりませんし、自分が何をしでかすかもわかりません。こんなことが起きないように、急いでローブを作って追いかけて来たのに……」

ルナエールの冥府の穢れが、一気に濃度を増した。ノーブルミミックはぴんと身体を縦に伸ばした。

「……とりあえず、隠れてカナタの様子を、もう少しだけ見張ってみようと思います。あの子……感覚が鋭いみたいでしたし、カナタに気づかれるわけにもいかなくなってしまったので、もう少しローブの効力を高めた方がよさそうです。これ以上冥府の穢れを抑えようとすると力を制限しすぎるので、あまり取りたい手ではなかったのですが……」

ルナエールが頭を押さえながら言う。

「ソレ……タダノ、ストーカー……」

ノーブルミミックはそう呟いたが、ルナエールの耳には届いていないようであった。彼女はまた《異次元袋》《ディメンションポケット》を発動し、《穢れ封じのローブ》を強化するための素材を選別し始めた。

「ヤッパリ、何カヤラカス前に帰ッタ方ガイインジャ……」

第二話■ラーニョ討伐騒動

1

俺は一日宿で休憩した後に、ポメラとフィリアを連れ、魔法都市マナラークの冒険者ギルドを訪れていた。

フィリアの《夢の砂》を触媒にすれば、別の鉱石を用いて《アダマント鉱石》を錬金術で造り出すことはできそうであった。しかし、その錬金実験のための費用が俺達《たち》の手許《てもと》にはないのだ。

また少し冒険者ギルドで稼がせてもらおう、という発想になったのだ。俺やポメラ、フィリアのレベルであれば、冒険者ギルドの依頼くらいなんとでもなるはずである。軽く錬金実験の費用を稼がせてもらおう。

もっとも、下手に目立てば《人魔竜》や転生者なんかに目を付けられるリスクが上がる。ここに来てからも、フィリアを軽くあしらえる謎の魔術師と出会ったばかりなのだ。多少手を抜いて、変な形で目立つことは避けるべきだろう。

マナラークの冒険者ギルドは、アーロブルクの冒険者ギルドに比べてやや気品があった。綺麗《きれい》に磨かれた石の床には、上を歩く俺達の姿が反射していた。顔ぶれも、チンピラのような粗暴な人間は圧倒的に少ない。魔法都市マナラークというだけあって、魔術師が多かった。

「俺達は今、C級冒険者でしたね。それなりにお金になる依頼も受けられるはずです」

俺はアーロブルクでもらった冒険者の登録証を確認しながらそう言った。

「カナタさんの実力を思うと、今更C級依頼なんて受けるのも時間が勿体《もったい》ないような気も少ししますけれどね……」

ポメラがぼそりと言った。

しかし、それが冒険者ギルドの決まりなのだから仕方がない。それに、安全な範囲で楽な仕事をやってお金をもらう、というのは悪くない。

「フィリアも、フィリアも冒険者になれる？」

フィリアが目を輝かせてそう言った。彼女は冒険者に憧れていたらしい……というよりは、何に対しても興味津々なだけなのかもしれない。

「なれるよ。登録料くらいは俺が出すから、フィリアちゃんの登録証を作ってもらおう」

俺が頭を撫《な》でながらそう伝えると、フィリアは両腕をばたつかせて大喜びしていた。

「やったぁ！　ありがとう、カナタ！　フィリア、嬉《うれ》しい！」

……だが、受付でフィリアの登録を依頼すると、ギルドの職員から難色を示されてしまった。

「そんな、まだ十歳にもなっていない子供を登録するのですか？」

「あれ、もしかして……何かのルールに引っ掛かりますか？」

「引っ掛かりはしませんけど……あまり褒められたことじゃありませんね。たまにいるんですよ、あなたみたいに子供を使ったり、人を雇ったりして登録させて、自分の自由に扱える名義を増やしておこうとする人が」

職員がうんざりといった表情を浮かべる。随分と、面倒なことを企てる人間がいるようだ。

しかし、実際、登録証システムには粗が多いように思う。

依頼の代理受注を行った人間が登録証の剝奪処分になった、という話はアーロブルクで聞いたことがある。本来C級の依頼はC級以上の冒険者しか受けられないのだが、C級冒険者が受注した仕事をD級冒険者に任せて仲介料を取る、というものだ。冒険者の階級を上げるための実績を他の冒険者から買う、というものも聞いたことがある。

こうした不正はシステム上対応することが難しい。その分、ギルドの職員が不正の対応に尽力しなければいけない。そう考えれば、ルールにないことでも明らかに不審だと思えば、ストップを掛けることも仕方がないのかもしれない。

「フィリア、千歳はとっくに超えてるはずだもん！　子供じゃないもん！」

「落ち着いてくださいフィリアちゃん！　ね？　ね？」

ポメラがフィリアを宥《なだ》めている。ポメラは本気でフィリアが暴れたら自分では止められないことは理解しているので、顔が必死である。

「その子……魔物の討伐に連れていくおつもりですか？　とてもまともに戦えるように見えませんがね」

「大丈夫ですよ。フィリアちゃんは、その、凄《すご》く強い子ですから」

「確かにこの都市の出身である英雄ローザは、十歳でドラゴンを倒したそうです。ただ、その子が真っ当に戦えるなんて、とても私には思えませんがね」

職員の言葉を聞いて、しゅんと俯《うつむ》いていたフィリアが表情を輝かせて顔を上げた。俺は咄嗟《とっさ》に彼女を制止するために腕を突き出した。

「フィリアちゃん、始祖竜は投げないで！」

「グラビ……」

フィリアが指を突き出す。

実力を見せるのに丁度いいかと考えたのかもしれないが、ギルドが大破してしまう。というか、フィリアが片鱗《へんりん》でも実力を見せたら絶対に大騒ぎになってしまう。ポメラも真っ青な顔をしてフィリアを押さえていた。

「《超重力爆弾《グラビバーン》》も止《や》めて！」

「カ、カナタさん、どうにかなりそうではありませんか……？」

続けて、ポメラが恐る恐る俺へと尋ねる。ど、どうにか、か……。

「……その、フィリアちゃんはそこそこは戦える方だとは思いますが、何度も戦地に連れて行こうと考えているわけではないんです。彼女は天才ですが、さすがにまだ幼いですから。ただ、冒険者として最低限の実力はあるはずですし、今日はちょっとした記念日でして、ルールに問題がないなら冒険者として登録してあげたいなと……」

俺は登録料として出していた硬貨とは別に、金貨を数枚指で摘《つ》まんでこっそりと職員へと渡した。

職員は一瞬沈黙した後、口許《くちもと》のみでニヤリと笑った。

「ふむ、そこまで仰《おっしゃ》るのであれば、仕方ありませんね。貴方《あなた》方の意志はしかと確認させていただきました」

職員がすっと金貨を回収し、小さくガッツポーズをしていた。

……怒られるかもしれないと思ったが、苦肉の策の賄賂が通って良かった。出しておいてなんだが、ここのギルドは大丈夫だろうか。

こうして無事にフィリアの冒険者登録を済ませ、登録証を得ることができた。

「わーいっ！　これで、今日からフィリアも冒険者！」

フィリアが登録証を手に燥《はしや》いでいる。俺はほっと溜息《ためいき》を吐《つ》いた。ギルドが始祖竜に吹き飛ばされないでよかった。

「それから、依頼を受注したいのですが……C級冒険者向けに、何かいい依頼はありませんか？」

「C級冒険者、というよりは冒険者全体に優先して受けてもらうよう頼んでいる依頼があります。都市の近くの森で、黒い蜘蛛《くも》の大規模な《モンスターパレード》が発生しているんですよ」

「黒い、蜘蛛……」

俺はそれに覚えがあった。

馬車でこの都市に移動している途中、そういう魔物の襲撃を受けていた。どうやらマナラークの周辺全体で急増しているらしい。

「マナラーク支部の冒険者ギルドでは現在、冒険者の方に黒蜘蛛の《モンスターパレード》への攻撃を優先的に依頼しています。黒蜘蛛はラーニョという種族の魔物でして、大きな一つ目があるのですが、それを討伐証明部位として、一つ二万五千ゴールドでの買取を行っています」

職員の説明が続く。俺が馬車での移動の最中に見た黒蜘蛛ラーニョと全く同じ魔物と考えてよさそうだ。

しかし……一体につき二万五千ゴールドか。このことを知っていれば、馬車での道中にも回収していたのだが、惜しいことをした。五十体近くいたはずだ。

あの群れで百二十五万ゴールドになっていたことを思うと、ギルド側は今回の件に対して大分奮発してくれているようだ。

「ラーニョは一体の危険度がＤ級前後とされています。Ｄ級以下の冒険者の方には、かなり用心して挑む様にと忠告させていただいております」

俺がラーニョのステータスを確認したときも、レベルはさして高くなかった。レベル24だったはずだ。あまり階級ごとのレベルの基準はわかっていないが、恐らくその辺りがＤ級になるのだろう。

「それから……今回はかなりイレギュラーな事態なので、何が起こるかはわかりません。《モンスターパレード》の大半は理由が不詳なことが主ですが、今回はさすがに規模が大きすぎる。上位の魔物が潜伏しているのではないか、とまで言われています。かといって、放置していれば増えたラーニョが都市マナラークに侵入してくるのではないのかと危惧されていますので、ギルドとしては様子見に出るわけにもいきませんので」

何があっても自己責任、ということか。さすがに俺達は大丈夫だろうとは思うが……警戒しておくに越したことはないだろう。

俺は職員から、今回の依頼について簡単にまとめた紙を受け取った。都市周囲の全体地図らしいが、ラーニョの発見報告があったらしきところに蜘蛛のマークが描かれている。

俺がラーニョを討伐した周辺は特にラーニョが出やすいらしく、赤色の蜘蛛マークが入っていた。推奨Ｂ級冒険者以上、と注釈が入っている。

「どう思いますか？　金策としても絶好ですし、どうせなら困っている人の多い依頼から受けていきたいなと俺は思っているのですが」

「ポメラもそれでいいと思います。他に特に、目ぼしい依頼はなさそうですし……」

ポメラが他の依頼のリストに目を通しながらそう言った。俺は彼女の言葉を聞いて、職員へと向き直った。

「わかりました。ラーニョの討伐依頼、引き受けさせていただきます」

職員の説明から察するに、かなり多くの冒険者が既にラーニョの討伐に向かっているようだった。俺達も出遅れるわけにはいかない。この依頼は、かなり美味《おい》しい依頼だ。一度に百万ゴールド近い額が狙える依頼は、C級冒険者の受注できる範囲では滅多にない。少しでも多くのラーニョを狩って、金策に役立たせていただこう。

「他の冒険者の方達も、ラーニョ狩りを考えているみたいですね」

依頼の受注を終えて受付を離れた際に、ポメラが周囲へと目を向けながらそう口にした。俺は彼女の目線を追って周囲を見る。

「ラーニョは珍しいが、大した魔物ではないようだ。一体二万五千ゴールドは美味しい」

「ああ、この都市は金を持っていてありがたい。範囲魔法で一気に仕留めれば、一日でひと月分の稼ぎを得ることも難しくないぞ」

同じ依頼を受けたらしい冒険者が、ラーニョの討伐依頼について話し合っているのが見えた。他にも、ラーニョについて相談しているらしい冒険者の姿がちらほらと窺《うかが》える。

こうして見ると、競争率が随分と高そうだ。報酬がいいからだろう。それだけ冒険者ギルド側が危険視していて、早急に対処したい、と考えているからなのだろうが。

そう考えながらギルド内を見回していると……見覚えのある人物が、受付の方にいるのが目についた。

「数少ないA級冒険者の方に依頼を受けていただいて、正直ほっとしています……」

「数少ない、A級冒険者、か。……高名な魔法都市マナラークも、その程度なのだな。肩を並べられる相手がいないというのは張り合いがない。俺は少し、強くなりすぎたようだ」

金髪の美丈夫が、やれやれといったふうに首を左右に振っていた。あの気取った口調の男は、確か街の中で見た冒険者で、名前はアルフレッドだ。傍らには以前同様、青髪短髪の冒険者がくっついている。

「数少ない、A級冒険者……」

俺は今出た言葉を反芻《はんすう》する。確かアルフレッドのレベルは76だ。ラーニョ相手に後れを取ることはないだろうが……レベル76で、数少ないA級冒険者という扱いになるのか。

この世界のレベルは上が際限なく、下位はほとんど横並びだとは認識していたが、それにしても極端に思える。知れば知るほど俺の中でロヴィスの評価が相対的に上がっていく。

「頑張ってくださいね！　一職員としてこのようなことを言うのはどうかと思うのですが……実は私、ずっと前からアルフレッドさんのファンなんです！　この都市を訪れたと聞いて、ずっとお会いしたいと考えていました！」

「フッ、悪いが俺は、そのような言葉には飽いてしまっていてな……」全く、俺としては大したことをした覚えはないのだが。周囲の冒険者に腑抜《ふぬ》けが多すぎる」

アルフレッドは大袈裟《おおげさ》に肩を竦《すく》めた。周囲の冒険者の一部が殺気立つのが目に見えた。

《神の血エーテル》の素材を探してこの都市を歩き回っていた際に感じたことだが、この都市の住民達は皆プライドが高い。良くも悪くも、魔法都市マナラークに誇りを持っているようであった。流れ者があんな言い方をすれば、反感は避けられないだろう。

「職員としてどうかと思うのであれば、黙って職務を果たしてはどうでしょうか。仕事の最中なのでしょう？」

傍らの女剣士が、アルフレッドの片腕を抱きながら職員を睨《にら》みつける。そのまま両者睨み合いとなっていた。

「落ち着くがいい、セーラよ。魔物の被害に怯《おび》える民衆は、英雄を求めるものなのだ。俺の様な選ばれた人間が、期待に応えるのもまた義務というものだろう。それを時に、煩わしくも思うのだがな……」

アルフレッドが意味ありげにさっと自身の髪を掻《か》き、何か過去を思い出すように遠い目をし、やや気だるげに溜《た》め息《いき》を吐いた。一挙一動が芝居がかった動作であった。

「金の準備をしておくよう上に提言しておけ、職員の娘よ。他の誰よりもラーニョの瞳を多く集めると宣言しよう」

アルフレッドは大きな声で高らかに宣言した。

「……ちょっと格好いいかも」

「カナタさん本気ですか!?」

俺が呟《つぶや》くと、ポメラが目を大きく開いて問い質《ただ》して来た。

アルフレッドは全ての言動が取って付けたようで白々しいが、ずっと眺めているとなんだかあれはあれでアリなように思えてきた。あの不遜さや気取った言動も、実力に裏打ちされたものだと思えば許せるような気がする。レベル76だが、まぁ冒険者ギルドにおいては充分実力者として見做《みな》される範囲なのだろう。

「……カ、カナタさん、ああいう感じに憧れているんですか？」

「憧れてるのとはまた違うと思いますが……」

俺は言葉を濁す。ポメラは少しショックを受けたように硬直していたが、決心を固めたようにぐっと口を結ぶ。

「……ポ、ポメラは、カナタさんがどうなってもついていきます！」

……ポメラ的には、アルフレッドの言動はナシだったらしい。

2

ラーニョの討伐依頼を受注してから食料などの最低限の準備を整え、早速都市を出て森へと向かうことにした。

俺は冒険者ギルドでもらった、依頼の詳細を記した書類を確認する。その中にはラーニョの出没頻度の分布を記した地図もあった。手っ取り早く狩りたいので、B級以上推奨の、ラーニョの出没頻度の高い危険区域を訪れている。

「しかし……妙ですね。《モンスターパレード》が、一種の魔物でこんなに広範囲に発生するなんて、ポメラはこれまで聞いたことがありません」

ポメラが不思議そうに言う。

「よくないことの前兆なのでしょうか？」

「かもしれません。冒険者ギルドの方も、そこは調査中のようですが」

依頼について記された書類にも、ラーニョの討伐証明部位とは別に、本件について有力な情報を報告できれば特別報酬を出す、と書かれている。この異常発生を随分と警戒しているようだ。D級の魔物がちょっと増えただけだと俺は考えていたが、俺が考えているほど事態は軽くはないのかもしれない。

「……カナタさん、そろそろ近そうです。魔物の気配を感じます」

ポメラがそう口にする。

言われて目を閉じ、五感を研ぎ澄ませる。確かに、馬車の護衛のときと同じ気配を感じる。以前同様に、ラーニョは地中に潜んでいるようだった。また、それとは別に、何者かが俺達へと近付いてくるのを感じ取った。

近くの木の上に、黒い外套《がいとう》の人物が姿を現した。外套の下には金属の防具が見える。顔には、山羊《やぎ》を模した簡素な金属の仮面をつけていた。

十字架を象《かたど》った、ごつい金属棒を背負っている。俺の握り拳に近い太さがあった。あそこまで大きな魔法杖《づえ》は珍しい。

仮面の横から、橙 色《だいだいいろ》の三つ編みが垂れていた。

「お、女の人……？」

ポメラは杖を木の上に構えて警戒しつつ、恐々と口にする。

山羊仮面が飛び降り、地面へと着地する。身に纏《まと》った防具がそれなりに重いらしく、軽く砂煙が舞った。

「随分と無警戒なものだ。危険区域であることを知らぬと見える」

仮面の奥からくぐもった声が響く。

「我が一帯を狩る。邪魔な雑魚共は去るがいい。退かぬなら力ずくでも追い出すつもりだったが、貴様らでは元より力量不足よ。大人しく従っておくことだ」

仮面の人物は、一方的に俺達にそう告げた。

「あなたは、いったい……」

ソロで活動している冒険者は珍しい。それに、これだけ強固な防具をつけている冒険者もあまり見ない。武器から察するに魔術師タイプではあるのだが、だとしたらここまでガチガチの防具なのは妙だ。白兵戦を前提としている剣士タイプの人間でも、ここまで守りを固めているのは見たことがない。

「我はA級冒険者、ロズモンド。我を知らぬとは、この都市の人間ではないな？　貴様らの名乗りはいらぬ、とっとと我の前から去れ」

A級冒険者……ということは、アルフレッドクラスの冒険者ということか。そう思うと、物々しい外見もちょっと可愛《かわい》く見えて来る。

「お気遣いありがとうございます。ただ、俺達は一応その……危険はわかった上で来ていますから、ご心配なく」

「物分かりが悪い。貴様らの事情など知らぬ。我の邪魔だ。だから、消えろと言っている。獲物を取られるのは癪《しゃく》であるし、鼠《ねずみ》にちょろちょろとうろつかれると戦い辛《づら》いのでな」

ロズモンドが、装甲に覆われた腕を俺達へ突き出し、指を曲げる。関節部が擦れ合って金属音を打ち鳴らす。

「金にならん戦いは嫌いなのだが、少しばかり脅してやらねばならんようだな」

ロズモンドが、巨大な金属杖を手に取った。

「これ以上粘るようであれば、我が《殲滅《せんめつ》のロズモンド》と称される所以《ゆえん》を貴様らに思い知らせてやらねばならん。さあ、どうする？」

ロズモンドの言葉に緊張が走った。どうにも相手は、簡単に引き下がってくれそうにない。

この言い分と一方的な脅しで下がるのは癪だが……争いになれば、勝っても余計な禍根が残る。向こうは魔法都市マナラークを主要拠点にして活動しており、A級という信頼のある冒険者だ。

戦うのはあまり得策ではない、か……。ここは下がって、別の場所でラーニョを狩った方がいいかもしれない。

「わかりました。俺達は去らせてもらいま……」

そのとき、フィリアが自信満々の笑顔で前に出て、ロズモンドへと腕を向けた。

「ストップ！　フィリアちゃんは下がってて！」

また始祖竜でもぶん投げたら、周囲の地形が変わると共にロズモンドが死んでしまう。

「フィリア、あのおじさんくらいならどうとでもなるのに……。カナタの役に立てると思ったのに……」

フィリアが口惜しそうに言って、しゅんと俯いた。

「なんだそのガキは？　我を馬鹿にしているのか？」

ロズモンドが殺気立ち、俺達へと一歩近づいて来た。

「す、すいません、すぐに移動しますから……」

俺は頭を下げる。

「あの人……ソーサラータイプの魔術師みたいですね、カナタさん」

ポメラの言葉に俺は首を傾《かし》げた。

「ソーサラー……？　どこで、そう思ったんですか？」

ソーサラーは知っている。魔術師の中でも、広範囲の攻撃を得意とする魔術師のことを示す。俺も白魔法以外はだいたい齧《かじ》っているので、一応ソーサラーの枠に入るはずだ。

ただ、特にロズモンドがソーサラータイプの魔術師であることを示唆することはなかったように思う。《殲滅のロズモンド》の異名は確かにソーサラーっぽくはあるが、それだけで戦闘スタイルを推測するのは早計だろう。

「どこと言いますか……あの徹底した防具は、ソーサラー以外にあり得ないと、ポメラは思います。あまりソーサラーの方を見たわけではないのですが、あの防具と重い大杖では、近接の立ち回りが得意だとはとても思えません。あの仮面も、剣や爪より爆風を妨げるためのものです。恐らく、自分の魔法の余波を防ぐためのものだと思います」

「ハッ、ソーサラーをまともに見たことがないというのはお粗末なことだが、そっちの女の方が、まだ詳しいようだな」

ロズモンドが鼻で笑う。

「……わざわざ重い防具をつけて、魔法の余波を防ぐんですか？　まともに魔法を制御できていないだけなんだと思うのですが。背伸びせずに、身の丈に合った階位の魔法を使った方が戦いやすそうだと……」

ルナエールも魔法に関する様々な知識を教えてくれたが、鎧《よろい》を纏って大型魔法をぶっ放せなんてとんちんかんな戦法は特に口にしていなかったように思う。そもそも自分の使う魔法は事前に把握できているのだから、特殊な耐性を持たせたローブでもあれば余波を防ぐには充分であるはずだ。

「カ、カナタさん、前、前……」

ポメラの言葉に対して疑問を呈しただけのつもりだったのが、ロズモンドから殺気が立ち昇っているのに気が付いた。あ、あれ……本当にそうだったのか？

「……いえ、なんでもありません。すいません、俺が無知でした」

頭を下げたが、既に遅かった。

「この我をよくも散々コケにしてくれたな！　最早《もはや》容赦しではすまんと思え！」

ロズモンドが、十字架を模した大杖を地面に叩《たた》きつけた。

ロズモンドが向かって来る。完全に戦闘を仕掛けて来るつもりだ。

「フィリアに！　フィリアに任せて！」

張り切った顔でそう宣言するフィリアを、俺は大慌てで止めた。

「お、お願いだからじっとしてて！」

ロズモンドが十字架を掲げると、魔法陣が浮かんだ。続けて魔法陣を掻き消すように十字架を横《よこ》薙《な》ぎに振るう。

「格の差を教えてくれるわ！　土魔法第三階位《土の大針《アースニードル》》！」

五十センチメートル程度の土の針が浮かび上がり、俺へと目掛けて飛来してくる。俺は前に出て、土の針へと手を翳《かざ》す。

「愚か者め！　素手で受け止められるものか！」

土の針は俺に当たる前に砕け散った。断片が辺りに舞う。

「なんだと……？　アイテムか？」

ロズモンドが小さな声で呻《うめ》く。

魔法を弾《はじ》くのは、ルナエールのローブの力である。低階位の魔法は俺に危害を加えることはできない。

「こちらも失礼があったのはお詫《わ》びします。戦うつもりはありません、武器を下げてください」

「流れの冒険者にコケにされ、魔法を掻き消され……その上でやれ武器を下げろと諭されて、今更引き下がれるものか！　我にもA級冒険者としての矜持《きようじ》がある！」

ロズモンドが声を荒げて叫ぶ。

「手を抜くのは止めだ！　貴様らには、この《殲滅のロズモンド》の作る地獄を見せてくれるわ！」

う、打ち消したのがまずかったのか。この様子だと、ロズモンドは素直に下がってくれそうにない。

適当に追い返すか？　魔法都市では名高い冒険者のようであるし、変に俺に負けたと言いふらされるのも嫌なのだが……。

「土空魔法第四階位《土塊機雷《クロッドマイン》》」

ロズモンドから土の塊が飛来してくる。土の塊は俺の目前まで来ると、ローブの力で弾かれ、軌道を変えて地面へと落ちる。

「掛かったな、対策しておるわ！　その魔法は破裂するぞ！」

地面に落ちた《土塊機雷《クロッドマイン》》が爆発する。だが、無論その爆風もローブは妨げてくれる。

……どうすれば、後腐れなくこの場を収めることができるだろうか。

「……ほう、大したものだ！　よかろう！　ソーサラーの本分をお見舞いしてくれるわ！　土魔法第五階位《土塊爆弾《クロッドボム》》！」

ロズモンドの前方に赤い光の球が浮かび上がる。地表から土が剝がされて、光の球へと纏わりついていく。綺麗な土の球体ができた。

あの魔法陣……爆発するタイプの魔法か。範囲攻撃が得意なソーサラータイプと言っていたな。

とりあえず俺が狙われている以上、ポメラやフィリアから離れた方が良さそうだ。

「……二人は下がっていてください」

とりあえず彼女達から離れようと、俺はそう言って前に出た。

「ようやく乗り気になったようだな！　この我を相手取るには、まずは近づかねば勝機はないと理解したか！」

「そういうわけではないのですが……」

「今度こそ、直撃すれば身体《からだ》が吹き飛ぶぞ！　さあ、どうする！」

ロズモンドが十字架を降ろすと、土の球体が俺へと放たれる。

俺は腕を伸ばし、土の球体を止める。土の球体に罅《ひび》が入って赤い光が漏れ出し、爆発した。俺の周囲の地表が吹き飛んで草が剝がれていたが、すぐ足許《あしもと》の周囲だけ残っている。

「こ……こんなことが、あり得るのか？　なんだこれは……幻影の類か？」

ロズモンドは、十字架を降ろした姿勢で呆然《ぼうぜん》と足を止める。

《人魔竜》と恐れられていたノーツも、ルナエールのローブが無力化できる第十階位以下の魔法が主力であった。恐らく、せいぜいA級冒険者のロズモンドの魔法はだいたい全部完封できると思っていいだろう。

はっきり言って戦うだけ不毛なのだ。ロズモンドが魔術師タイプの人間であった時点で、俺にダメージを与える方法はない。派手な魔法を使うより、あの十字架杖でぶっ叩いた方がまだチャンスがあるくらいだ。

「とにかく、武器を降ろしてください。これ以上やるなら、さすがに反撃させてもらいますよ」

「……ク、ククク」

ロズモンドが再び十字架を構える。十字架の先端を中心に魔法陣が展開され、また赤い光の球体が生じた。

「まさか、一対一でここまで我を追い込める魔術師がいるとはな。認めてやる……見縊《みくび》ったことを謝罪しよう。ここからは我も、我が矜持と、そしてこの命を懸けようぞ！」

「追い込むも何も、俺まだ何もしてませんよ!?」

「見せてくれるわ！　我が大魔法！　土魔法第七階位《大地爆轟《グラウンドボム》》！」

地表が剝がれ、赤い光にどんどん土が集まっていく。あっという間に直径一メートル近い巨大な土の塊が宙に生じた。

ロズモンドが十字架を振り下ろす。巨大な土塊《つちくれ》は地面へと落ちながら俺へと向かってきて、俺のやや手前の方で落ちた。表面の土が崩れ、周囲に赤い光が走っていく。

光の中で地面に歪《ゆが》みが走り、近くにあった木が黒く焦げてへし折られていくのが見えた。

爆風が止むと……俺の前方で、ロズモンドが息を切らしながら腕を地に突いていた。外套や装甲の一部が爆風で吹き飛んでいる。顔に着けた山羊の仮面も、割れて半分になっていた。

装甲と外套でわからなかったが、身体は案外華奢《きやしや》であるし、顔も明らかに女性であった。目の周囲に目立つ赤いメイクをしている。大きな印象的な瞳をしているが、猫というよりは虎に近い。美人ではあるが、獣染みた目つきをしていた。

仮面のせいで声がくぐもっていてわからなかったが、ポメラが指摘していた通り女であったらしい。

息を苦しげに荒げていた。あんな距離で小回りの利かない魔法をぶっ放したために、《大地爆轟《グラウンドボム》》の爆風を自分でかなり受けたらしい。

……因《ちな》みに、第七階位の魔法はローブの無力化対象内であるため、俺には全くダメージは通っていない。

「な、何故《なぜ》……？」

ロズモンドが間抜けな声を上げる。

大丈夫だとはわかっていたが、一応ポメラ達を振り返った。

地面から、二本の巨大な白い腕が伸びていた。片方の手の甲には大きな一つ目があり、もう片方の手の甲には大きな口がある。

二本の腕は組んでいた指を解き、素早く地面に潜っていった。中にはポメラとフィリアがいた。どうやらあの奇妙な白い腕は、フィリアが《夢の砂》でポメラを守るために出したもののようであった。

「ま、まだだ……まだ、我は負けていない！　我が魔法しか能がないと、誰が口にした！」

ロズモンドが手にした十字架を投げ出し、俺へと飛び掛かってきた。

「我がグローブの爪で引き裂いてくれるわ！」

ロズモンドが装甲に覆われた両腕を伸ばす。ぴんと張った装甲に覆われた手の指の先から、禍々《まがまが》しい鉤爪《かぎづめ》が伸びた。

「白兵戦を熟《こな》せぬ魔術師など、魔法の技量が長《た》けていたとしても下の下よ！　魔力が切れようが敵を打ち倒し、窮地を覆すだけのタフネス！　それを兼ね備えた者だけが、真に戦いを熟せる魔術師なのだ！　最後の最後で油断したな！」

俺は正面からロズモンドの大きな籠手《こて》を摑《つか》み、地面へと軽く落とした。周囲に土煙が舞う。

「な……何故、だ」

ロズモンドが地面に大の字になって伸び、苦しげに声を上げる。

「馬鹿な……認めぬ、認められぬ……。我はA級冒険者、《殲滅のロズモンド》であるぞ……」

ロズモンドが腕に力を入れて上体を起こし、膝立ちの姿勢になって俺を見上げる。

「なぜ、我の《大地爆轟《グラウンドボム》》が通用せんのだ……第七階位魔法であるぞ……」

第七階位の魔法であったのに……というよりも、第七階位程度の魔法だったからなのだが……。

ルナエールの手製ローブは、第十階位以下の魔法の攻撃を完全に遮断してくれる力を持っている。

恐らく、A級冒険者だと第七階位や第八階位程度が限界になって来るのだろう。俺もだいたいこの世界の基準が見えてきた。《人魔竜》と恐れられていたノーツも、前準備なしに咄嗟に出せるのは第十階位の《死の体現《デス》》が限界のようだった。

多分、S級冒険者や《人魔竜》の最低基準の目安が、第十階位の魔法が実戦で使えるか否かのラインになってくるのではなかろうか。

「……もう、魔力もあまりないのでは？　ここは下がったらどうですか？」

「魔力がもうないだと？　ハッ、舐《な》められたものだ！」

ロズモンドは威勢よく体勢を立て直した後、大きくふらついていた。やっぱりもう駄目なんじゃなかろうか。

「マナラークを代表する魔術師の一人として、流れ者にコケにされたまま終われるものか！　貴様ならば死にはせんだろう、我が奥の手を見せてくれるわ！」

ロズモンドはそう言いながら俺に背を向けてダッシュで放り投げた十字架の大杖を拾い直し、そそくさと俺を振り返った。俺がこの隙に攻撃しなかったことに安堵《あんど》したらしく、ほっと息を吐いていた。

「油断したな小僧め！　戦地ではそれが命取りとなる！」

……もうちょっと強めに殴り飛ばすなりして、さっさと諦めさせてあげた方がロズモンドのためにもなったかもしれない。

「カッ、カナタさん！　そろそろ来そうです！　さっきの爆発で、怒っているのかもしれません！」

ポメラが俺へと声を掛けてきた。

「え……？」

俺はポメラへと振り返る。

何のことかと思ったが、そういえば地中にはラーニョが潜んでいるという話だった。さっきのロズモンドの《大地爆轟《グラウンドボム》》で、そのラーニョが一気に戦闘態勢に入ったのだろう。

「決闘の最中に、目を逸《そ》らすなぁっ！　我を馬鹿にしておるのか！」

ロズモンドがそう叫んだのと同時に、周囲の地面を突き破って一斉に黒い一つ目の蜘蛛が現れた。

討伐対象のラーニョである。目視できる限りで三十はいる。

この倍はいると考えるべきだろう。思っていたよりも数が多い。

「ば、馬鹿な、目撃情報の多い場所だとは聞いていたが、ここまで繁殖していたというのか!?」

ロズモンドが十字架を構える。

「魔力もほとんど消耗してしまったところだというのに、この数とは……！」

……やっぱり魔力は尽きかけだったらしい。冒険者同士の縄張り争いの小競り合いで魔力の大半を吐き出して、肝心のラーニョ狩りはどうするつもりだったんだ……？

俺は周囲を這《は》い回るラーニョを、裏拳や蹴りで身体を引き裂いて仕留めていく。ちょっと手間だが、《英雄剣ギルガメッシュ》や魔法では、加減を誤って討伐証明部位であるラーニョの一つ目を吹き飛ばしてしまう恐れがあるからだ。

「不本意であるが、この数相手となれば、共闘するしかないらしい。土魔法第五階位《土塊爆弾《クロッドボム》》！」

ロズモンドも一応まだ魔力を残していたらしく、爆風で五体のラーニョを一発で仕留めていた。

だが、《土塊爆弾《クロッドボム》》を放った直後に、地中から這い出てきた複数のラーニョに足許に纏わりつかれていた。足を大きく上げて払っていたが、次々に現れるラーニョに体中に纏わりつかれていく。

「クソ、ぬかったか！」

俺は手許のラーニョを左右に引き千切り、ロズモンドの許へと飛んだ。一方的に攻撃を受けた仲ではあるが、さすがにこの状況で見捨てるという気にはならない。

だが、ラーニョに纏わりつかれているところをどう助けるべきか……と考えていると、地中から真っ白な巨大な腕が伸びた。手の甲に大きな口がある。

これはどうやらフィリアが《夢の砂》で造ったものらしい。ポメラを爆風から守るために出していたものと同じだ。この不安を煽《あお》るデザインはよくわからないが、彼女の出したものなら安全だ。

「ちぇいっ！」

フィリアが掛け声と共に腕を前に突き出していた。その動作に対応しているかのように、奇妙な白い腕がロズモンドへと突き出された。ロズモンドの身体が吹き飛び、近くの木へと叩きつけられた。

「ぶごどばぁっ！」

ロズモンドが、なかなか人の口から聞く機会のない悲鳴を上げた。一応身体からラーニョは振り落とされているが、本人も全身を痙攣《けいれん》させながら地面に突っ伏している。

「フィリアちゃん!?」

俺はフィリアを振り返った。

「だ、大丈夫！　フィリア、軽く……本当に軽く小突いただけだなの！　カナタ、信じて！」

フィリアがわたわたと腕を振って弁解する。そのせいか、あの奇妙な白い腕も連動するように地面の上を暴れ、周囲のラーニョを羽虫の如《ごと》く叩き潰していた。レベル２０００の軽く小突いたは信用できない。

「フィリアちゃんはとりあえずそのヤバイの一回仕舞《しま》って！」

俺がフィリアへとそう叫んだとき、ロズモンドがよろめきながら起き上がった。よかった、生きていた。

ロズモンドは必死に十字架の杖を拾った後、震える腕で暴れる白い腕へと杖を向けた。だが、白い腕が地面を殴りつけて大穴を開けたのを目にすると、背を向けて全力で逃走し始めた。

「ばば、化け物めええっ！」

……け、結局逃げるのか……。ま、まぁ、この場から離れてくれるならなんでもいいか。半端に狩りを手伝われても配分で揉《も》めるし、そもそもラーニョ相手にそんな手伝いはいらない。

「……フィリアちゃんのアレ、見られたけど大丈夫だったかな？」

あまり規格外のレベルを見せたくはなかった。他の転移者や上位《人魔竜》のような、ヤバイ人間に目を付けられるリスクが跳ね上がるからだ。

魔法を無力化して地面に叩きつけたくらいなら本領の片鱗も見せていないので大丈夫だろうと考えていたが、フィリアの《夢の砂》の腕はあまり見せない方がよかったかもしれない。正体に気付くことはないだろうが……。

「フィ、フィリア、またダメなことしちゃった？　口封じした方がいい？」

フィリアが腕を上げると、頭上に大きな白い球体が生じた。目や鼻、口、耳が、ランダムとしかいえない配置がされている。よくわからないが、とにかく禍々しい気を感じる。

フィリアはロズモンドが逃げて行った方へと腕を振り下ろそうとする。それをポメラががっちりと背後から摑んで止めていた。

「ま、待ってくださいフィリアちゃん！　それは何だか、凄く駄目な気がします！　あの人、きっと死んでしまいます！」

良かった……。一歩遅ければ、あのよくわからない何かが、ロズモンドに何かをしでかすところだった。

「大丈夫、ちょっと脅かすだけ！　ね？」

「助けてくださいカナタさん！　この娘《こ》、すっごく力が強いんです！」

ポメラが顔を真っ赤にして叫ぶ。ポメラの腕はぷるぷると震えているが、フィリアの腕は微動だにしていない。

3

俺は魔法陣を浮かべ、人差し指を伸ばして周囲に一閃《いっせん》を放つ。

「時空魔法第十階位《次元閃《ロムスラッシュ》》」

周りのラーニョの身体が真っ二つになった。切断面から体液が飛び散る。

小回りが利く代わりに線攻撃で、威力も今一つな魔法ではあるが、雑魚狩りには充分そうだ。討伐部位を避けやすいのもありがたい。

俺はラーニョの亡骸《なきがら》の合間を駆け、フィリアとポメラの前へと移動した。

「お、お見事です」

ポメラがフィリアを押さえながらそう言った。

「低階位の魔法なので、相応の威力ですけどね」

「低階位……？」

ポメラが首を傾げる。

「フィリアちゃん、あれ、消してもらっていい？　ちょっと不安だから……」

俺は空中に浮かぶ、謎の福笑い球体を指で示す。

「大丈夫？　あのロズモンドっていう人から話が漏れて、カナタの迷惑になったりしない？」

「……まぁ、多分、あの人は大丈夫だよ」

俺はそう言って、ロズモンドが逃げ去って行った森の奥を眺めた。

フィリアは俺の言葉にとりあえず安心してくれたらしく、謎の球体を消してくれた。さっきまで必死にフィリアを押さえていたポメラも、心底安堵した様子で彼女を解放していた。

「……ついでに聞いておきたいんだけど、あれは何だったの？」

「《不気味な顔《クリーピーボール》》！」

フィリアが得意気にそう言った。

そうか……《不気味な顔《クリーピーボール》》か。そんな禍々しい名前がアレにはついていたのか。

「あれは何をする物体だったの？」

「こうね、ぐちゃってなって……！　混ざって……ええと、なんだか出鱈目《でたらめ》になって、えっと……」

フィリアは身振り手振りで説明してくれるが、よくわからなかった。よくわからないなりに、何かとんでもないことになるらしいということだけはわかった。

「今度カナタとポメラに見せてあげる！」

み、見たいような、見たくないような、もう二度と出さないでほしいような……。

その後、俺はポメラ、フィリアと共に本格的なラーニョの討伐に掛かることにした。俺はラーニョの群れへと駆けていき、手前のラーニョを蹴り飛ばしつつ《次元閃《ロムスラッシュ》》で奥のラーニョを斬りつけていく。足技と時空魔法の刃を交互に出し、ラーニョを散らしていった。

小回りの利く《次元閃《ロムスラッシュ》》は思ったよりも使いやすい。《歪界《わいかい》の呪鏡》の悪魔達にはあまり効果がなかったので腐らせていたが、外の世界で戦う分にはこれを多用していった方がいいかもしれない。

極薄の刃であり、『斬る』というよりも『切断する』と表現するのが合っている。そのため衝撃が伝わって対象をぶっ飛ばしたり破裂させたりすることがないので素材を回収しやすい。

ポメラは大杖を掲げ、ラーニョ達が集まっているところへと向けていた。

「精霊炎魔法第五階位《紅蓮蛍《フレアフライ》》！」

真っ赤な火の玉が生じ、ラーニョの集まりの中央に落ちて破裂する。爆風に巻き込まれたラーニョ達が黒焦げになって周囲に転がった。

あの程度ならば目玉は回収できそうだ。《紅蓮蛍《フレアフライ》》は爆風の範囲攻撃がメインなので、今回の目的に適している魔法だった。

フィリアが両手を掲げると、地面から二本の巨大な真っ白の腕が伸びていた。

「そーれ、ぱーん！」

フィリアが手を叩くと、白い腕が連動して動く。地表を削って溝を掘り、二つの腕が掌《てのひら》を打ち合わせる。巻き添えになった十以上のラーニョが手の中で圧縮され、指の合間から激しく体液を噴射していた。拉《ひしゃ》げた目玉が衝撃で飛び出し、地面の上を転がった。

……他の目玉は無事なのだろうか。ラーニョの一つ目は討伐証明以上の意味合いはないはずなので、多少変形していても問題はないとは思うが……。

六十体近い数のラーニョはあっという間に残るところ一体となっていた。

「時空魔法第四階位《短距離転移《ショートゲート》》」

俺は時空魔法で逃げていくラーニョの背に立ち、指先を横に一閃した。《次元閃《ロムスラッシュ》》の刃がラーニョの身体を斬った。

「さすがカナタさんです！　カナタさんお得意の時空魔法、今回も凄く格好良かったです！」

ポメラが燥ぎながら俺へと歩み寄ってきた。

「俺の専門分野はどっちかというと炎魔法ですね。時空魔法は、師匠のルナエールさんが得意でした。というより、彼女も便利だから好んでいる、といった感じだったのかもしれませんが……」

ルナエールが本気を出す必要に駆られたところを俺は目にしたことがないので、時空魔法が彼女の中で最も得意な魔法だ、というわけではないのかもしれない。単に利便性の高い時空魔法を好んでいるだけということも考えられる。

もしかしたらルナエールは時空魔法ではなく、死霊魔法が一番得意だったのかもしれない。少なくとも生前は死霊魔法が最も得意な魔法だったと、ルナエールは過去を語るときにそう口にしていた。彼女の纏う冥府の穢《けが》れも、死霊魔法の力を高める作用があるのだそうだ。

俺も時空魔法をよく使うのは、炎魔法と違って加減を間違えてもまだ被害がマシで済むからだ。俺が本気で炎魔法を飛ばした場合、下手したら街一つ森一つが焼失しかねない。使える最高階位の魔法を飛ばした場合、出した炎をきっちり消せるかどうかは怪しいのだ。

時空魔法はルナエールがよく使っていたので、癖が移っている、という面もあるとは思うのだが。

「え……？　そ、そうだったんですか？　じゃあ今まで、主力ではない魔法であれだけ……？」

ポメラは茫然《ぼうぜん》と口を開けたが、首を振ってすぐ元の表情に戻した。

「いえ……カナタさんのことで一つ一つ驚いていたら、キリがありませんもんね……」

悟りを開いたかのように遠い目をしていた。……ポメラは本当に、俺のことを何だと思っているのだろうか。

「俺なんかでそんなに驚いていたら、もしもルナエールさんと会ったら大変なことになりますよ。あの人、全く底が見えませんでしたからね」

「カナタさんは本当にルナエールさんが大好きですね……」

ポメラからそう言われて、俺はびくっと肩を上下させた。

俺は成り行きでポメラに、ルナエールが老年の女性だと伝えてしまっていた。だというのに好意を見透かされたということは、もしかしたら俺の様子からルナエールが不死者であることに勘づかれたのではなかろうかと思ったのだ。気を付けていたが、ちょっと惚気《のろけ》みたいな空気が滲《にじ》んでいたのかもしれない。

「そっ、そうですね、親愛的な意味で、大好きですよ。ルナエールさんはその、お婆《ばあ》さんですからね！」

「ど、どうしたんですか、そんな言い訳がましい言い方をして。以前に聞いたので、それは知っていますよ……？」

ポメラが戸惑った様に言う。

俺は心中で、ルナエールへと謝罪した。また余計な嘘《うそ》を重ねてしまった。何年後になるかはわからないが、次にルナエールに会ったときは、後ろめたさで真《ま》っ直《す》ぐ顔を見ることができないかもしれない。

「しかし、やりましたねカナタさん！　これっ、凄いお金になるはずですよっ！」

ポメラがラーニョの亡骸の山を眺めながらそう言った。

ギルドの依頼では、ラーニョ一体につき二万五千ゴールドの討伐報酬となっていた。全部で六十体近くいるので、ざっと百五十万ゴールド程度にはなるはずだ。とりあえずの錬金実験の資金としては申し分ない。

「ええ、これだけあれば《神の血エーテル》を造る方法も見えてくるかもしれません。そうなればストックを増やして、ポメラさんの呪鏡レベリングの再開もできるはずです」

俺が笑顔でそう返すと、ポメラの表情が凍り付いた。

「……あ、あのう……本当にあれって、再開する意味があるのでしょうか？　ポメラは別にそのう……そこまでしなくてもいいかもしれないなと……」

……薄々勘づいていたが、ポメラはあまり《歪界の呪鏡》を用いたレベル上げはしたくはないのかもしれない。すぐに慣れると言いたいところだが、本人の意思を無視するわけにもいかない。

「ポメラさんは……そうですね、そこまでしなくてもいいかもしれません」

「え……いいんですか？」

俺のような異世界転移者は、ナイアロトプや他の神達にとっては己や同胞を楽しませてくれる道化師でしかないのだ。転移者というだけで凶悪な冒険者や魔物、別の転移者を神々の思惑でぶつけられることも考えられる。俺はいくらレベルを上げても安心には程遠い。この世界において俺はかなり上位の方にいるのではなかろうかとは思っていたが、マナラークで出会ったフィリアを戦闘不能に追い込んだ謎の魔術師は、俺よりも明らかに数段上だった。この世界は際限なく上には上がいるのだ。

しかし、ポメラは俺とは立場が違う。俺と関わらないように生きれば、今のレベルでも充分に平穏に生きていける範疇《はんちゅう》だろう。

「寂しいですが……無理に俺についてきてもらう義理はありませんからね。ここらで解散となるのも、仕方のないことだと思います」

「えっ……そ、そうなるんですか」

「呪いみたいなものなんです。もしかしたら俺は、厄介ごとに巻き込まれやすいのかもしれません。この先いつかとんでもない危険に晒《さら》されるかもしれません。或《ある》いはそうではないのかもしれませんが……今のレベルのポメラさんが俺の近くにずっといるのは、危険なことかもしれないんです。ずっとそれに付き合わせるわけにはいきません」

ナイアロトプがまだ俺に注目しているのかどうか、連中がどの程度こちらの世界に干渉してくるつもりなのかもわからないのだ。

今の俺が一応ルナエールから合格をもらっているラインだ。なのでポメラもレベル３０００近く……少なくとも、通常フィリアと同程度のレベル２０００は欲しい。今のレベル２００のポメラでは不安が多すぎる。

「カナタさんの強さを見るに、過去に何か事情があったのだろうと思っていましたが……やっぱり、そうなのですね」

ポメラがごくりと唾を呑《の》む。それからほんの少しの間だけ考え事をするように目を瞑《つぶ》り、心を決めたように両目を大きく開いた。それからポメラが俺の手を両の手で強く握った。

「ポメラさん……？」

俺はポメラの様子に呆気《あっけ》に取られていた。

「今のポメラでは全然足りないとは思いますが……ポメラも、カナタさんを支えられるくらい強くなりたいです！　もし失礼でないなら、これからも横に置かせてください！」

「それは……呪鏡レベリングも一緒に熟してくれる、ということですか？」

「…………は、はい、勿論《もちろん》、その……が、頑張ります」

ポメラが小さな声でそう言った。俺は彼女の手を握り返した。

「ありがとうございます！　俺もまだこの国の常識について無知ですし、それに、折角仲良くなれたポメラさんと離れたくなかったので嬉しいです」

「そ、そうですか、カナタさん、ポメラと離れたくないって言ってくれるんですね……えへへ。ま、任せてください。ポメラ……その、すっごく頑張りますから」

ポメラは少し大きな目を瞬かせた後、腕を引き、恥ずかし気に頬を赤らめて髪を弄《いじ》っていた。

「フィリアも！　フィリアもその鏡の特訓やってみたい！」

フィリアが手を上げながら会話に割り込んでくる。

フィ、フィリアは純粋すぎるので、これ以上レベルを上げるのはむしろ危険かもしれない。《夢の砂》を使えば一時的にレベルを上昇させることもできるようであるし、強くなられると俺でも抑え込めなくなる可能性がある。少なくとも自衛は充分にできるようだ。

俺も一度は《恐怖神ゾロフィリア》を倒し切ったつもりだったが、気がついたらフィリアとして俺の後ろにぴったり貼りついていたのだ。耐久力は恐ろしく高い。

「……カナタ、フィリアはダメなの？」

フィリアがじっと俺を上目遣いで見る。

「う、う～ん……」

俺が悩んでいると、ポメラがばっとフィリアの身体を押さえた。

「やっ、止めておいた方がいいです！　本当に！　大丈夫です、ポメラが犠牲になりますから！　あれは志願してやるものじゃありません！　フィリアちゃんは大人しくしておいてください！」

……や、やっぱりポメラも、あまり《歪界の呪鏡》のレベリングを行いたくないのでは……？

「それよりカナタさん、集めるのはラーニョの一つ目だけでいいのですよね？　どうやって集めていきましょう……」

ポメラがラーニョの骸《むくろ》の山を見つめる。……確かに、これはちょっと手間が掛かりそうだ。

「まず一か所に固めたいところですが……これだけ散らばったものを動かすのも一苦労ですね」

水か土か風を操るのが一番手っ取り早いか？　ちょっと範囲が広すぎるので、環境に及ぼす影響が怖い気がしなくもないのだが……。

「フィリアに任せてっ！」

フィリアはそう言うなり俺の前に出て、両腕を掲げた。地面から毎度お馴染《なじ》みの大きな白い両腕が伸びたかと思えば、地面を掌で押しながら前進し、あっというまにラーニョの亡骸を俺達の近くへと集め始めた。あっという間の出来事だった。

「ね？　ね？　フィリア凄いでしょ？　フィリア頑張ったでしょ？　褒めて、褒めて！」

フィリアがきゃっきゃと騒ぐ。

「あ、ありがとうね、フィリアちゃん」

こ、この子……本当に万能だな。

フィリアにラーニョの亡骸を一か所に集めてもらってから、俺はポメラと並んでナイフで討伐証明部位である一つ目の眼球を抉《えぐ》り出していた。

……俺達の周囲には、フィリアが《夢の砂》で造った一メートル程度の細長い腕がいっぱい生えていた。腕はテキパキとラーニョから眼球を抉り出していた。

任せっきりなのは申し訳ないので俺とポメラも一応作業しているが、正直全部フィリアに投げてしまった方がいいかもしれない。

「ね？　ね？　フィリア凄いでしょ！　褒めて！　褒めて！」

フィリアが得意気な顔で、ぱたぱたと両腕を上下させる。

……とんでもなく凄くはあるのだが、人前では絶対に披露させるわけにはいかない。

腕が植物の如く周囲から生えている様はちょっと不気味すぎる。ポメラもなんともいえない顔で腕の群れを眺めていた。

「それにしても……前にフィリアちゃんが同じくらいの群れを滅ぼしたのにまたこの数は、あまりに異常すぎます。これも、全体で見るとほんの一部だとすると……」

ポメラはラーニョの亡骸を抱えて眼球を抉り出しながら、俺へとそう零《こぼ》した。

「そんなにこの規模は異常なんですか？」

俺の言葉にポメラは頷《うなず》く。

「都市の近くでこんなの……普通はあり得ないんです。きっちりと仕事をしてくれるA級冒険者が二人でもいれば、その都市は滅多なことがない限りは安泰だとされています」

「A級冒険者っていうと……」

アルフレッドやロズモンド、か。アルフレッドは旅をしているようだったが、魔法都市マナラークはA級冒険者を数名抱えているという話であった。他にも何人かA級冒険者がいるはずだ。それに一人、S級冒険者もいるという話であった。

ポメラの口ぶりからして、通常はA級冒険者が対応できないような魔物の被害は滅多に発生しないようであった。だからこそノーツのようなA級冒険者以上の実力を持つ犯罪者は、《人魔竜》として恐れられているのだろう。

一都市にA級冒険者が数人いるかいないか程度であるのに、外を歩いていて突然ゾロフィリアが出てくるような世界であれば、さすがに人類は滅んでいるか。

「でもロズモンドさん、ラーニョ相手にちょっと危うそうでしたね……」

ロズモンドは俺に一方的に攻撃してきた際にかなり魔力を吐き出し、同時に自爆でダメージを負っていた。ラーニョを相手取っていた際には万全とは言い難い状態ではあっただろう。だが、ラーニョ六十体は、余裕で対応できる相手、というわけではないようだった。

「ですから……おかしいんです。これが単発の《モンスターパレード》だというのなら、こういうこともたまにはあると思います。でも……今回は、これと似た規模の《モンスターパレード》が、魔法都市マナラーク周辺で複数起きているはずです。こんなの、どう考えたって異常なんです」

「ギルドの職員も、異常事態だと言っていましたね……」

報酬の払いがいいのも、それだけ焦っているからだろう。俺が捉えているよりも、ずっと危険な状態に魔法都市はあるのかもしれない。

「ポメラは思うのですが……ギルドの様子、随分前からラーニョが急増していることの対策を行っていたみたいでした。この都市は上位の冒険者も多いですから、駆除も進めていたはずです。なのに今こうなっているということは……冒険者がラーニョを狩る速度よりも、増える速度が上回っているからなのかもしれません」

冒険者が熱心に狩っても、魔物が増える方が速い……？

そんなことが、あり得るのか？　本当にそうだとしたら、とっくにこの世界はラーニョに埋め尽くされているのではなかろうか。どうにも嫌なものを感じる。

「もう少し、慎重に行動した方がいいのかもしれませんね。割のいい依頼だと思って、深い考えなしに飛びついてしまっていました。今回は別に大丈夫でしたが……」

「いえ、たとえ魔法都市の人間が全員別の都市に避難することになったとしても、カナタさんだけは別に気を付けなくても大丈夫だと思います」

……俺が真剣に話していたのに、ポメラは目を丸くして、手首をひょいひょいと横に倒してそう答えた。

俺は苦笑しつつ、水入れ袋へと口をつけた。そのとき、ポメラがびくりと身体を震えさせ、慌ただしく立ち上がった。

「カ、カナタさん！　何か来てます！　魔物の群れと……あと、何か、人もいます！　多分、魔物から逃げているみたいです！」

「落ち着いてくださいポメラさん。そう慌てなくても、恐らくはただのラーニョだと思います」

仮に違ったとしても、人間が走って逃げきれている時点でそこまでの魔物ではないはずだ。

「人がいるんですよカナタさん！　あれ、なんとかしないと！」

ポメラが、フィリアの造った腕の雑木林を指で示す。

俺は思わず、飲んだ水が気管に入って咳《せ》き込んだ。喉を押さえながら水入れ袋を地面に叩き付け、フィリアへと振り返った。

「フィッ、フィリアちゃん！　消して！　それ、一旦消して！　お願い！　それは本当にまずいから！　言い訳できないから！」

フィリアはきょとんとした顔をしていたが、「わかったー！」と笑顔で答え、腕の雑木林を消し去ってくれた。僅かに光が残る中、地面へと掲げられていたラーニョの亡骸が落下していく。俺はほっと胸を撫で下ろした。

森の奥から駆けて来るのは、先程俺達から逃走していったばかりのロズモンドであった。本人も傷だらけだが、腕の籠手に罅が入っている。俺達から逃げた先で、また魔物と交戦になっていたようだ。

「貴様らあああああっ！　我を助けよ！　どうせ貴様らならどうにかなるであろう！」

顔を真っ青にしてそう叫ぶロズモンドの背後には、ラーニョの群れがいた。全長二メートル近い巨大なラーニョも三体ほど見えた。な、なんだ、あんな大型個体がいたのか。

「あの人……化け物呼ばわりして逃げて行った割には、凄い勢いで帰ってきましたね……」

ポメラがロズモンドへ目を向けながらそう言った。故意に他者へ魔物の群れを擦《なす》り付けるのは犯罪行為に該当することもあると聞いていたが、彼女もまた必死なのだろう。

「大型のラーニョ、ですか……」

俺は向かって来るラーニョの大群の中の、三体の巨大なラーニョを睨みつけた。ラーニョの中にこんな大型の個体がいるとは、冒険者ギルドの方の説明では聞いていなかった。

「おい貴様ら、どうにか大型種の気を引けえっ！　このままでは我が、奴《やつ》らに喰《く》い殺されてしまうわ！」

ロズモンドが俺へと喚《わめ》き散らす。前回のあの一件からさほど時間も置いていないのに、助けてもらう身でこれだけ上から目線になれるのは大したものである。ある意味大物なのではなかろうか。

「いいか、あのデカブツは洒落《しゃれ》にならん！　体表が分厚すぎる！　生半可な攻撃では通りはせん！　単体ならともかく、複数体おる今、まともに相手をするのは愚策だ！　幸い速さはさほどではない！　どうにか気を引くのだ！」

あの大型ラーニョ……防御性能特化型なのか。

「ぬぐぉっ!?」

こちらに逃げて来ていたロズモンドが、その場で大きく躓《つまず》いた。見れば、彼女の足にラーニョが纏わりついている。逃げるのに必死で、地中に潜んでいるラーニョの不意打ちを避けられなかったようだった。

ロズモンドを、大型ラーニョが押し潰そうとする。

「ま、待て！　我を喰らっても美味《うま》くはない！」

俺は地面を蹴り、ロズモンドの前へと出た。

まず大丈夫だと思うが、万が一攻撃が通らなければ、そのときはロズモンドの命が危うい。一応、武器を抜いておくべきか。

俺は《英雄剣ギルガメッシュ》の柄《つか》に手を掛けた。

「カナタさんっ！　あの……そ、それは駄目な気がします！　別に、その剣は使わなくとも……！」

抜くと同時に大型ラーニョ目掛けて薙《な》ぎ払った。衝撃で地表が剥がれ、周囲のラーニョ達が体液を噴き出しながら宙を舞った。斬撃の余波で、離れた場所の木が次々に薙ぎ倒されて行く。

直撃した大型ラーニョの巨体が上下に分かたれ、《英雄剣ギルガメッシュ》の魔力に呑まれて黒い塵《ちり》と化していった。

「やっぱりいらなかったか……」

俺は《英雄剣ギルガメッシュ》を鞘《さや》へと戻した。俺の傍らで、ロズモンドが大口を開けて俺を見上げていた。

「馬鹿な……そんな……我でさえ、まともにダメージを通すことはできなかったというのに……」

「……えっと、大丈夫でしたか？」

「別に我も、万全の状態であれば、あの程度の魔物など何ともなかったのだからな！　本当であるからな！」

ロズモンドが俺へと必死にそう訴えかけて来る。

「そ、そうですか……」

フィリアが俺の隣へと出てきた。

フィリアが右手を掲げると、前方の地面を貫いて巨大な真っ白な腕が生えてきた。いつもの《夢の砂》で造ったものである。

あんまりロズモンドにはそれは見せないでほしかったのだが、まあ、一度見せてしまったので今更の話……か。

腕についている大きな円《つぶ》らな瞳が、俺とロズモンドを見てパチパチとウィンクしていた。振り返ると、フィリアが得意気な顔をしていた。

このサービスで見かけの不気味さを中和したつもりなのかもしれないが……ウィンクされても、やっぱり怖いものは怖い。

俺はロズモンドへ視線を戻す。彼女は呆然とした顔をしており、その目は真っ白な巨大腕の瞳に釘付《くぎづ》けになっていた。

「えいっ！」

フィリアが可愛らしい掛け声と共に手を閉じる。二体目の巨大ラーニョが、握り潰されて全身から体液を噴き出していた。体表が分厚いため、攻撃が通らないとはなんだったのか。

ロズモンドはしばらく呆然と見上げていたが、突然素手で自分の頭をガンガンと殴り始めた。

「ちょ、ちょっと、何をやっているんですか！　外傷も酷《ひど》いのに！」

「……落ち着け、我よ、ロズモンドよ！　コイツとあそこのガキがおかしいだけなのだ！　我は、我は、A級冒険者《殲滅のロズモンド》であるぞ！」

ロズモンドはぶつぶつとそう呟き、自分に言い聞かせているようであった。

彼女はラーニョに散々咬《か》まれたせいか怪我《けが》が酷いが、頭も何かの拍子にぶつけたのかもしれない。

そのとき、離れた所にいたポメラが杖を振った。

「精霊魔法第八階位《雷霊犬の突進《ライラプスファング》》」

ポメラの前に、獣を象った雷の塊が生じた。一直線に駆け抜け、大地を抉りながら最後の巨大ラーニョへと突進していく。ぶつかった通常サイズのラーニョ達が、黒焦げになって散らされて行く。巨大ラーニョも、雷の塊の突進を受けて消し炭になっていた。

「これで大きい奴はいなくなりましたよ、カナタさん！　小さい奴らを狩っていきましょう！」

ポメラの魔法を眺めていたロズモンドは、無表情になっていた。

「お、落ち着くのだ。我でも別にあれくらいどうにかなった。それに、ただ、コイツとあそこのガキと、あっちの女がおかしいだけで……我は充分に、充分に……」

ロズモンドはそこまで口にしてから、言葉を区切って俯いた。彼女は地面に膝を着けて座り込んだ姿勢だったのだが、膝を折り曲げて抱え込んで三角座りになった。

「……自信なくなってきた」

「ついさっきまであんなに自信満々だったのに!?」

どうやら二人目まで例外が出て来るのはアリだったが、三人目が出て来るのはロズモンド的にはナシだったらしい。

「あっちのガキからは底知れぬ物を感じはするが……あんな鈍臭そうな女でも、第八階位の魔法を当然の如くぽんと扱えるというのか……。それも、制御の難しい精霊魔法の、高火力の自身を巻き込まない魔法を……。こんなの、動きづらい鎧まで付けて、戦闘スタイルを活《い》かすためにずっと寂しくソロでやっておった我が馬鹿みたいではないか……」

きゅ、急激にナイーブになった!?

ロズモンドはなまじ自信家だったため、折れてしまったときの反動が大きいのかもしれない。

「あの……今ポメラ、自然に馬鹿にされませんでしたか……?」

ラーニョの大群を再び一掃した後、ポメラは半ば放心状態のロズモンドを白魔法で治癒していた。命に別状はないだろうが、散々ラーニョに咬まれていたらしく、全身傷だらけになっていたのだ。

その間、俺とフィリアで討伐証明部位であるラーニョの目玉を抉り出していた。俺はラーニョの目玉を地面に積み上げていく。

ラーニョの血が腕にべったりとつく。しかし、幼い精神を持つフィリアに、こんなことをやらせていいのだろうか。

「カナタッ！　この目玉、すっごく大きい！　ね、ね、これ、十個分くらいになったりしないかな！」

フィリアが大型ラーニョの目玉を、血塗《ちまみ》れで掲げていた。……うん、まあ、大丈夫そうかな。

「これで……ラーニョの目玉は全て、ですね」

最初のラーニョが約六十体で、ロズモンドが引き連れて来てくれたラーニョが約四十体、合わせて百体ちょっとといったところだ。

大型ラーニョは三体いたが、ポメラの精霊魔法の雷で一体の目玉は黒焦げになっており、もう一体は全身丸ごと《英雄剣ギルガメッシュ》の錆《さび》になってしまった。とりあえず黒焦げの目玉は残しているが、消し炭になってしまったものはどうしようもない。

綺麗に残っているのはフィリアが握り潰した大型ラーニョの目玉だけだった。全身圧縮したかと思っていたが、目玉だけ完全な状態で残していたのだ。

俺は目玉を数えながら、魔法袋の中へと収納していく。

「ラーニョがざっくり百体だから、二百五十万ゴールドですか」

更に大型ラーニョ二体分の追加報酬が期待できる。プラス十万ゴールドくらいは行くかもしれない。

俺は晴れやかな気分だった。これで自由に錬金実験を行えるだけの金銭が手に入るはずであった。もっとしつこく狩れば、更に多くのラーニョの目玉が手に入るかもしれないが……まあ、とりあえずはこんなものでいいだろう。やり過ぎればロクなことにはならない。目立つのはあまりよろしくない。

「そういえば……ロズモンドさんが倒したラーニョの亡骸も、あったのではないですか？　取りに戻るのでしたら手伝いますよ」

「……今回は、もう、よい。一夜眠って全て忘れたい……」

「そ、そうですか……」

ロズモンドはすっかり落ち込んでいたようであった。

……何故だか、最初に会ったときよりずっと小さく見える。重装備が剝がれたこともあるのだろうが、それだけではないだろう。

ロズモンドには、俺達について余計なことは言わないでほしいと、約束している。フィリアの《夢の砂》が露呈すると、どういう事態になるのか予測がつかないからである。

ロズモンドはちょっと血の気が多いが、そう口の軽い人間ではないだろうと思う。一応助けたことに恩は感じているようであるし、そうそう簡単に売られるようなことはないだろう。

「……しかし、あの三体の大型ラーニョ……魔法都市は、最悪の事態を迎えようとしておるのかもしれんな。我も、ここを離れるか、残って戦うのか、考えておかねばならん」

ロズモンドがぽつりと呟いた。

4

俺達は森を抜け、魔法都市マナラークへと帰還した。成り行きで帰路を共にしていたロズモンドと別れ、早速冒険者ギルドへと向かう。

「これでついに《神の血エーテル》を造る錬金実験に着手することができます」

「ふふっ……カナタさんが喜んでいると、ポメラもなんだか嬉しいです」

ポメラが微笑《ほほえ》みながらそう言った。

「ええ、完成したらまた《歪界の呪鏡》のレベリングを再開しましょう」

「……あ、はい」

おかしい、ポメラの笑顔が途切れた。

「フィリアも飲んでみたい！　ねぇねぇ、カナタ！　エーテルっておいしいの？」

「お菓子感覚で飲むものではないけど、まあ……うん、美味しいことには違いないよ」

何せ《神の血エーテル》は、推定一本数千万ゴールド以上である。

「そっか……わかった！　じゃあ、じゃあ、フィリアも、鏡でいっぱいいっぱい強くなる！」

……フィリアは、今より強くならないでほしいかもしれない。これ以上強くなったら、俺でも手をつけられないようになってしまいかねない。《夢の砂》の能力の限界がわからないので、いつの間にかレベルを追い越されていてもおかしくない。

「レ、レベリングはしなくても飲ませてあげるから、大丈夫だよ」

「でも、フィリアも、カナタとポメラと、鏡の中で修行したい……」

「う、う～ん……そっか、またちょっと考えておくよ」

「やったぁっ！　期待してるねっ！　カナタッ！」

ほ、本当にどうしよう。ま、まあ、俺がもっともっと強くなれば、大丈夫……だろうか？

「……と、到着したか。早速、換金してもらうか」

冒険者ギルドの扉に手を掛けるが、中の様子がなんだか騒がしい。何か、また面倒なことでも起こったのだろうか。

そう言えば、ラーニョの異常発生具合は、ギルド側も、ポメラも、ロズモンドも、何かの前兆ではないだろうかと怪しんでいた。

覚悟して扉を開けると、ギルドの受付中央部に人集《ひとだか》りができていた。そしてその中心部に堂々と立つ、一組の男女の姿があった。金色の長髪の美丈夫と、青髪短髪の女冒険者である。

「あれは確か……」

「……カナタさんが大ファンの、アルフレッドさんですね」

ポメラがややうんざりしたようにそう口にした。

「ファンとはまた違うのですが……」

A級冒険者アルフレッドと、彼の付き添いであるセーラだ。丁度彼らも戻ってきたところであったらしい。

「なんだ、アイツ……流れ者の分際で、この魔法都市マナラークで気取りやがって……」

「A級冒険者が、どんなもんだよ。この都市の審査がちょっと厳しいだけで、俺だって他の都市ならA級冒険をやってくくらいできるんだ。冒険者としては、ロズモンドの方が格上だろう」

「そういうなよ、アイツが何体狩ったか、見物じゃないか。アルフレッドの実力は今にわかるさ」

周りの冒険者達は、彼に対して否定的な声が多いようだった。特に、男冒険者は嫉妬と怒りの混じった目で見ている者が多い。

それに、アルフレッドは、出発前にここの冒険者に対し、宣戦布告とも取れる言葉を吐いていた。周囲の冒険者は腑抜けばかりだと言い、誰よりも多くラーニョを狩ると宣言していたのだ。

アルフレッドは周囲を見回し、大きな溜め息を吐いて自身の額を押さえた。

「魔物を討伐する度にこの騒ぎとはな……やれやれ。お前達も冒険者なのだろう？　人様の功績よりも、自分の功績をもう少し気に掛けてみればどうだ？」

その一言で、冒険者ギルド内の気温が数度下がった気がした。騒がしかった冒険者ギルドが一気に静かになった。

「カ、カナタさん、なんだか、殺気が立ち込めていませんか？」

「人様の功績より自分の功績、か。確かに、一理あるかも……」

俺はうんうんと、小さく二度頷いた。

他人の功績を過剰に気にするのは、冒険者としてやることではないだろう。それはただの野次馬である。自身の利益や向上にはまず繋《つな》がらない。関心を持つのは結構だろうが、それで自分の功績が二の次になってしまうのであれば、それはもう不毛というものだ。

「……やっぱりカナタさん、ああいうのに変な憧れを持ってますよね？」

ポメラが失望したような目で俺を睨んだ。

「ち、違いますよ。別に、間違ったことは言っていないかなって……」

「カナタさん、別に正論であっても、それを口にするのが正しくないタイミングもあるんですよ？」

俺は人集りの背後に立ち、背伸びをしてアルフレッドの様子を覗《のぞ》き見《み》していた。アルフレッドは他人の功績に気を取られていないで自分のことをもっと気に掛けろと口にしていたが、それでも気になるものは気になってしまう。

それに、何となく他の人が気に掛けているものは、自分も気になってしまうのだ。アルフレッドの周りに人集りができている辺り、これは日本人だけの性質というわけでもないのだろう。

「カナタさん、行きましょう。あの人が注意を引きつけてくれているお陰で、他の受付が空いていますよ」

ポメラがぐいぐいと俺の腕を引っ張る。

「わ、わかっています。ちょっとだけ待ってください、ちょっとだけ」

「なんで変なところでミーハーなんですか……。わかりましたよ……さっと見て、さっと移動しましょうね、カナタさん」

ポメラがはあ、と溜め息を吐いた。

俺が様子を見ていると、アルフレッドはまたわざとらしく周りへ目をやり、大きく鼻を鳴らしていた。

「見世物ではないのだがな」

それから魔法袋を手に取り、袋の中から大量のラーニョの瞳を転がした。ギルド内から、おおっと歓声が上がる。

「す、すげぇ……」

「A級冒険者は、伊達《だて》じゃねえってことだな」

「チッ、あれだけの数を狩って来て、あの澄まし面かよ。まだ余力を残していやがる」

ラーニョの瞳の数はざっと……四十といったところだろうか。そうか……ま、まぁ……そんなものか。

「騒がしい、たまたま運がよかっただけだ。大量のラーニョの群れを見つけたのでな。この程度のことは、別に俺にとっては何ということでもない。もっとも……もっと多くのラーニョを見つけていれば、それだけここに持ってくる数が増えていただろうがな」

「さ、さすがアルフレッド様です！　すぐに換金させていただきますね！」

ギルドの職員が興奮気味に対応している。俺がその様子をぼうっと眺めていると、ポメラに腕を引っ張られた。

「カナタさん、満足しましたか？　ほら、行きますよ」

「あ……はい」

人集りから離れようとしたとき、アルフレッドが大きく首を振ったのが見えた。俺はまた足を止め、彼へと目を向ける。

「職員の娘よ、早とちりするな。普通のラーニョはこれだけだと言ったのだ」

「え……まだ、何か……？」

アルフレッドがフーと息を吐き、何か気難し気に自身の鼻へと指を当てる。俺はその様子に引き込まれ、息を呑んで様子を見守っていた。

「余計なことをぺらぺらと語り出す前に、そっちの別件の話を切り出せば誤解を招かなかったのでは……？」

ポメラが鬱陶しそうにアルフレッドを睨んでいた。

「どうしたんですか、ポメラさん？　そんなにアルフレッドさんを目の仇《かたき》にしなくても……」

「……ポメラ、あの人の面倒臭い態度と、回り諄《くど》い言い回しが、なんだかすっごく鼻につくんです。むしろカナタさんは何とも思わないのですか？」

別に、俺は特に引っかからないが……。

全員が見ている前で、アルフレッドは魔法袋に手を突っ込んで、ごそごそと何かを探しているようだった。

「……実は俺は、ラーニョの異常発生には何か原因があると考えていた。そして、その元凶を暴き、討伐した。俺が奴を見つけ損なっていなければ、この魔法都市マナラークは危うかったかもしれんな」

元々騒《ざわ》めいていたギルド内が、アルフレッドのその一言で大騒ぎになった。俺もアルフレッドの手から目が離せなくなっていた。

「何か原因があるには違いないと思っていましたが……まさか、既に討伐していたなんて……！」

「……あの、カナタさん、魔法袋ってあんなに捜さなくてもすぐばって出てきますよね？　カナタさんが捜してごちゃごちゃやっているところ、見たことありません。おかしくないですか？　絶対に勿体振《もったいぶ》っていますよ」

ポメラが俺の腕をぐいぐいと引き、同級生の悪事を密告する小学生の様にアルフレッドを指差した。

「ちょっと待ってください、ポメラさん、今、アルフレッドさんが大事な話をしているところですから！」

俺はポメラを手で制しながら、アルフレッドへと注目していた。ギルド中の人間が見守る中、アルフレッドは魔法袋から、大きなラーニョの瞳を取り出した。

「見よ、ラーニョの巨大種の瞳だ。こいつが魔法都市マナラークの周囲一帯が、ラーニョに覆い尽くされた元凶であったのだ。通常のラーニョより遥《はる》かに危険な魔物であった。もっとも……この俺の敵ではなかったのだがな」

ギルド中が歓声と拍手に包まれた。アルフレッドを称賛する声に溢《あふ》れる。そんな中、俺は目を凝らしてラーニョの瞳を睨んでいた。

「……もしかしてあれ、俺達が二つ持っている奴じゃ」

ロズモンドが三体引き連れて走って来てくれた、大型ラーニョの瞳である。

別にアレは、元凶でもなんでもないだろう。少なくとも四体は存在したことが確定してしまった。

多分、探せばもっといくらでも出て来る。

「そうですね」

ポメラが素っ気なくそう返した。

「……行きましょうか」

俺がそう言うと、ポメラが無言で頷いた。俺はがらっがらの別の受付に行ったが、職員もアルフレッドの方へと貼りついていてこちらを見てくれなかった。

「あのーすいません！　ラーニョの討伐依頼を受けていまして！　換金したいんですけど」

「はぁ、もう少し後にしてくれてもよかったのに。今、ラーニョ騒動の元凶が討伐されたって話が出たところで……」

職員がぶつくさと文句を呟きながら向かってきた。

「これですね」

俺は魔法袋をひっくり返して、まず箱を落とした。それから魔法袋を揺らし、百ちょっとのラーニョの瞳を、箱の上へとどんどんと落としていった。

どうでもよさそうに眺めていた職員の顔色が、見る見るうちに変わっていく。

あまり変な形で目立ちたくはなかったが、まぁ、このくらいなら許容範囲だろう。アルフレッドも、もっと多く見つければそれだけラーニョを狩れていた、と口にしていた。俺も普通のA級冒険者くらいの位置を目指して、冒険者活動を行っていこう。

「こ、こんなにたくさん……！　そんな……！」

最後に、巨大ラーニョの瞳が二つ、箱の上へと落ちた。職員が、真顔になった。

職員はさっとアルフレッドの方へと目をやった後、俺の落とした瞳へと視線を戻した。

「えっと……これ……え？」

「……多分、これ、いっぱいいると思います」

……ラーニョの瞳百個の二百五十万ゴールドでも充分なので伏せておこうかとも考えたのだが、さすがにアルフレッドのデマを流したままにはしておけない。これで騒動が落ち着くと判断すれば、都市側のラーニョ騒動への対策が遅れることも考えられる。

「おい、あっちの奴も凄いぞ！」

「なんだ、あの量は！」

アルフレッドの方に集まっていた野次馬が、こっちへと流れ出した。

「やれやれ、そろそろ散ってもらえないか？　さっきも言ったが、人の功績など眺めていても自己研磨には繋がらぬのだぞ。そんなものに気を取られているのは愚か者のすること……ん？」

アルフレッドは背後を見て、自身の周りの人集りが減りつつあることに気が付いたらしく、辺りを見回し……俺へと目をやった。十秒ほど、じっとこちらを見ていた。

俺は彼へと目をやって、小さくお辞儀をした。アルフレッドがクワッと目を見開き、額に皺《しわ》を寄せて睨みつけてきた。

も、物凄くあの人、こっちに気を取られていないか？　言っていることとやっていることが全く違う。

職員は二つの大型ラーニョの瞳を見て、顔を蒼褪《あおざ》めさせていた。

「す、少し、お待ちください。私だけでは、これについては判断できませんので！　それにラーニョの大型種が、何体も魔法都市の周辺に出没しているとなると……これは、本当にとんでもないことが起きようとしているのかもしれません」

「やっぱり、結構マズいんですか？」

これだけ大量のラーニョが発生している時点で、既存の魔法都市の戦力では対抗しきれるか怪しい段階まで来ているように思う。ルナエールも、この世界では魔物の災害であっさりと大国が滅ぶようなことが歴史上度々あったと、そう口にしていた。

「私には詳しくはわかりませんが……ギルド長様が、もしラーニョの上位種が続々と出没するようになれば、この都市が滅ぶ前兆になるかもしれないと……」

職員が額を押さえ、小声でそう漏らした。

そこまで具体的に予測していた人がいたのか。だとすれば、かなり信憑性《しんぴょうせい》の高い話なのかもしれない。

「おっと……すいません。無為に不安を煽るべきではありませんでした。今のことは忘れてください。とにかくこの件は、少しでも早く上に伝えておかないと……。大型ラーニョについては、情報としての価値もあるので、満足いただける額を用意できるはずです」

職員は俺に頭を下げると、慌ただしく奥へと引っ込んで行った。

そのとき、背後から声を掛けられた。

「お、おい、アンタら、一体何者だ？　この都市の冒険者じゃないな。アンタらみたいな奴がいたら、これまで目立っていなかったわけがない。アルフレッドと同じ、流れ者か？」

俺達の様子を眺めていた冒険者の一人であった。

「えっと、はい、俺達はアーロブルクから来た冒険者で……」

俺がそう口にしたとき、一人の男が前に出てきた。黒い尖《とん》がり帽子を被《かぶ》った、やや隈《くま》のある三白眼の男であった。どこかで見覚えがあると思えば、この都市に到着した直後にポメラに声を掛けて来た男であった。

男は帽子を手で傾け、息を吐いた。

「アーロブルクで、《人魔竜》の一人である《邪神官ノーツ》が暴れた事件は耳にしているな？この聖女ポメラはたった一人でアーロブルク中の被害者を治癒し、《邪神官ノーツ》のいた館ごと吹き飛ばして奴を討ったのだ」

「え……？」

ポメラの目が点になっていた。冒険者ギルド中からどよめきが上がる。そんな馬鹿な、有り得ないと、皆が口々に言っていた。

「加えて、彼女は大型のドラゴンの精霊を自在に使役することができる。それは俺がこの目で見たので間違いない。あんな強大な精霊は、初めて目にした……。治癒や攻撃の魔法だけではなく、召喚魔法も尋常ではない……」

フィリアがぱちぱちと瞬きをしてから、自身を指で示しながらポメラの方を見た。

「……もしかして、フィリアのせい？」

「ついでに彼女が《邪神官ノーツ》の被害者を治癒して回っていた際に、五十年以上盲目だった老人が目に光を取り戻したとも、噂《うわさ》で耳にしている……」

俺は思わずポメラを見た。

ポメラは凄い勢いで首を振った。どうやらその噂は完全にデマであったらしい。

「ばっ、馬鹿な！」

「そんなことがあり得るわけがない！」

ギルド内に暴言が飛び交う。俺もそう思う。何なら否定している。

「そうです！　そんな話、全部出鱈目です！　勝手なことばっかり吹聴《ふいちょう》しないでください！」

ポメラも顔を真っ赤にして男にそう言っていた。

「……退け、邪魔だ」

よく通る声が聞こえて来た。

俺が目を向ければ、野次馬達が左右に分かれて道ができていた。その道をつかつかと歩いて向かって来るのは、アルフレッドであった。眉間に険しい皺を寄せて、俺達を睨みつけている。

ちょっと緊張してしまう。俺は少し背筋を伸ばした。

アルフレッドのレベルやラーニョの討伐数にはちょっとがっかりしたが、アルフレッドはこの世界で命懸けで戦い、正攻法で生きて来た本物の冒険者だ。

アルフレッドには、時間を掛けて苦労してきた者の風格がある。彼の佇《たたず》まい、振る舞いには、俺も男として憧れるものがある。

「おい、貴様」

「な、なんでしょうか」

俺が答えると、アルフレッドが声を荒げた。

「貴様ではない！　そこの女だ！　腰巾着の雑魚などどうでもよい！　下がっていろ！」

「す、すいません」

思わず気迫に圧されて謝ってしまった。

俺ではなく、ポメラの方に声を掛けていたらしい。しかし、これまでアルフレッドにあった余裕が全く感じられない。

「なんてことを言うのですか！　カナタさんに謝ってください！」

ポメラがむっとした顔で杖を握り締め、アルフレッドへと一歩近づいた。

「そんなことなど、どうでもよい！　問題は、貴様が虚栄を張り、ありもしない荒唐無稽な話を広めようとしていることだ。同じ冒険者として、その見苦しさが目に余る」

「それはポメラ達が言い始めたことではありません！　文句があるのなら、そっちの男の人に言ってください！」

「何がノーツを倒した、だ！　そのラーニョの目玉はどこで買い集めた？　よくもこの俺の横でこれ見よがしに取り出して、大恥を掻かせてくれたな！」

アルフレッドが顔を真っ赤にして吠《ほ》えた。

「結局最後のところが気に食わなかっただけではないですか！　それに関してはポメラ達に落ち度はありません！　そもそも、貴方が得意気に見せびらかしていたから恥を掻いただけではありませんか！　勝手に自爆して、突っかかって来て騒ぎ立てないでください！　それに、カナタさんは腰巾着ではありません！　ポメラが無理を言ってカナタさんの旅に付き添わせていただいているだけです！　謝ってください！」

「お、落ち着いてくださいポメラさん。俺はその……ぶっちゃけ、どうでもいいですから」

俺はポメラの腕を引き、彼女を止めようとした。

「貴様、言ってくれたな！　この大法螺《おおぼら》吹き共め！」

アルフレッドが興奮で鼻の穴を広げ、歯茎を晒して怒鳴った。

アルフレッドの後ろから、短髪の女剣士が現れた。確か、彼女はアルフレッドの仲間だ。セーラと呼ばれていたはずだ。

セーラは何をするのかと思えば、アルフレッドの身体に抱き着き、彼を背後へと退かせようとし始めた。

「や、やめてくださいアルフレッド様！　人前ですから！　すいません、この人はたまに発作を起こすんです！」

「放せセーラ！　俺に恥を掻かせるつもりか！」

な、なんだこの人……。

「それは貴方です！　お願いですからここは下がりましょう！　下がってください！」

「黙れ！　俺が放せと言ったのがわからないのか！」

アルフレッドは腕を大きく振るい、セーラを突き飛ばした。

「きゃあっ！」

セーラは転倒し、床に叩きつけられた。アルフレッドは彼女をちらりと一瞥《いちべつ》すると、すぐにポメラへと目線を戻した。

「どうしても貴様の功績だと言い張るのであれば、よかろう。その証拠を見せてもらおうではないか」

アルフレッドは鞘から剣を抜き、その場で軽く振るった。周囲に緊張が走る。

「俺も恥を掻かされたまま去る気はない。表に出ろ、自称聖女のポメラ。決闘を行う。その化けの皮を剝いでやる」

予想を遥かに超えてヤバイ人だった。ポメラは口をへの字に曲げてアルフレッドと睨み合い、俺へと振り返った。

「……行ってきていいでしょうか、カナタさん」

よほどアルフレッドの言動が癪に障っていたのか、珍しくポメラが怒っている。俺に確認を取ったのは、アルフレッドを倒す程度のレベルがあることを周囲に知られても大丈夫か、ということだろう。あまり目立って同格以上の相手から目を付けられたくないとは、俺もポメラに何度も話している。

ただ、アルフレッドより少し上、くらいならば問題はないだろう。金銭面を考えても、B級冒険者を装って行動し続けるのはあまりに歯痒《はがゆ》い。エーテル開発を行えなくなる。

俺はポメラに小さく手招きする。ポメラが俺へと耳を近づけて来た。

「そういう意味なら、手を抜いてやってくれるならば別に構いません。……ただ、ここは適当に頭を下げて、やり過ごしておいた方がよくありませんか？」

「おい、聞こえているぞ」

声の方へと目を向ければ、ポメラのすぐ横に、アルフレッドの頭があった。血走った目で俺を睨んでいる。

「う、うわっ！」

俺は思わず後ずさった。

どうやら俺がポメラに手招きしたとき、なぜか一緒に耳を近づけて来ていたようだった。こんな露骨に聞き耳を立てに来るとは思わなかった。

アルフレッドが剣を振るった。刃が、ギルドの床と受付のカウンターに走った。

綺麗に切断された痕からは、摩擦で煙が上がっていた。周囲の野次馬からどよめきの声が上がる。

「手加減してやれだと？　随分とこの俺を小ばかにしてくれたものだ」

「……わかりました。ポメラが、相手になりましょう」

ポメラの言葉に、アルフレッドは口許を歪め、嫌な笑みを浮かべた。

「ですが、別にポメラはあんな出鱈目を信じてもらわなくても結構です。ラーニョについても、お金が欲しいだけだったので、別に貴方からどう思われようとも関係ありません。なので、一つ条件を呑んでもらえませんか？」

「なに、条件だと？」

「ポメラは別にどう言われようとも結構です。ですが、ポメラが勝ったら、何も知らないのにカナタさんを腰巾着呼ばわりしたことと、散々言いがかりをつけて喚きたててきたことを、カナタさんに謝ってください！　カナタさんは、こんなポメラと対等にパーティーを組んでくださった、初めての人だったんです！」

「俺に勝つつもりでいるとは、滑稽だな。いいだろう、何でも条件を呑んでやる。ついてこい」

アルフレッドが外へと歩いていく。その彼の後を、口のへの字に曲げたままのポメラがついていく。

「ポッ、ポメラさん！　俺のために怒ってくれるのは嬉しいですけど、別にもう、相手にしない方が……」

俺がポメラの後を追いかけようとしたとき、フィリアが俺を追い越してポメラへと近付いて行った。

「フィリアも！　フィリアもポメラと一緒に戦いたい！」

何かの遊びと勘違いしているのか、目をキラキラ輝かせている。俺は大慌てでフィリアを追いかけ、身体を押さえた。

「フィッ、フィリアちゃんは駄目！　手加減できないから絶対駄目！」

こんなところで《夢の砂》の力を解放されたらとんでもないことになる。というか、勢いで殺しかねない。

5

冒険者ギルドの外へと移動した。ポメラとアルフレッドが向き合って立ち、少し離れたところに野次馬が並んで彼らを見守っていた。俺もその内の一人となっていた。いったい、何がどうしてこうなってしまったのか。

「魔術師の間合いではないだろう。もう少し距離を置いて戦ってやる。俺が不利な条件で勝たなければ意味がない」

両者の間合いは五メートルといったところであった。一歩踏み込めば、剣の届く位置だ。

「お気持ちありがとうございます。ですが、ポメラは結構です。ポメラだって、後で文句を言われても困ります」

「馬鹿な女め」

言い合いの延長なので当然だが、二人共険悪な様子であった。とはいえ、ポメラとアルフレッドのレベル差は倍以上ある。何がどうなってもポメラが負けることはないだろうが……。

「頑張ってー！　ポメラ、頑張ってー！」

フィリアが楽しそうに笑顔で手を振っている。

アルフレッドの仲間であるセーラが、開始の合図役をやらせられていた。セーラも嫌そうな顔をしていた。彼女はアルフレッドを慕ってはいたようだったが、今の状態を発作とまで呼んでいた。

この決闘自体も快く思っていないのだろう。

「……どちらかが負けを認めるか、自身の意思を伝えられなくなった時点で敗北です。それでは、開始を」

セーラが上げた手を降ろす。

その瞬間、アルフレッドが飛び出してポメラへの距離を詰める。鞘に差した剣を引き抜き、ポメラの大杖を斬り飛ばそうと迫った。

「精霊魔法第六階位《火霊狐の炎玉《フォンズボール》》！」

ポメラは背後に退きながら、大杖を掲げて魔法陣を浮かべた。人の頭くらいの大きさの炎の球が、ポメラの前方に浮かび上がった。

《火霊狐の炎玉《フォンズボール》》は、精霊世界に住まう、狐《きつね》の精霊の生み出す炎の玉を一時的に借りる魔法である。簡単な意思を持っており、術者を補佐するように自動で飛び回る。

不用意に本当の実力を晒せば、格上から目を付けられるリスクがある。俺もそのため、ポメラには戦うなら手加減して欲しい、と伝えている。レベル差によるごり押しや、高位魔法の広範囲高火力ぶっぱで勝負を進める気はないのだろう。

恐らく《火霊狐の炎玉《フォンズボール》》でアルフレッドを牽制《けんせい》して近づかせず、他の魔法で倒すつもりだ。

アルフレッドは横に飛び、《火霊狐の炎玉《フォンズボール》》を避けてポメラへと斬りかかろうとした。しかし、炎の球はアルフレッドとポメラの間に割り込む様に動く。ポメラも炎の球に隠れるように移動していた。

「面倒な魔法を……！　なるほど、確かにただの雑魚ではないらしい」

「精霊魔法第三階位《風小人の剣撃《シルフソード》》」

ポメラは大杖をアルフレッドへと向ける。魔法陣から放たれた風の斬撃を、アルフレッドは剣で防いで弾く。

アルフレッドはそのまま直進してポメラに接近しようとするが、《火霊狐の炎玉《フォンズボール》》が移動し、アルフレッドとポメラの間にふわりと割り込んだ。その間にポメラは横へと跳び、アルフレッドへと再び大杖を向ける。

「《風小人の剣撃《シルフソード》》」

「ぐっ！」

放たれた風の刃を、アルフレッドは剣で受け止めようとする。だが、身体に近すぎたため、衝撃で背後へと飛ばされていた。アルフレッドは地に膝を突き、息を切らす。

アルフレッドはポメラを睨みつける。その視線を遮るように、《火霊狐の炎玉《フォンズボール》》がふらふらと左右に揺れる。その動きに苛立《いらだ》ったらしく、アルフレッドの額に皺が寄った。

「……Ａ級冒険者が決闘だというから来てみたが、思ったより地味な戦いだな」

観衆から、そんな声が漏れ始めて来た。

ポメラの狙い通りだろう。この戦いは、派手な戦いにしてはならない。

やろうと思えば、ポメラは高位魔法の一撃でアルフレッドを塵も残さずに吹き飛ばすこともできる。ただ、そんなことをして余計な噂でも立てば、厄介なことになるのは目に見えている。この世界には《人魔竜》を筆頭に、凶悪な個人が何人も潜んでいるのだから。

小技でちょこまかと立ち回り、地味に勝利する。それがベストだろう。

「なんだ、全く攻められてないじゃないか。今の、俺なら接近できていたぞ」

「アルフレッドって、意外と大したことないんじゃないのか。思ったよりラーニョの湧いていた数が多いせいか、他の冒険者もいっぱい仕留めてたみたいだしな……」

アルフレッドが歯茎を晒し、野次馬を睨む。その後、《火霊狐の炎玉《フォンズボール》》の奥にいるポメラへと指を差した。

「卑怯《ひきょう》な戦法を！　これは決闘だぞ！　もっと正々堂々と勝負しろ！」

ポメラは完全に魔術師寄りで、アルフレッドは逆に剣士寄りだ。二人がぶつかれば、こういう戦い方になるのは当然だろう。魔法攻撃の間を突いて接近できないのはアルフレッドの落ち度でしかない。

……もっとも、ポメラはアルフレッドがギリギリ対応できない範囲で地味に魔法攻撃を展開しているので、陰湿な印象を覚えてしまうのも無理はないだろうが。

アルフレッドはその後も飛び掛かるも、フラフラと動き回る《火霊狐の炎玉《フォンズボール》》に尽《ことごと》く動きを遮られ、《風小人の剣撃《シルフソード》》に身体を斬られていた。

「おかしい……何故だ、何故近づけない……？」

アルフレッドが剣を構えながら零す。

ポメラは必要最低限しか魔法を使っていない。甘いところがあっても、即座に追加を撃ってリカバリーが利く。仮に接近されても、純粋なレベルでは遥かにポメラが勝っているので、ごく自然なふうを装いつつ、素早く《火霊狐の炎玉《フォンズボール》》の死角に回り込むことができる。アルフレッドが接近できる道理はない。

お陰でアルフレッドとしては、なぜ自分がポメラ相手に距離を詰められないのか、全く理解できないだろう。

するすると逃れるポメラを必死に追うアルフレッドを見て、集まった観衆達も段々と荒い野次を投げるようになっていた。

「おいおい、魔物を狩るのは慣れてても、魔術師相手は初めてかアルフレッド様よ？」

「そんなのじゃ、この魔法都市でデカイ面するには百年早いぜ」

……そ、そろそろトドメを刺してあげた方がいいのではなかろうか。どんどんとアルフレッドの顔が赤くなり、それに比例して鼻の穴が広がっていく。

「素晴らしい精霊魔法の操作精度だ。第六階位の魔法を残し続けながら、ただでさえ制御の難しい精霊魔法を自身の手足の如く自在に操るのは、見事と言う他ない……。戦闘勘も素晴らしい、実戦経験が豊富なのだろう。まるで至近距離から放たれた刃が、全て見えているかのような動きだ。対人戦には自信があるが、オレにはあそこまではできない……。あの年齢で、どれだけの修羅場を潜《くぐ》ってきたのか、想像もつかん」

ポメラを嘲《けし》かけた尖がり帽子の男が、一人思慮深げに頷いていた。実際に至近距離から放たれたアルフレッドの刃が全て見えているだけなのだが、ポメラのレベルを知らない以上、戦闘勘で補っているようにしか見えないのだろう。

「何言ってるんだ？　あのキザ男が鈍臭いだけだろ」

「そんなことはない。あの男の剣技は基本に忠実な王道型だが、それでは通らないと見て、戦いの中で崩して変則的な動きを交えている。得意な剣筋ではないのだろうが、破綻は見えん。対人戦に慣れている証《あかし》だ。魔物狩りならともかく、純粋な決闘ならば《殲滅のロズモンド》にも勝るだろう。だが、聖女ポメラがアルフレッドの剣を尽く読み切っているのだ……」

長々と解説していたが、周囲の者達は誰も彼の言葉にまともに耳を貸していない様子だった。か、可哀想《かわいそう》……。恐らく、観衆の中では一番冷静にこの戦いを分析できていた人であろうに。

俺はそっと尖がり帽子の男から目線を離した。

「《風小人の剣撃《シルフソード》》」

「うぶっ！」

アルフレッドはついに直撃を受け、衝撃に吹き飛ばされて地面を転がった。慌てて体勢を整えて剣を構えるが、ポメラに杖先を向けられていた。

ポメラが追撃を放つつもりであれば、明らかに《風小人の剣撃《シルフソード》》が間に合っていた。それはトドメになっていただろう。

「こ、この……！」

アルフレッドは剣を握る力を強めたが、ゆっくりと息を吐き出し、全身の強張《こわば》った力を抜いた。

「……確かに、俺の言いがかりだったようだ。お前は強い」

アルフレッドは、意外にもあっさりと負けを認めた。これ以上恥を掻くよりは、と考えたのかもしれない。

いや、アルフレッドの目的は、最初からポメラを試すことだったのだ。決闘はその手段でしかなかったのかもしれない。子供っぽく喚き立てていたのも、きっとただの演技だったのだ。

アルフレッドは優雅に立ち上がり、衣服に着いた土埃《つちぼこり》を払った。ポメラはじっとアルフレッドへ杖を向けていたが、その様子を見て杖を逸らした。それと同時に《火霊狐の炎玉《フォンズボール》》も消えた。

「アルフレッド様……」

審判にされていたセーラも、安堵の息を吐いてアルフレッドを見つめていた。

「改めて謝罪させて欲しい。いい魔法だった」

アルフレッドは剣を鞘に戻し、ポメラへと手を差し出しながら歩み寄って行った。

良かった。

野次馬達がつまらなそうに散り始めていたが、これでいい。どうにか平穏に決着がついてくれたようだ。変な恨みを買われるのは避けたいところであった。

「ご、ごめんなさい、ポメラも、熱くなりすぎていたかもしれません……。でも、ポメラより、カナタさんにも謝ってください」

アルフレッドが大人な対応に切り替えたのを見て、ポメラも恥ずかしそうに顔を伏せた。二人の距離が縮まったとき、アルフレッドが首を傾げた。

「おや、どうしたのだ、聖女ポメラ殿よ？」

「その……人と握手をするのは慣れていないものでして……」

アルフレッドは口端を吊《つ》り上げ、悪辣な笑みを浮かべた。

「決闘中に、そんな無防備に。勝敗がつくのは、片方が意識を手放すか、負けを認めたときだけだ。この俺がいつ、負けを認めると口にした？」

「え……？」

ポメラはまだ混乱していた。

「ま、まさか……！」

俺は自分の顔が引き攣《つ》るのを感じていた。

アルフレッドはポメラの戦いを讃《たた》え、謝罪を約束し、自身の武器を仕舞って握手を迫った。確かにその一連の行動の間、一度も敗北は認めていない。

だが、そんなもの、詭弁《きべん》にも程がある。しかし、アルフレッドは、本気でその詭弁を押し通すつもりでいる。

「これで距離を詰められた！」

戸惑うポメラの前で、アルフレッドは剣を抜いた。

「この俺が、貴様のようなガキに公の場で負けたなど、あってなるものか！　手段や過程など、所詮は本質ではない！　大衆が求めているのは結果だ！　この俺が勝ったという結果さえ残ればいいのだ！」

ポメラは剣を振りかぶられ、初めて事態に気が付いたようだった。アルフレッドは、思ったよりもその上を行くクズだった。

この状態からでは、さすがに魔法では間に合わない。戦いを補佐する《火霊狐の炎玉《フォンズボール》》ももう消してしまっている。完全に剣士の間合いだった。

「きゃあっ！」

ポメラは可愛らしい悲鳴と共に、大杖を雑に振り回した。

「ハハハハハハ！　上位魔術師といえども、距離を詰めてしまえば何もできることなどない！　知略も、実力の内！　これが実戦であったのならば、生き残っていたのはこの俺……え……？」

大杖はアルフレッドの剣を弾き飛ばした。続いて大杖がアルフレッドの顔面を捉える。アルフレッドの身体が打ちのめされて吹き飛んでいき、野次馬を撥《は》ね飛ばしてなお勢い余り、冒険者ギルドの壁に綺麗に人型の穴を開けた。

ポメラの大杖の先端が砕け、破片が周囲に散らばっていた。彼女は目を見開いたまま、無言でアルフレッドが飛んで行った方を眺めていた。

「……い、生きてるかな、あの人」

俺は静寂に包まれる冒険者ギルド前にて、小声でそう呟いた。

ポメラのレベルはアルフレッドの倍以上あるが、ポメラは魔術師型の人間である。ステータスの上がり幅にも影響が出ているはずだ。た、多分、即死してはいないはずだ。

「ポメラ、すごーいっ！」

フィリアが無邪気に拍手する音だけが、静かな辺りへと響いた。

6

決闘の後、ポメラは吹っ飛んだアルフレッドに巻き込まれた人達数名に白魔法を掛けていた。

「白魔法第四階位《癒しの雫《ヒール》》」

ポメラが唱えると魔法陣が浮かび、前に立っていた人の身体が白い光に包まれていく。

「おおっ！　怪我をした前よりも身体が軽くなった気がするぞ！　ありがとうございます！」

「い、いえ……その、ポメラのせいですので……」

ポメラはお礼を言われるたびに、複雑そうな表情を浮かべていた。

……因みに、杖はアルフレッドをぶん殴ったときに折れてしまったので、今はテープで巻いて補修している。応急処置でしかないので、無事に討伐報酬が出たらポメラの杖も買い替えておこう。

周囲にはポメラを称賛する声が溢れていた。

「あのいけ好かない冒険者を、赤子同然に倒してしまうとは！」

「あの戦い、何があったんだ？　見ていたが、全く理解できなかったぞ。まるで杖でぶん殴ったらアルフレッドが飛んで行ったように見えた」

そういう声が聞こえるたびに、ポメラの顔がどんどんと曇り、肩を窄《すぼ》めて小さくなっていく。

「おいおい、魔力の流れが見えていなかったのか？　あれはアイテムによる、風を操った攻撃だ」

そんな声まで聞こえてくる始末であった。なるほど、あれはアイテムによる風魔法攻撃だったのか。

「……その、お疲れさまでした、ポメラさん」

「さっすがポメラッ！　すごいっ！　強いっ！」

俺がポメラに声を掛けると、フィリアが楽しげに同調する。

「フィリアも、あの剣士の人と戦いたいっ！」

止めてあげてほしい。開幕一秒で、地面から生えた手に叩き潰されるアルフレッドの姿を俺は幻視した。決闘相手が常識のあるポメラだったのは、アルフレッドにとって不幸中の幸いであったかもしれない。

「ごめんなさい……カナタさん。カナタさんの言う通り、あんな言い掛かりに取り合わずとっとと下がっておくべきでした」

「い、いえ、これくらいでしたら、大丈夫ですよ……多分」

……しかし、フィリアの始祖竜投げといい、今回の一件といい、ポメラはそういう星の許に生まれてきたのかもしれない。

さっさと呪鏡レベリングでレベル１０００くらいまで持っていかないと、後々のことを考えると彼女が危険かもしれない。ポメラのレベルが２００前後だと判断した連中が、彼女を狙いに来ないとも限らない。俺だって、常にポメラの横にいられるとは限らないのだ。

「……それに、俺のために怒ってくれてありがとうございました。別にあの人の言葉を気にするつもりはありませんでしたが、それでも凄く嬉しかったですよ」

「カ、カナタさん……！」

ポメラが頬を赤くして、俺の顔を見上げる。

「これからもポメラ、ちょっとでも恩を返せるように頑張りますから……！」

「い、いえ、嬉しかったですが、この方面ではそんなに頑張ってもらわなくてもいいかなあと……」

そこに、拍手の音が近づいてきた。顔を向ければ、例の尖がり帽子の男が立っていた。

「見事だ、聖女ポメラ……。己の矜持を懸けた決闘であっても、大衆の前で安易に切り札を晒すのは、愚か者のすること……。しかしまさか、戦闘スタイルそのものを隠そうとしていたとはな。オレでさえ、あの瞬間まで欺かれていた……」

ポメラは首を傾げた後、答えを求めるように俺の方を見た。しかし、俺も彼が何を言いたいのか、さっぱりわからない。

「まさか、あの高位の精霊魔法や白魔法は本分ではなく、意表を突いて棒術で確実に仕留めるための隠《かく》れ蓑《みの》に過ぎなかったとは。剣の間合いでの戦いに慣れすぎていた時点で、気が付くべきだった。いや、面白い」

「……はい？」

「とぼけても無駄だ。至近距離から放たれたアルフレッドの剣の勢いを利用し、ただの一打で相手の武器を防いで砕き、同時に攻撃に出るとはな。巧妙に粗雑な大振りに偽装されていたが、その実、糸を投げて針に通すかのような、極限まで研ぎ澄ませられた精巧な一打であった」

ポメラは困った顔で俺を見た。多分、俺も同じような顔をしていただろう。

「ポメラすごい！　ポメラ、そんなことできたんだ！」

フィリアがきゃっきゃと燥いでいる。できないぞ。

「あ、あの……」

ポメラが何か言おうとしたが、尖がり帽子の男がそれを手で制した。

「おっと、そう警戒してくれるな。この一件はオレの口からギルドマスターに報告させてもらうが、それは別だ。探るために、声を掛けにきたわけじゃあない。有象無象には、この戦いが何であったかを知ることさえできはしない。オレは唯一の見届け人として、素直にこの戦いの顚末《てんまつ》を称賛したかった。ただ、それだけのこと……」

尖がり帽子の男は、他の囃《はや》し立てている者達を一瞥してそう言った。ポメラも色々と言いたいことはあっただろうが、固く口を閉じていた。何も言うまいと決めたのだろう。

尖がり帽子の男はニヤリと笑い、俺達に背を向けた。

「フフ、まるで自棄《やけ》になって我武者羅に放った力業かと錯覚させられたが、そんなはずがない。それでA級冒険者のアルフレッドをあれだけ軽々と吹き飛ばすには、どれだけのレベルが必要になるのか、わかったものじゃないからな」

俺はそれを聞いて、冷や水を被せられた気分だった。男は振り返ることもなくそのまま去っていった。

じ、実はあの人、的外れなことばかり口にしているようで、結構凄い人なのではなかろうか。

俺達もラーニョの報酬を得るために冒険者ギルドに戻ろうかと考えていると、気になる話が聞こえてきた。

「近遠熟しつつ、白魔法も一流とは……。もしかすれば、我が都のS級冒険者、コトネ様にも並ぶのでは……？」

「いや、それはあるまい。コトネ様は、明確に規模が違う。お前はあの方の本気を見たことがないから、そう言えるのだ」

コトネ様……？　確か、この都市に一人、S級冒険者がいるという話であった。

だが、その名前は、この国らしくない。まさか、俺と同じ転移者なのだろうか。

いや、そうとは限らない。ロヴィスの部下にもヨザクラという着物姿の女がいたが、彼女は別の国からやってきたとロヴィスが口にしていた。

そのとき、背後から声が聞こえてきた。

「あっ、あの、白魔法……お願いできたりしませんか……？　当然ですが、お代は言い値で支払わせていただきますので……」

声の方を見ると、アルフレッドの仲間のセーラだった。血塗れで白目を剝《む》いているアルフレッドを背負い、困り果てた顔でポメラの方を向いていた。

「《癒しの雫《ヒール》》……！　あの、終わりました。ポメラにできるのはこのくらいなので、後はゆっくり休まれるといいかと……」

「ありがとうございます！　本当に申し訳ございません、アルフレッド様がご迷惑を……」

セーラがぺこぺことポメラへ頭を下げる。

「い、いえいえ……」

ポメラは気まずそうに苦笑いを返していた。

肝心のアルフレッドは、まだぐったりとしているようだった。ひとまず目に見える外傷はなくなったので、じきに目は覚ますだろう。

……まぁ、あんな目に遭ったのだから、起きてもさすがにもうポメラに突っかかっていくことはないと思いたい。

アルフレッドの性格上、これ以上この魔法都市にはいられないだろう。すぐに去っていくのではなかろうか。

第三話■冒険者会議

1

　ポメラとアルフレッドとの騒動も無事に終わり、俺達《たち》は再びギルドへと戻った。アルフレッドとポメラが戦っている間に、大型ラーニョの査定は無事に終わっていたそうだった。

「ラーニョの目玉が百七個で二百六十七万ゴールド……大型ラーニョの瞳二つと調査の情報料として、六十万ゴールド、合計三百二十七万ゴールドとなります」

　俺は金銭の入った袋を受け取った。

　ずっしりと重い。俺が受け取ったのを見て、周りの冒険者からも、おおっと歓声が上がる。

「やりましたね、カナタさん！　だいたいの額はわかっていましたけれど、やっぱり現物を見ると嬉《うれ》しくなりますね！　ポメラ、こんな額初めて見ましたよ！」

　ポメラが珍しく興奮している。

「俺もなんだか感慨深いです。これだけあれば、霊薬の錬金の素材も買い集められるかもしれませんね」

　手が、少し震えていた。今回が特別案件であったとはいえ、一回狩りに出ただけで、ぽんと三百万ゴールドが手に入るとは。

都市アーロブルクでは生活できる分だけ手に入っていればいいかとちまちまと簡単な依頼ばかり熟《こな》していたが、こうなるともっと凶悪な魔物を狙いたくなってくる。

い、いや、ルナエールの言葉を守るのであれば、このくらいに留《とど》めておくべきだろう。この世界では、上には上がいくらでもいる。Ａ級冒険者より上になると、一気に次元が跳ね上がってくるはずだ。

「でも、もうちょっとくらいなら……」

俺はそう考えかけたが、首を振って自分を制した。

先ほど名前を耳にしたこの都市のＳ級冒険者……コトネは、確証は持てないが、異世界転移者である可能性が高い。俺と違い、正式にナイアロトプ達より主人公として用意され、何らかの特別な力を受け取っているはずだ。

そしてそうした異世界転移者達に合わせた化け物が、この世界のどこかには潜んでいるのだ。気を抜くべきではない。

ふと別の窓口を見ると、セーラがこそこそと報酬を受け取り、受付の人に頭を下げているのが見えた。早歩きで出口へとさっと向かっていく。……あの人、苦労してそうだな。

そのとき、ギルドの奥から叫び声が聞こえてきた。

「お待ちください！　ギルドマスターである貴方《あなた》に会議を抜けられては、今後の予定が……！　まだ、議題は山ほど残っているのですよ！　ラーニョ騒動は、決して軽視できるものではなく……！」

「そんなこと、貴様に言われずともわかっておるわ！　勝手に進めておけ！　儂《わし》の言いたいことは、全て部下に伝えておるわ！」

怒鳴り声がギルド内に響く。聞いただけで、思わず俺の背筋が伸びた。

今度は、何の騒ぎだろうか。どうやらギルドの偉いさんが会議を抜け出したらしいが、随分とおっかない人物のようだ。

「な、なんだか、凄《すご》く怒ってるみたいですね。……あれ、ポメラ、この声どこかで聞いたような……」

ポメラが首を傾《かし》げる。

そのとき、ギルドの奥から、鼻の高い、ごわごわとした白髭《しらひげ》の、大柄の人物が姿を現した。首を曲げ、カウンター越しにギルドの冒険者達を睨《にら》みつける。冒険者達も、びくりと身震いして動きを止めていた。

「あ、お髭の人だ……」

フィリアが、俺のローブを摑《つか》みながらそう呟《つぶや》いた。

確かに、その男には見覚えがあった。俺達が《神の血エーテル》を求めて訪れた、《魔銀《ミスリル》の杖《つえ》》の幹部であるガネットだ。

「ギルドの責任者でもあったのか……」

どちらの立場でも忙しいため、会議と都合が合わなくなってしまったのだろうか。それで抜けようとしたところを部下に止められ、といったところか。それにしても、あそこまで叫ばなくとも……。

ガネットが歩けば、職員達も慌てて移動して道を作っていた。普段からおっかない人物なのかもしれない。窓口を出てからも、粗暴で悪そうな冒険者達も、ガネットには道を譲っていた。彼には気迫というか、オーラがある。

ガネットは不機嫌そうに目を細め、周囲を睨みながら歩いていた。何かを探しているようだった。

「カ、カナタさん、横に離れておきましょうか」

「そうですね」

俺達はギルドの端へと移動した。ふとそのとき、ガネットと目が合った。

ガネットは険しい表情を崩し、笑みを浮かべて俺達の方へとズンズンと向かってきた。思わず俺は、咄嗟《とっさ》に後ろを見て他に何かないかを確認してしまった。

「これはこれは、ポメラ殿にカナタ殿、フィリア殿！　ギルドにいらしてらっしゃったのですな！ラーニョ問題の件にお力添えいただいたと聞き、ぜひ儂から直接礼を申し上げねばと思いましてな」

ガネットはポメラの前に立ち、手を揉《も》みながら満面の笑みでそう言った。

か、変わり身が早い。早すぎて怖い。周囲の冒険者達も、何事かとガネットを見ていた。

「い、いえ、ポメラ達はその、お金が必要だっただけですので……」

ポメラがそう言うと、ガネットの目が、彼女を探るように少し開いた。

「ほう……？　お金が？　もしや、《魔銀の杖《ミスリル》》にまた用事があるのでは？」

さ、察しが良すぎて、この人、怖い。確かに《神の血エーテル》の素材の代替品を購入するため、また《魔銀の杖《ミスリル》》を見に行きたいと考えていたところだ。

ポメラが顔を青褪《あおざ》めさせ、黙った。余計なことを喋《しゃべ》れば俺に迷惑を掛けると考えたのかもしれない。

ポメラが助けを求めるように俺を見た。目に、涙が浮かんでいた。

「い、いえ、あの……別に、そういうわけでは……」

俺は笑顔を作りながら、首を振った。

この人のペースに乗せられるのは危険な気がする。確かに《魔銀《ミスリル》の杖》は必要だが、少し間を置くことにしよう。

ガネットが俺の耳に顔を近づける。

「ポメラ殿が必要なのであれば、儂が便宜を計らって、貴重なアイテムを大きく値下げしても構いませんぞ。前回はカナタ殿もどこかお気に召さなかった様子でしたが、実は非売品にしている品々がまだありましてな」

「……あの、それって、見せてもらうことってできます？」

「ええ、ええ、勿論《もちろん》でございます！」

ガネットが笑顔で頷《うなず》いた。

「お髭、すっごい！　硬い！」

フィリアがつんつんと、ガネットの髭を指で突《つつ》いた。

「フィッ、フィリアちゃん！　ごめんなさい、本当にごめんなさいガネットさん！」

ポメラが目を大きく開き、慌てふためく。ガネットは笑顔で背を屈《かが》め、フィリアが髭を触りやすいようにした。

「ほっほ、そうでございましょう？　儂も毎朝、感触を確かめておるのですよ」

フィリアがきゃっきゃと燥《はしや》いで髭を撫《な》でる。

「…………ふ、二人共、一瞬で籠絡された」

ポメラが力なく呟いた。

「ポメラ殿さえよろしければ、すぐにでもまた《魔銀《ミスリル》の杖》へ案内させていただきましょう。《魔銀《ミスリル》の杖》には頭の硬い者が多いので、ポメラ殿には儂が同行した方がスムーズであるかと」

「ポ、ポメラ達は、また、今度で大丈夫です。その、ガネットさんも、今はお忙しいのでは……？」

ポメラが、ちらりと俺を見ながらそう言った。

「いえいえ、大丈夫でございますよ！　お気遣いありがたく存じます。ただ、儂は今、丁度暇をしておりましてな」

……会議から強引に抜けてきたのではなかったのだろうか？

ポメラも表情を引き攣《つ》らせていた。ちらちらと、俺の方へ視線を送る回数が増えていた。不安で仕方ないのだろう。

丁度そのとき、職員がガネットの方へと駆けてきた。

「ガネット様！　何をするのかと思えば、冒険者の《魔銀《ミスリル》の杖》への案内ですか!?　そんなもの、下っ端にでも任せてください！　貴方は、此度《こたび》の会議を何だと思っておられるのですか！　今がどれだけ大変なときか……！」

「黙るがいい！」

ガネットは歯茎を剝《む》き出しにし、怒声と共に壁を拳で叩《たた》いた。ギルド内が静まり返った。

ガネットははっと気が付いたように、すぐさままた笑みを浮かべた。

「ほっほ、取り乱してしまい申し訳ない」

……ほ、本当にこの人、怖い。

2

ガネットに連れられて《魔銀《ミスリル》の杖》へと向かった俺達は、《神の血エーテル》の素材の代替品になりそうなものを見て回った。

《神の血エーテル》の製造に必要な主材料は《高位悪魔の脳髄》、《アダマント鉱石》、《精霊樹の雫《しずく》》である。

《高位悪魔の脳髄》は、呪鏡を使えば好きなだけ取り放題なので問題ない。これが一番簡単だ。何なら、今すぐにでも採取を行える。

《精霊樹の雫》は、似たものを錬金術で造り出す、というのはちょっと難しいかもしれない。だが、これは直接手に入れるのもそう難しくないと俺は考えている。高位の精霊と契約をして、ちょっと持ってきてもらえばそれで済むことなのだ。高位精霊であればなんでもよいはずなので、まあなんとでもなるだろう。

曲者《くせもの》なのは《アダマント鉱石》である。価値S級の稀少《きしょう》鉱石であり、容易には見つかりそうにない。国中を探し回らなければ見つからない。

俺はこの《アダマント鉱石》の代わりになるものを錬金術で用意したいと考えている。《魔銀《ミスリル》の杖》は鉱石の品揃《しなぞろ》えに自信があるようであるし、どうにかここで元となる素材を見つけておきたかった。

俺はガネットに遠回しにあれこれと尋ねて、使えそうな鉱石を一緒に探してもらった。C級からB級の鉱石や金属、そして魔物の羽など複数種の錬金術の媒介となるものを集めた。とりあえず、ここにあるもので間に合わせるのであれば、こんなものだろう。

「ありがとうございます、ガネットさん。これだけあれば、何とかなるかもしれません」

「儂らの錬金術の研究でも、なかなかここまでの代物を纏《まと》めて扱うことは稀《まれ》なのですが……ポメラ殿らは、本当は一体何をお造りになるつもりなのですかな？　カナタ殿の言葉からして、何か具体的な目的があるご様子。この儂にだけ、こっそりと教えてはもらえませんか？　誰かに漏らすようなことは誓っていたしませんし、お力になれると思うのですが」

「い、いえ、その……そんな、大層なことではありませんので……えっと……」

ポメラは戸惑い気味に、ちらりと俺の方を見る。ガネットが彼女の目線を追って俺を見た。俺は二人からそっと目線を外した。

ガネットが訝《いぶか》しむ様に俺を眺めていた。こ、この人、本当に怖い。

「あのね、フィリアのね、フィリアのお菓子作ってもらうの！」

フィリアが嬉しそうにそう言う。そういえば、フィリアは《神の血エーテル》が完成すれば、ぜひ飲んでみたいと口にしていた。

ガネットが笑顔で屈み、フィリアに顔の高さを合わせる。

「おお、そうかい。それはよかったのう」

「うん！　フィリア、すっごく楽しみ！」

よ、よかった。どうにか話が途切れた。俺が安堵《あんど》の息を吐《つ》いていると、ポメラが俺の肩を指先で突いた。

「……カナタさん、これ、お金足りますか？」

「ラーニョのおかげで、三百万ゴールドあるんですよ。もしかしたらギリギリくらいかもしれませんが……まぁ、きっと足りますよ」

これまでの経験だが、一ゴールドのレートはほぼ一円に等しい。ありがたいことに。もしかしたら、ナイアロトプの何らかの調整によるものなのかもしれないが。

三百万円もあるのだから、《アダマント鉱石》を錬金するための素材ならば、充分購入できるはずだ。

この世界では、この手の力を帯びた素材に高い価値があることはわかる。それでもまあ、合わせて二百万ゴールドくらいだろう。もし超過していれば、ごめんなさいして一部を返却すればいい。

そのとき、一人の男が大慌てでこちらへ駆けてきた。男はガネットの前で、息を切らしながら足を止めた。

「ガ、ガネット様！」

「どうした？ 儂は今、忙しいのだ。後にせよ」

ガネットが不機嫌そうに答える。

「《翡翠《ひすい》竜の瞳》をどうするおつもりなのです！ あれは、我々の錬金実験のために、他都市のA級冒険者との交渉の末にようやく手に入れた代物ではなかったのですか！ なぜ、勝手に持ち出すような真似《まね》を！」

男の話を聞いて、俺は自分の顔が歪《ゆが》むのを感じていた。

《翡翠竜の瞳》は、翡翠色の輝きを帯びた水晶のことである。価値は、この《魔銀の杖《ミスリル》》では珍しいB級となっていた。《アダマント鉱石》の錬金に役立つかもしれないと思い、購入する予定のものの中に入れている。男の言っている内容からして、かなりこの《魔銀《ミスリル》の杖》にとって重要なものであったらしい。

……こ、これ、三百万ゴールドで足りるのだろうか。俺もさすがに不安になってきた。

「あ、あの、ガネットさん、やっぱり《翡翠竜の瞳》は遠慮させていただこうかなと……」

「下がっておれ！　元々、儂の指示で入手させたものだ！　使い道が変わったからと言って、お前に文句を言われる筋合いはない！　儂が必要だから、こうして持ち出しているのだ！」

ガネットが男に一喝する。

「あ、あの、ガネットさん、そこまでしていただかなくても、大丈夫かなと……」

俺はガネットを制止しようと試みたが、ガネットは続けて男へと怒鳴った。

「今は忙しいのだ！　何度も言わせるな、お前の耳は飾りか？　これ以上、儂の邪魔をするでないわ！」

「う、うぐ……も、申し訳ございません」

男は腑《ふ》に落ちなそうな様子を見せながらも、ガネットの剣幕の前に引き下がった。

ど、どうしよう、申し訳なさしかない。そもそも、本当に購入できるのだろうか。

「あの、ガネットさん。これって……全部で、どれくらいになりますかね？」

俺が尋ねると、ガネットが顎に手を当てる。

「そうですな。ポメラ殿達とはこれからも仲良くやっていきたいので、なるべく安くさせていただきますよ。《翡翠竜の瞳》は、仕入れ値の五百万ゴールドとして、後は……」

……いきなり一発目でオーバーした。俺の隣で、ポメラが手で顔を覆っていた。

ガネットが、ニコニコと笑顔で俺達の様子を見つめながら、品を確認して値段を算出していく。

「全部で、千百八十万ゴールド……いえ、ここはキリよく一千万ゴールドといたしましょう！」

値段を聞いて、視界が眩《くら》んだ。思っていたよりも遥《はる》かに足りなかった。ラーニョを四百体狩る必要があったのだ。

もっと値段を随時確認するべきであった。値段は二の次で、とにかく必要なものを探すことに目が向いてしまっていた。必要最低限に抑えて、品を戻させてもらうしかない。

「……あ、あの、ガネットさん」

俺がガネットに謝ろうとしたとき、ガネットがずいと顔を近づけてきた。

「……ある儂の頼みを聞いてくださるのであれば、こちらの品々をその謝礼として差し上げようと思うのですが、いかがでございましょうか？」

「頼み……ですか？」

ガネットが大きく頷く。

「実は近々、ラーニョの異常発生の件について、冒険者ギルドで特別会議を行おうと考えておるのです。基本的に、この都市を拠点とするA級冒険者の方に個別で声を掛け、任意で参加してもらうつもりなのですが……ポメラ殿、カナタ殿には、そこに顔を出していただきたいのです。それを聞いた上で、今後のギルドの作戦に協力していただくか否かは、また別に判断していただければな、と」

……会議に顔を出す、それだけでいいのか？　これらのアイテムは総額一千万ゴールドになる、という話であったが。

「それは俺達もありがたいですが……本当に、よろしいのですか？」

「ええ、勿論！　そうでなければ、儂から切り出すような真似はいたしませんよ。会議の日付や詳細は、まだ決まってはおりませんが……早ければ、明日になるかもしれません。……何せ、大型のラーニョが発見されましたからな」

俺はポメラに目で合図をしてから、ガネットへと頷いた。

「……わかりました。本当にその条件でよろしいのでしたら、ぜひ」

ガネットが笑顔で俺の両手を取った。

「おお！　ありがとうございます！　カナタ殿、ポメラ殿！　では会議の際には、何卒《なにとぞ》よろしくお願いいたします！」

……ほ、本当に、この人の言うことに従っていていいのだろうか？　俺達が損をしていることは一切ないはずだが、なんだか手玉に取られているような気になって、少し怖くなってくる。

3

《魔銀の杖《ミスリル》》にて無事に目的であった《アダマント鉱石》の材料となり得るアイテムを集めることに成功した俺は、その日の晩、早速宿屋の一室にて錬金実験に勤《いそ》しんでいた。床に各種アイテムや大釜を並べる。《翡翠竜の瞳》をベースに、どうにか《アダマント鉱石》に近いアイテムが造れないかと思ったのだ。

大釜の前には、《恐怖神ゾロフィリア》の仮面を可愛《かわい》らしくデフォルメしたようなものが置いてある。これはフィリアが《夢の砂》で造ってくれたものである。

《夢の砂》は万物を生み出す可能性を秘めた、錬金術の究極の触媒である。この仮面は、フィリアが《夢の砂》の力を存分に発揮できるように調整してくれたものである。今やっていることを簡単に説明すれば、《夢の砂》から発せられる魔力の影響下で錬金術を行うことで、その結果の変化を促進させる、といったものである。


【夢王の仮面】《価値：神話級》

夢の世界を支配する、仮想上の神を模した仮面。この《夢王の仮面》はやや可愛らしくデフォルメされている。《夢の砂》の力を完全に制御することによってのみ造り出すことができる。《夢の砂》が本来持つ無差別に願いを叶《かな》える危険な力に、方向性を与えたものである。

あらゆる錬金術に対して、その変化を大きく補佐するように魔力を発する。世界中の錬金術師が、何を犠牲にしてでも手に入れようとしているアイテム。

五千年前の錬金術師が《恐怖神ゾロフィリア》を造り出した際に《夢王の仮面》を二枚用意したが、後に歴史に度々姿を現してはどちらも戦争の火種になり続けた。

現在、世界に何故《なぜ》か三枚存在する。


《アカシアの記憶書》では、このような物騒な説明が出てきた。どうやら《夢の砂》の無差別な力を、錬金術の補佐という一点に特化させたものであるようだ。

俺はドヤ顔で床に寝そべるフィリアへとちらりと目をやった。

「ね、ね！　カナタ！　フィリア、役に立った？　役に立った？」

「あ、ああ、うん。凄く役に立っているよ。ありがとう、フィリアちゃん」

これは使い終わったら、ちゃんとフィリアに処分してもらって二枚に戻そう。その辺に忘れでもしたら、それが発端となってこのマナラークが戦火に包まれかねない。

錬金術によって物質の性質を変化させるのには、その変化のきっかけと同時に、その垣根を超えさせるための膨大なエネルギーが必要となるのだ。ベースとなるアイテムと、その変化のきっかけを作るアイテム、そしてエネルギーの不足を補うアイテムが、大まかな材料の内訳となる。術者本人の魔力そのものが変化のきっかけを作ったり、エネルギーの不足を補ったりもできる。

どの割合まで自身の魔力で補えるかは、本人の錬金術への理解と技量に比例する。《夢王の仮面》は、そこに二段階ほど下駄《げた》を履かせることができるのだ。

本来実現不可能であるような無茶な錬金術でも、強引に可能にしてしまえる。錬金術師からしてみれば、夢のアイテムだろう。

「カ、カナタさん、本当にこれ、《アダマント鉱石》になるんですか……？　《アダマント鉱石》の剣っていったら、この国でも一本か二本しか存在していない、最高級品ですよ」

「う～ん……値段でいうと、どれくらいになるんですか？」

そういうスケールで話されても、あまりピンとこない。

《魔銀《ミスリル》の杖》では、B級アイテムの《翡翠竜の瞳》が五百万ゴールド以上の価値があるという話であった。S級アイテムの《アダマント鉱石》の剣であれば、もしや二千万ゴールドくらいにはなってしまうのではなかろうか？

もし完成しても、なかなか売り捌《さば》けそうにないのが惜しいところだ。

「た、多分……武器とかまともに造れるくらい大きな塊があれば、数億ゴールドくらいでも買い手はつくと思いますよ」

「そんなですか!?　たかだかS級アイテムなのに!?」

「た、たかだかって……S級アイテムをなんだと思っているのですか、カナタさんは」

ポメラが呆《あき》れ顔《がお》で俺を見る。

そこまでだとは思っていなかった。アイテムの階級はS級、伝説級、神話級と続く。《地獄の穴《コキュートス》》でのルナエールとの暮らしの中で、随分と俺の価値観がけったいなことになっていたらしい。

あそこはS級アイテムがゴロゴロ転がっていたし、ルナエールが身につけているのは神話級アイテムばかりだった。彼女が俺の地上デビューのお土産にと気前よくくれたものも、そのほとんどが神話級アイテムである。地上に出てからこれまでの生活で、それなりに価値観を矯正できてきたつもりであったが、まだまだ足りなかったようだということを思い知らされた。

ひ、ひょっとして、《神の血エーテル》一杯が地上では数十億ゴールド相当だったのか……？

いや、既にもう価値を金銭で表すことが馬鹿げている領域なのかもしれないが、もしかしたら数百億ゴールド相当くらいだったのかもしれない。俺の修行に小国の国家予算レベルの額が投入されていた可能性が高い。次ルナエールに会ったときに、一体どんな顔で感謝すればいいのだろうか。

「……カナタさん、大釜、なんだか紫の煙出てますけど……止めた方がよくないですか？」

「え……？　ああっ!?」

ポメラの言葉に気を取られすぎていた。大釜からヤバい色の煙が辺りに広がろうとしていた。よく見れば、《翡翠竜の瞳》の欠片《かけら》を浸していた液体が気化しきって空になっていた。

い、いつの間にか、液体の全てが錬金反応しきっていたというのか!?　こんなはずではなかったのに！

恐らく《夢王の仮面》によって、俺の想定を超えた過剰な錬金反応が起こったらしい。仮に全て錬金反応しきっていたのだとしたら、全てのエネルギーが《翡翠竜の瞳》に集まったことになる。

そんなもの、こんな欠片が受け止め切れるわけがない。

《翡翠竜の瞳》の欠片が、謎の眩《まばゆ》いほどの光を放ち始めていた。俺は慌てて《英雄剣ギルガメッシュ》を向ける。

「結界魔法第五階位《魔力の盾《フォースシールド》》！」

光の壁が大釜を包み込む。次の瞬間、《魔力の盾《フォースシールド》》が内側から何十発も殴られたようにボコッ、ボコッと膨張し始めた。

結界魔法はあまり得意でないのだ。適性のあった炎魔法や、ルナエールが使いこなしていて格好良かった時空魔法、戦闘以外に使い道の多そうな土魔法や錬金術にばかり目が向いていたせいだ。

俺は必死に魔力を送り、《魔力の盾《フォースシールド》》で抑え込もうとした。

「だ、大丈夫なんでしょうか、カナタさん？」

ポメラが心配そうに尋ねてくる。

「……この部屋吹き飛んだら、弁償ってどのくらいになると思いますか？」

「やめてください！　そんなこと考えないでください！」

爆発音が響き、結界の変形が止まった。俺は《英雄剣ギルガメッシュ》を降ろした。

「よかった……あれ、これは……？」

大釜に残る《翡翠竜の瞳》の欠片が、独特な紫色の光を帯びていた。俺は魔法袋より《アカシアの記憶書》を取り出し、ページを捲《めく》った。

【アダマント鉱石】《価値：S級》

紫色の輝きを帯びた鉱石。人の世に存在する中で、最も硬い物質だと言われている。あらゆる魔法に対して高い耐性を持つ。地中深く、地脈の魔力の強い部分で夥《おびただ》しい年月をかけて生成されるという。

「で、出た！」

《アカシアの記憶書》を捲って《アダマント鉱石》のページが出たということは、少なくとも《アカシアの記憶書》にはこれが《アダマント鉱石》であることが保証された、ということになる。

錬金実験は成功したのだ。これで後は《精霊樹の雫》さえ手に入れれば、呪鏡で悪魔を狩り続けるだけで《神の血エーテル》の素材が揃《そろ》う。

「ほ、本当に、成功したんですか……？」

ポメラが俺の肩から、ひょいと《アカシアの記憶書》のページを覗《のぞ》く。

「すごいっ！　カナタすごいっ！」

フィリアがぴょんぴょんと跳んで、俺の成功を祝ってくれた。

「残りの《翡翠竜の瞳》も、全て《アダマント鉱石》に変えておきましょうか」

俺がそう言ったとき、ポメラの顔がやや引き攣った。

「さ、さっきのを、何度も……。音は、ポメラの精霊魔法で隠せますけれど……っ、次も、本当に抑え込めますか？　錬金反応させる量、増やすんですよね？」

ポメラがちらりと、歪《いびつ》に変形した大釜へと目を向けた。

「……次は、さっきよりも準備はするので、まあ大丈夫かな、と……」

「……そこは、自信を持って言い切ってください……」

ポメラに精霊魔法第五階位《沈黙の唄霊鳥《サイレントシンガー》》で室内の音を抑えてもらい、俺は残りの《翡翠竜の瞳》を用いて可能な限り《アダマント鉱石》を生成した。また同じ爆発音を何度も引き起こせば、この部屋に宿の人間が飛んでくると思ったからだ。

「ありがとうございます、助かりましたよポメラさん。それから、フィリアちゃん」

俺は《夢王の仮面》を拾い上げ、フィリアへと渡した。

「それっ、カナタにあげる！　フィリアからのプレゼント！」

明るい声でそう言うフィリアを眺めながら、俺は《アカシアの記憶書》の一節を思い出していた。


五千年前の錬金術師が《恐怖神ゾロフィリア》を造り出した際に《夢王の仮面》を二枚用意したが、後に歴史に度々姿を現してはどちらも戦争の火種になり続けた。

「…………」

……俺が持っていていいものなのだろうか。うっかり手放したら、国一つ滅ぶ要因になりかねない。いや、神話級は他にもこの手のアイテムがゴロゴロしているのかもしれないが……。

それに、フィリアの身体《からだ》もこの仮面の分だけ削れているのも気にかかる。これも神話級アイテムだ。見かけ以上に、フィリアの《夢の砂》を消費している可能性が高い。

「……カナタ、嬉しくないの？　フィリアのお面、要らない？」

フィリアが不安げに俺を見上げる。俺はその場で屈み、フィリアと目線を合わせた。

「あ、ありがとうね、フィリアちゃん。でも、これは俺が持っているより、フィリアちゃんが持っていてくれた方が、ずっと安全な気がするんだ。だから、フィリアちゃんが預かっていてくれると凄く助かるかな。必要なときにまた出してくれると嬉しいんだけど……お願いできるかな？」

「うん！　わかった！　じゃあ、またカナタが必要なときに用意するね！」

フィリアがぎゅっと両手の拳を握り、俺から《夢王の仮面》を受け取ってくれた。フィリアが仮面を着けると、すうっとその仮面が姿を消して消えていく。恐らく、ただの《夢の砂》になって彼女の身体の一部に還《かえ》ったのだろう。

「その大釜……とんでもない形状になりましたね」

ポメラが呆れ気味に口にする。

錬金術に用いた大釜は、俺が土魔法で生み出した金属で強引に継《つ》ぎ接《は》ぎしてなんとか形を取り繕って最後までやり遂げたので、出鱈目《でたらめ》な形状になってしまった。

どうしても《アダマント鉱石》を錬金する際に、最後に変化を促すためにぶつけたエネルギーが爆発してしまうのだ。どうにかポメラの精霊魔法で音を消し、俺の結界魔法で抑え込んだが、なかなかド派手な錬金実験となってしまった。

「これ、大丈夫でしょうか？　魔力から他の魔術師に感知されたりしませんよね？」

「多分、大丈夫だとは思いますが……万が一を考えると、もっと結界を張っておいた方がよかったかもしれませんね」

俺は扉の方を見る。

少し、警戒が甘かったかもしれない。しかし、俺が発動できる結界魔法の限界は、ちょっと背伸びをしてもせいぜいが第八階位といったところ。今までの経験からいって、これはA級冒険者と同程度だ。俺が警戒しているレベルの相手に対しては、あまり効果を期待できない。

結界魔法ももう少しルナエールから学んでおくべきだったかもしれないと、今更になって考えてしまう。

「結界魔法は苦手なのですが、何もしないよりはマシでしょう。今後も錬金術を何度か行うなら、もっとその辺りの準備も必要になってくるかもしれませんね」

「カナタさんが苦手なのであれば、ポメラが結界魔法を覚えてみせます！　ポメラも、もっとカナタさんの相方として役に立ちたいんです！」

ポメラは修繕された大杖を掲げ、そう意気込んだ。……彼女の杖も、代わりを見つけないといけない。

「ありがとうございます、ポメラさん。とりあえず必要な素材の片方は見つかりましたし、実はもう片方の重要素材は意外と簡単にどうにかなるんじゃないかって、そう思ってるんです。《神の血エーテル》さえ作れれば、《歪界の呪鏡《わいかい》》のレベル上げを再開できます。その修行の中で、使える魔法の位階を強引に押し上げることもできるはずです」

「……あ、あの鏡の中に、もう一度」

ポメラの顔が引き攣った。

「嫌ですか……？　でしたら無理には……」

「いっ、いえ！　やります！　ポメラはやってみせます！　任せてください、カナタさん！」

ポメラがぎゅっと大杖を握り締め、そう口にした。

「そ、そうですか。ま、まあ、錬金術の形跡を傍受されるなんて、滅多にないことです。そこまで警戒しすぎなくてもいいかもしれませ……」

そのとき、扉をノックする音がした。俺とポメラは同時に背をピンと伸ばした。フィリアだけが呑気《のんき》に扉の方を眺めて、「お客さん？」なんて首を傾げていた。

しばらく俺がその場で凍りついていると、もう一度ノックの音が鳴った。

俺はポメラと目線を合わせる。ポメラはぐっと息を呑《の》んだ。

「ポ、ポメラが出ます。わざわざノックをしてきたということは、敵意はないのかもしれません」

「……そこを、動かないでください、俺が行きます。大丈夫です……対人戦用の戦法は、師匠にそれなりに叩き込まれてきました」

武器術も《双心法》も身につけていない魔術師では、正体不明の相手と近接の間合いでぶつかるのはあまりに不利だ。それにどう考えても、レベル優位のある俺がここは出るべきだ。

俺は久々にまともに使うことになるかもしれないと思い、《英雄剣ギルガメッシュ》を握る力を強めた。

武器を後ろ手に隠し、扉を開く。

そこには、尖《とん》がり帽子の男が立っていた。俺が睨むと、目線に怯《おび》えてかびくっとその場から一歩下がった。尖がり帽子の男が、ばっと手を上げる。

「落ち着け、オレはギルドマスターの遣いだ。冒険者会議の件で、連絡に来た。聖女の部屋が空であったため、同行人のお前の部屋を当たったまでだ」

俺は安堵の息を吐いた。確かに冒険者会議は急ぎになるかもしれないと聞いていたし、この男はギルドマスター……つまりはガネットの関係者であることを、以前に自称していた。

尖がり帽子の男は少し沈黙した後、そっと首を伸ばして俺の背後を覗こうとした。

「聖女はいるのか？」

俺はばっと身を乗り出し、それを制した。今、部屋の中には《アダマント鉱石》が剝き出しで放置されていた。あれを見られるわけにはいかない。

「……余計な詮索をするつもりはない、悪いな。ギルドマスターからも、下手な駆け引きをするなと念を押されている」

……ガネットの言動は凄く裏を感じさせるものが多かったのだが、あれは全て素だったのだろうか。ポメラが部屋の中で、大釜に雑に布を被《かぶ》せて隠し、こちらへと走ってきた。

「すいません！　あの、どういうお話でしょうか？」

「……冒険者会議が、予定より早く進められることになった。今夜、今すぐに行う。ラーニョの件は、それだけ緊急を要することがわかった」

「こ、今夜、すぐですか？　いくらなんでも、そこまで急ぐ必要はないんじゃ……」

尖がり帽子の男が首を振った。

「これまでマナラーク周辺に現れていたラーニョは、ほんの一部に過ぎなかった。奴《やつ》らの裏には、魔王がいる。この都市だけではない。最早《もはや》、これは王国の危機だ」

4

渋るフィリアを宿屋に残して、俺とポメラは尖がり帽子の男に続いて冒険者ギルドへと向かうことになった。フィリアも実力的には申し分ないだろうが、何せただの子供ということで通している。力のセーブもあまりできない子であるし、出自も色々と吹っ飛んでいる子なので、極力こういった場に連れて行くことは避けた方がいい。

「あの、お名前を伺っても？」

俺は夜道を歩きながら、尖がり帽子の男へと尋ねた。彼は軽く頷いた。

「ジルドだ。オレは主に、ガネットさんの補佐を行っている。二人の名は既に知っているから、紹介しなくていい」

ガネットの直属の部下だったのか。以前顔を合わせたときも、妙にポメラに接触したがっていたように思う。

ガネットも俺達のことを、アーロブルクから戻ってきた部下から聞いたと口にしていた。あれはジルドのことだったらしい。

「……魔王が、出没しているかもしれないんですよね？」

魔王についてはノーブルミミックから聞いたことがある。突然現れる魔物の王のことで、魔物を指揮し、魔物の潜在能力を引き上げる性質を持っている。そして本体は短い周期で自己進化を重ね、際限なく成長する。魔王にも規模やレベルの差があるらしいが、最悪の魔物災害であると、そう恐れられている。

元々、ルナエールが人間を止めてリッチになったのも、魔王に殺されたことが原因であった。

「……ああ、そうだ。どうやらこれまでの傾向から、ほぼ間違いないらしい。元々、ここまで単一の魔物が溢《あふ》れるのがおかしかったのだ。もしかすると魔王の件が絡んでいるかもしれない、という噂《うわさ》は出ていた」

「そ、そんな……」

ポメラが顔を青くした。

冒険者ギルドが大騒ぎしていたわけだ。魔王の討伐に失敗すれば、都市や国が簡単に滅ぶと聞いたことがある。

この世界は、基本的に圧倒的に魔物優位になっている。それでも人間が滅んでいないのは、恐らくナイアロトプ達が生かさず殺さずに調整しているからだろう。俺はそう考えて、胸糞《むなくそ》が悪くなって歯を噛《か》み締めた。

ガネットが周囲に止められながらも強引に冒険者ギルドの会議を抜けて、ポメラへの接触を試みたのもようやく納得がいった。魔王の襲撃に備えて、A級冒険者であるアルフレッドを倒したポメラに、どうしても仲間になって欲しかったのだろう。

魔王の出現が本当ならば、この魔法都市はとんでもない危機にある。放置していれば魔法都市がなくなったっておかしくはない。

「冒険者を集めて会議を行うのは、魔王が本格的に動く前に先に叩こう、ということですか？」

この魔法都市マナラークには、S級冒険者もいるという話であった。魔王がどのくらいの規模の相手なのかは俺にも見当がつかない。

「……A級冒険者が束になってどうにかなる相手だといいんだがな。ガネットさんは、どうやらそんな規模で考えていない」

「えっ……」

「今言えるのはこれまでだ。お前達には、最大限誠実に接しろとの御達《おたっ》しだ。だが、ガネットさんがどういう伝え方をするのか、そこまではオレは聞いていない。これ以上、オレの口から勝手な言い方で話すわけにはいかない」

ジルドがやや寂しげな目でそう言った。

俺は息を呑んだ。どうやら事は、かなり重大らしい。


やがて冒険者ギルドに到着した。そのままジルドについてギルドの二階の、普段は入れない、関係者用の奥の部屋へと通された。

大きな円卓のある会議室で、既に数名の冒険者が席に座っていた。

ロズモンドの姿もあった。物々しい鎧《よろい》に身を包み、顔を山羊《やぎ》の金属仮面で隠している。どうやら無事に壊れた防具も揃え直したらしい。

目が合ったので、俺は小さく頭を下げた。ロズモンドがびくっと身体を震わせた。……随分と怖がられているようだ。それも、無理もない話ではあるが。

「好きなところに座ってくれ」

ジルドからはそう言われたものの、俺は漠然と円卓を眺めていた。

本当に適当に選んでしまっていいのだろうか。何か決まりがあったりはしないだろうか。この世界や魔法都市マナラークのしきたりみたいなものを俺はよくわかっていない。指定してくれた方が、こっちとしては気が楽なのだが。

そのとき、背後から殺気を感じた。

「……おい、邪魔だ。何を突っ立っている」

振り返ると、俺達を睨むアルフレッドが立っていた。細められた鋭利な目線には、冷酷な憎悪の色があった。

A級冒険者を主に集めていると聞いていたので、アルフレッドもこの会議に呼ばれているとは思っていた。しかし、あれだけ大恥を掻《か》いたのだから、もう俺達には絡んでこないものだと考えていた。

一方的に難癖を付けて、敵《かな》わなかったから不意打ちに出て、その上でボロ負けして治療まで受けたのだ。俺が逆の立場だったらきっとさっさとこの都市から去っていただろう。

ポメラがむっとした表情でアルフレッドを睨み返す。

「ア、アルフレッド様……」

セーラがアルフレッドを嗜《たしな》めるように声を掛ける。

元々、アルフレッドの治療をポメラに依頼したのはセーラなのだ。アルフレッドの高圧的な態度に、気が気ではないのだろう。

アルフレッドが素早く、セーラの肩を摑んだ。力を掛けているらしく、彼女の肩の軋《きし》む音が聞こえる。

「なんだ、セーラ？　扉の前を塞いでいる奴に、注意してやっただけだろう？　俺が決闘で負けたから、奴が前に立っている間は床にでも伏せて待っていろというのか？　なあ？」

「そ、そこまで言っているわけでは……その……」

アルフレッドの剣呑《けんのん》な様子に、室内の視線が集中する。アルフレッドは彼らの視線を確認し、舌打ちをしてセーラから手を離した。

「なに、軽く注意しただけだろう？　そんなに負け犬が騒いでいるのを見るのが楽しいか？」

アルフレッドが周囲を睨んでそう口にすると、皆気まずげに目線を外して行った。どうやら随分と荒《すさ》んでいるらしい。

「すいません、俺達が邪魔でした。ポメラさん、あの辺りに座っておきましょう」

俺はポメラの腕を引いた。

アルフレッドとは関わるだけ損だ。下手に反発しても、長く粘着されるだけだろう。

「……俺は執念深いんだ。あんなもので勝った気でいるなよ。クク……会議の趣旨は知らんが、どうやら絶好の機会が用意されたようだ。この俺に恥を搔かせてくれたことを、必ず後悔させてやるぞ」

アルフレッドが俺達の方を向いて、そう小さく呟いた。俺は尻目にアルフレッドを見ながら、ポメラと並んで席に着いた。

……これまでで充分わかっていたことだが、アルフレッドはかなり厄介な奴のようだ。これ以上向かって来るなら、こっちも対応を改める必要があるかもしれない。

俺が座ったとき、横の席のロズモンドがびくりと身体を震わせた。落ち着かなそうに、肘で円卓を突いている。

「あ……すいません、あの、成り行きで」

ロズモンドはちらりと俺を見た後、室内を見回して何かを確認していた。その後、山羊仮面の口の前に手を当て、声を潜めながら俺へと尋ねてきた。

「あの巻き髪の童女はおらんのだな？」

「……ええ、あの子は宿で休んでいます」

フィリアにラーニョごとぶっ飛ばされたのがトラウマになっているらしい。今度会ったら、ちょっと謝っておくように言っておこう。

「しかし、決闘の件は既に聞いておるが、随分と命知らずのアホがおるようだな」

アルフレッドのことだろう。ポメラにあれだけ一方的にやられてまだ突っかかってくるとは、俺も予想していなかった。

ロズモンドがアルフレッドの方を見た。俺とポメラも、釣られて彼の方へと目をやった。

ポメラが「ひっ」と口にして、すぐに目線を下げた。アルフレッドは、忌々しげにずっとポメラの方を見ていた。

……アルフレッドは、この会議を絶好の機会だと口にしていた。今後の冒険者ギルド側の作戦で、足を引っ張ってくれなければいいのだが……。

5

しばらく座って待っていると、他にも冒険者達が姿を現し始めた。次々に椅子についていく。

「あの包帯を巻いた男がいるな。奴は《魔毒のルドガー》である。錬金術と土魔法、水魔法を駆使して、毒を中心に戦う陰湿な男だ」

隣に座るロズモンドが、声を潜めて言う。

彼女の目線の先には、青いローブで身体全体を覆い隠している男がいた。隙間から覗く顔や腕は、包帯に覆われている。そして、異様に指が長い。

俺は小さく頷いた。

「奴には気をつけよ。この都市のA級冒険者の中では、最弱格だとされておるが、我の睨みでは実力を隠しておる。犯罪組織に加担しておったという黒い噂もある。何を考えているかわからぬ男だ。アルフレッドのようなわかりやすい奴よりも、ああいう手合いが危険なのだ」

ロズモンドが小さく舌打ちをした。

「我はこの場に奴を呼ぶのは、反対だと警告してやったのだがな。まあ、貴様ならルドガー相手に正面から戦って遅れを取ることはなかろうが……奴は、どんな卑劣で残忍な手でも、平気で使ってきかねんぞ。せいぜい警戒しておくことだな」

「ありがとうございます、気をつけておきます」

「……いつの間にか、お二人共、仲良くなりましたね」

ポメラが不思議そうな顔で俺とロズモンドを眺めていた。

「フン、面白くはないが、一応助けられたことには変わらんからな。あの程度、無論我一人でも切り抜けられただろうが。この都市のセンパイとして、最低限の忠告はしておいてやる」

ロズモンドが、分厚い装甲に覆われた腕を組んだ。

森では俺に決闘を挑んで自滅し、魔力が切れたところをラーニョに群がられ、フィリアに纏めて吹き飛ばされてすっかり凹《へこ》んでいたようだが、魔法都市に戻ってからどうにかメンタルを回復したらしい。立ち直りが早い。

冒険者会議の面子《メンツ》は揃いつつあるようであった。既にいる面子をロズモンドに簡単に紹介してもらったが、魔法都市の領主とその部下、冒険者ギルドの幹部、そして都市のA級冒険者が集められているらしい。

A級冒険者はロズモンドに包帯男のルドガー、アルフレッドに加え、老人の魔術師と若い女の魔術師が一人ずつ来ていた。どうやら、A級冒険者はこれで全員のようだ。

「後は誰が来ていないんですか？」

「後は、ギルドマスターのガネットと、S級冒険者のコトネだ」

俺は息を呑んだ。

以前、フィリアの攻撃を往《い》なした黒外套《がいとう》の女魔術師がいた。アレが、S級冒険者のコトネだったのだろうか。だとすれば、レベル2000以上は間違いない。下手な接触はしたくはなかったが……。

そのとき、部屋の扉が開いた。

「急に招いておきながら、この儂が遅くなって申し訳ない」

ガネットだった。

彼に続いて、女が姿を現した。彼女は小さく、室内の人間に対して頭を下げる。黒い艶やかな髪の、色白の人物であった。

年齢は、俺より一つか二つ、下くらいだろうか？　軽装のローブに、両手には手の甲を守る簡素な籠手《こて》が付けられている。同じ高さで切り揃えられた前髪と、少し冷たい目つきが特徴的であった。

顔つきでわかった。名前でもしかしたらと思っていたが、やはり彼女は日本人なのではなかろうか。俺は思わず、顔を少し伏せた。

「……奴が、《軍神の手《アレスハンド》》のコトネ・タカナシだ。ここ半年、冒険者としての活動は控えておるようだったが、あの狸爺《たぬきじじい》に急《せ》かされて出てきたらしい」

コトネが現れた瞬間、室内の空気が一気に張り詰めたのを感じた。A級冒険者達も、彼女には一目置いているらしい。

「コトネ・タカナシ……」

「知らんのか？　S級冒険者で、《神の祝福《ギフトスキル》》持ちの異世界転移者である。無口で冷酷で、他者に無関心な無愛想な女だ。談笑しているところなど、目にしたことがない。ただ、奴の強さは、間違いなく魔法都市最強である。我の目から見ても、人外の域に立っておる。せいぜい敵対せんように立ち回ることだな」

ロズモンドの口から、コトネが異世界転移者であることが明言された。

どうやら彼女は、特に異世界から来たことを隠してはいなかったようだ。流れで公表せざるを得なくなってしまったのかもしれないが。

恐らく《神の祝福《ギフトスキル》》というのが、ナイアロトプの口にしていた異世界転移特典、チートスキルという奴だろう。こちらの世界ではそう呼ばれているらしい。俺がナイアロトプの不興を買って手に入れ損ねた、この世界の勇者になり得る力だ。

ロズモンドも言っていたが、警戒しておいた方がいいだろう。《軍神の手《アレスハンド》》というのがコトネの《神の祝福《ギフトスキル》》なのだろうか？

《ステータスチェック》をしておきたいところだが、下手に使えば勘付かれかねない。相手も《ステータスチェック》を持っているはずなのだ。

コトネは無表情で、空いている席へと歩いていった。立ち振る舞いや表情から、冷たい雰囲気を感じる。他者に無関心、というのは本当の話らしい。

コトネは冒険者活動からは手を引いていたようだが、こんな人でもきっちり連れ出してくるガネットは、やっぱり凄いのかもしれない。

「あれ？……カナタさん、あの人、前にフィリアちゃんを軽くあしらった人とは別人ですね？」

ポメラに言われて、俺も気がついた。

全く格好が異なる。それに、遠目だったが、髪の長さも全然違う気がするのだ。多分、髪の色も黒ではなかった。しっかり確認できていたわけではなかったが、間違いなく暗色系ではなかった。

コトネの他に、まだ要注意人物がこの魔法都市には潜んでいるのか……？

俺は額を押さえ、必死にあのときの記憶を探っていた。身長も、もう少し低かったかもしれない。

それから髪も、肩の下くらいまでは長さがあって……。

「あれ、あれやっぱり、ルナエールさんだったんじゃ……？」

い、いや、しかし、《地獄の穴《コキュートス》》であんな綺麗《きれい》な別れ方をしたのだ。その後すぐ追いかけてくるなんて、まさかそんなことがあるだろうか？　そもそも、外に出たなら出たで、俺に声を掛けてくれない理由が全くわからない。

いや、だが、どれだけ思い返してもルナエールだったとしか思えない。駄目だ、思考が偏ってしまっている。俺は小さく首を振った。

「どうしましたか、カナタさん？」

「いえ、なんでもありません」

ルナエールが俺に会いに来てくれたのでは、とは考えたいが、そんな都合のいいことがあるはずがない。

わざわざ俺なんかのために永い禁を破って《地獄の穴《コキュートス》》の外に出て魔法都市まで来てくれて、そこまでしてくれたのに俺に声を掛け損ねてふらふら魔法都市を彷徨《さまよ》っているなんて、まさかそんなわけがない。

確かにルナエールは永く《地獄の穴《コキュートス》》奥地にいたためかちょっと恥ずかしがり屋で、そのせいかたまに変な方向に暴走することがあるが、さすがにそんな……。

「……なんでもありませんが、時間ができたら、ちょっとこの都市で人探しをしてみたいと思います」

「は、はあ？　カナタさんがしたいことがあるならば、ポメラは手伝いますけれど……」

ポメラが不思議そうに首を傾げる。

面子が揃ったところで、ガネットが席を立った。

「冒険者ギルドの調査したラーニョ騒動の見解について、儂の口から述べさせていただく。ギルドでは、ラーニョの異常発生が、魔王の出没によるものであると結論付けておる。同系統の魔物の大量発生、上位種の出現、どちらも魔王の影響によって発生する魔物災害であるからだ」

ガネットがそう説明すると、冒険者達がざわつき始めた。

「ま、魔王だと？　嘘《うそ》だろ？」

男魔術師が、怪訝《けげん》そうに口にする。

「冗談じゃない。そんな気軽に、魔王が現れて堪《たま》るものか」

アルフレッドも顔を真っ青にしていた。あれだけポメラに対しても肝が据わっていたアルフレッドも、魔王は怖いらしい。

ロズモンドは机に肘《ひじ》を突き、大きく息を吐いていた。

「もしかしたら、そうかもしれんと思っておったわ。チッ、去るならば、他の住民に知られる前がいいか」

「ロ、ロズモンドさん、何を！」

ギルド職員側の人間が、ロズモンドの言葉を非難した。

「何が悪い？　貴様らの命令で命を擲《なげう》つ義理などないわ。我の生き様も、我の死に場所も、我が決める。貴様らの都合なんぞどうでもよいのだ」

「だからと言って、今言わなくても……！」

「やめい」

ガネットが職員を睨んだ。

「ロズモンド殿、無論、その辺りも踏まえて話をさせていただく。危険に見合った対価は用意する、という意味だ。今は儂の言葉を聞いてもらえんか？　その後に、この都市を去るなり、好きにしてもらっても構わぬ。そのときは、止めもしなければ、当然責めもせん」

「ハッ、当たり前であろう」

ロズモンドはガネットの言い分を鼻で笑い、そこで言葉を区切った。黙ってガネットを見るロズモンドは、どこか寂しそうでもあった。

俺は魔王というものについては、薄《うす》らとした知識しか持っていなかった。

だが、場の空気で理解した。魔王の出現は本当にただごとではないのだ。

ロズモンドは、既に魔法都市マナラークが手遅れであると考えているようであった。そしてそれを、ガネットや周囲の冒険者達も受け入れている。

そのとき、コトネがすっと手を上げた。周りから集まった視線を煩わしそうに睨んだ後、口を開いた。

「……本当に、魔王？　別に大量発生も、上位種の出没も、魔王出現の弊害に限った魔物災害ではない。断定する根拠になるとは、私にはとても思えない。それに、ラーニョの大量発生自体はかなり長期的に傾向があった。魔王だとすれば、動きが遅すぎる。もっと変わった異常現象が目についていないのはおかしい」

淡々とした声色だった。コトネは言い終えると、目を瞑《つぶ》りながらすっと手を下ろした。

「そ、そうだ。魔王出現は、あまりに飛躍的過ぎる」

男魔術師が、コトネの言葉を聞き、気がついたように大きく頷いて同意を示していた。

コトネは他の冒険者からの信用も大きいらしい。実力はロズモンドも認めていた。この世界に来て、それなりに長いのかもしれない。

「ただの上位種の出没であれば、そうであっただろう。だが、ポメラ殿が見つけた大型ラーニョの目撃箇所と、アルフレッド殿の見つけた大型ラーニョの目撃箇所は大きく離れている。おまけに、更に別の地でも奇妙な地面の跡が報告されている。恐らく、これも大型ラーニョのものであろう」

三箇所、離れた地で大型ラーニョの出没が確認された、ということか。しかし、それが何を意味するというのだろうか。

「通常、同じ上位種の出現が、ほぼ同時期に広範囲で観測されるなど、そんなことはあり得んのだ。もしかすれば偶然ということはあるかもしれん。だが、それも二箇所までだ。三箇所はない。奴らは、同じ場所で生まれたのだと考えられる」

ガネットは羽ペンを手に席を離れ、壁に貼ってあった大きな地図の三箇所にばつ印を付けた。

「この三箇所が、目撃された位置だな。そして、この五箇所が、ここととは別に、ラーニョの大群の目撃情報があった場所である」

ガネットが新たに五つの印を付ける。それから、八つの印を線で繋《つな》げ始めた。歪ではあるが、大きな円のようになっていた。

冒険者達からどよめきが上がった。魔王の出現は早とちりではないかと指摘したコトネも、無表情ながらに冷や汗を流していた。

ガネットは指を円周に沿わせ、それから大型ラーニョの出現位置の三箇所を指で叩いた。

「何故か、ある一点を中心にするようにラーニョが出現しているのだ。おまけに、ラーニョが現れるのは、大きな丘の低い位置ばかりなのだ」

「そ、それがどうしたというのだ！」

男魔術師が机を叩き、野次を飛ばす。だが、現実を直視したくない一心からの言動であるように思えた。

「前々から、妙だったのだ。最初は大群で行動するはずのラーニョの逸《はぐ》れた個体がちょろちょろと現れ、次に示し合わせたように、同時に都市周辺でラーニョの大群が現れるようになった。対峙《たいじ》した冒険者ならば知っているだろうが、ラーニョは穴を掘る」

ガネットが悔しげに握り拳を作りながら、そう説明した。激情を抑えているかのような声だった。

そのことがむしろ、周囲の危機感を煽《あお》っていた。

「恐らく奴らは、地下に巨大な巣を作っておる。恐らく、この歪な円の中心地にの。おまけに、巣の主は、どうやらラーニョをなるべく表に出さないようにして、我々人間が気付くのを少しでも遅らせようとしておったようだ。我々の目についたのは、巣が飽和して地上に溢れたほんの一部であったのだ。明らかに奴らの親玉には、邪悪な知性が宿っておる。こんな大規模の巣を作れて、かつ人間の動きを読める知性持ちの魔物など、普通に考えてあり得んだろう。魔王以外にはな」

部屋内が静まり返った。コトネも、彼女に同調していた男魔術師も、ただ沈黙している。

「魔王は、時間を与えれば与えるほど強くなる。最初に不自然なラーニョが発見された時点で誕生していたとすれば、もう初期の段階はとっくに超えておる。A級冒険者が十人や二十人で叩いたところで、どうにかなるレベルでは最早もうない。これは、国の危機なのだ。儂は既に、マナラークの冒険者だけで討伐できる規模はとっくに超えてしまっていると考えておる」

ガネットが話せば話すほど、空気が重くなっていく。

ロズモンドも黙りこくってしまった。仮面をつけているので、どんな顔をしているのかもわからない。

アルフレッドも眉間に深い皺《しわ》を寄せ、鼻をぴくぴくと震えさせていた。

「奴に知性があるならば、大型ラーニョが討伐されたことを知って、自身の存在に気づかれたことを理解しているはずだ。ここマナラークは、あまりに魔王の巣から近過ぎる。既に他の都市へ、避難民受け入れの連絡を飛ばしている。避難民には、最低限の荷物を持ち、魔王の巣を大回りしてこの都市から逃げてもらう。貴殿らには、魔王の襲撃に備えて、その護衛と殿《しんがり》を依頼したいのだ」

やはり、ガネットも魔法都市マナラークを既に捨てるつもりでいるようだった。

簡単に下せる決断ではなかったはずだ。何せ、ガネットは国内最大規模の研究機関の幹部であり、同時にこの都の冒険者ギルドのギルドマスターである。

自身のこれまで築き上げてきた功績や成果を、全て捨てるようなものだ。だが、無用に粘って民の命を落とすよりも、その方がいいと考えたのだろう。

「儂に、貴殿らが先んじて逃げるのを止めることはできん。しかし、魔王の存在を広めることだけは避けてほしい。無用な大混乱を招くことになる。ラーニョの群れがすぐにでも攻めてくる恐れがあると、それだけ住民達には伝えるつもりでいる。これからギルドで、集団避難の準備を進める。都市のために力を貸してくれるという者は、早朝の鶏《とり》の刻にまたここへ来て欲しい。報酬は弾む。

交渉したい者は、今、この場で儂が引き受けよう」

6

冒険者ギルドの会議が行われていたのと同時刻頃、魔法都市マナラークの廃教会堂にて。赤い魔術式の刻まれた黒いローブを纏った少女と、宝飾を纏う宝箱が顔を合わせていた。《穢《けが》れ封じのローブ》を纏う不死者ルナエールと、彼女に仕えるノーブルミミックである。

「ハーフエルフの子と仲睦まじげに並んで歩いているのを見かけたときには少し驚かされましたが……どうやら、ただの知人であったようです」

ルナエールはいつもの抑揚のない話し方であったし、彼女自身感情を抑えようとしている節があったが、しかしそれでは隠しきれない安堵と喜びが滲《にじ》み出ていた。

「妙に親密だと思いましたが、ハーフエルフの子の方が、カナタに何か恩があるようでした。カナタはとても優しいですからね。そういうこともあるでしょう。ノーブルに脅されて、気を揉んでいたのが今となっては馬鹿らしいです」

「……オレ、脅シタカ？」

ノーブルミミックが不思議そうに箱の身体を捻《ひね》る。

多少ルナエールをからかった覚えはあったが、大半は彼女が勝手にやきもきして、勝手に騒いでいただけである。要するに自爆であった。それを全て自身が煽ったかのように言われても、釈然としないものを感じる。

ルナエールは少しだけ眉間に皺を寄せ、親指を噛んだ。ノーブルミミックから視線を外し、廃教会堂の中を落ち着きのない素振りで歩き始めた。

「ただ、ハーフエルフの子の方は、もしかしたらカナタに邪《よこしま》な感情を向けていたかもしれません。カナタは凄く心の広い……それこそ私に対して、ろくに恐怖も抱かずにあっさりと受け入れてくれてしまうような、そんな人です。ただそれは言い換えれば、それだけ流されやすいということでもあります」

「……マァ、アイツ、流サレヤスイカ」

ノーブルミミックが呟くと、ルナエールはジトっとした目で彼を見た。不安にさせるようなことは言わないでください、とでも言いたげな様子だった。自分が言い出した手前、さすがにそれを口にすることはなかったが。

どうやら否定してほしかったらしい。やれ面倒臭いと、ノーブルミミックは箱の隙間からベロリと舌を伸ばした。

ただ、ノーブルミミックに言わせてみれば、カナタの流されやすさは筋金入りである。ルナエールがカナタを《地獄の穴《コキュートス》》に繋ぎ留めるためだけに吹っ掛けた無理難題を、ほぼ疑いもせずに完遂してしまったくらいなのだから。

あのとき、ルナエールは心の奥ではカナタが挫折することを願っていたはずである。ただカナタは、皮肉にも恩人ルナエールがやれと言ったからきっとできる範疇《はんちゅう》なのだと信じてそのまま突き進み、ルナエールの想定をぶっちぎって短期間での圧倒的なレベル上げに成功したのだ。

恐らく彼より流されやすい人間はそうそういない。そこに関して、ノーブルミミックは否定のしようがなかった。

「……もしかしたら、もしかしたら、あのハーフエルフの子に流されて、そのまま恋仲になってしまうようなことがあるかもしれません。カナタは、カナタは……私を好きだと、そう言ってくれたのに」

ルナエールが足を止め、肩を落とす。

ルナエールはカナタがいい加減なことを言う人だとは思っていないが、しかし、人間と人外の壁は厚い。寄り添ったところで全く異なる世界を生き、違う時間を歩む宿命なのだ。仮にカナタが将来、老衰を迎えることになったとして、そのときもルナエールは今の若い姿のままなのだ。

そういった点を含めて考え、決して心変わりがないとは、どうしても安心できなかった。そもそも、ルナエールの方から散々一方的に突き放した結果なのだ。カナタが外でどうこうしようとも、ルナエールは自分に責める権利があるとも思えなかった。

ルナエールは行ったり来たりを繰り返した後、瓦礫《がれき》を背に床の上に座り込んで膝を抱えた。

「カナタの寿命が長ければ、あのハーフエルフの子が死ぬまで待てたのに」

「主ヨ、思考、危険ナ方ニ逸レテイルゾ」

ノーブルミミックの指摘を受けて、ルナエールがはっとしたように目を大きく開いた。

「ソモソモ、マダ恋仲デモ、ナンデモナインダロ？　ナンデ勝手ニ先々ノコトヲ考エテ、勝手ニ絶望シテルンダ」

「そうですね、少し弱気になっていました。他人のことで悩むのも、人里を歩くのも本当に久し振りでしたから、本調子ではないのかもしれません」

「ミタイダナ。マ、良カッタジャネェカ。ヨウヤク、カナタト話モデキタヨウダシ、心配ハイラナイダロ」

ノーブルミミックは箱の間から大きく息を吐いた。

ノーブルミミックからしてみれば、今更ルナエールがそんなことで悩んでいるのがあほらしいくらいであった。

確かにずっと放置していればカナタがどうなるのかはわからなかった。長らく会っていない人間は、それだけ優先順位が下がるものである。

当初の予定通り、ルナエールが十年、二十年以上カナタの前に姿を現さないつもりであれば、その間心変わりするなというのも酷でしかないだろう。ただ、直接会って話をしたのであれば、今更そんな心配をする必要性自体あまり感じない。

どういう話の流れになったのかはまだノーブルミミックは聞けていなかったが、《穢れ封じのローブ》だってあるのだから、別に外の世界の旅路にルナエールが付き添うことだって問題ないはずなのだ。

話せば、カナタも喜んで了承してくれることだろう。もしかしたら、既にその話は出ているのかもしれない。

「何の話ですか、ノーブル？」

ルナエールは立ち上がり、不思議そうに首を傾げた。

「ダカラ、会ッテ話、シタンダロ？」

「していませんよ？」

「ア？」

少しの間、両者の間を沈黙が支配した。

「エ？　ダッタラ、カナタノ内心、ドウヤッテ知ッタンダ……？」

ルナエールが呆れたように溜《た》め息《いき》を吐く。

「貴方は、私を誰だと思っているのですか」

「イヤ、意味ガ、ワカラナイガ……」

ルナエールが腕を掲げる。

「召喚魔法第二十二階位《不可視の霊鳥王《メジエドラス》》」

ルナエールの声と共に巨大な魔法陣が広がる。彼女の背後に奇怪な姿の精霊が浮かび上がった。

その姿は、布を被った巨大な化け物であった。真っ白な布の全体に、幾何学模様に瞳を足したような不気味な図形が描かれている。そして布から突き出るように、非生物的な三対の翼が広がっている。

「メジェドラスは偉大なる不可視の霊鳥王。時空の狭間《はざま》を行き来して、その姿を完全に隠すことができるんです」

布の奥で、何かが動いた。

「キィ、ギリィッ……」

およそ生物の発するものとは思えぬ、奇妙な金切り音が中から響く。

ノーブルミミックは茫然《ぼうぜん》とその怪物を眺めていた。

「お座り」

ルナエールの声に応えて、メジェドラスが床に着地する。

「伏せ」

メジェドラスが布の奥で身体を折り曲げ、頭らしきものを低くする。

「いい子ですね」

ルナエールがメジェドラスの頭を撫でる。

「ギュッ、ギュッ、ギュッ」

メジェドラスは、ルナエールの手に頭を擦り付けるように、ぐいぐいと首を動かしていた。

「隠れてみせてください」

ルナエールがそう言うと、すぅっとメジェドラスの姿が薄れて消えていく。

「本気で隠れたメジェドラスは、私にだって見つけることはできません。そこにいながらにして、そこにいないことに等しい状態なのです」

ルナエールがやや得意げにノーブルミミックへと説明した。

「……ソレガ、ドウ繋ガル？」

ノーブルミミックがやや不安げに尋ねる。

薄っすらと答えはわかっていたが、それでも聞かざるを得なかった。違っていてほしかった。

「はぁ……まだわかりませんか。メジェドラスに隠れてカナタを少し追いかけてもらって、感覚共有したんです」

「タダノ、ストーカージャネェカ！」

ノーブルミミックは舌を伸ばし、床をぶっ叩いた。廃教会堂の、石造りの床がへこんで砕ける。

「だだ、だって、仕方ないではありませんか！　パニックになって錬金生命体《ホムンクルス》の子を吹っ飛ばしてしまいましたし……そもそも、きっと、私がハーフエルフの子を睨んでいたのもカナタにバレています！　こんなのっ、どんな顔をして出て行けというのですか！」

「普通ノ顔シテ出テイケバイイダロウガッ！」

ノーブルミミックはもう一度舌を伸ばして床をぶっ叩いた。

「し、しかし、《地獄の穴《コキュートス》》からカナタを追い出した時だって、あんな、あんな私から一方的に突き放すようなことをして……それで不安になったから会いに来たって、まるで私が馬鹿みたいではないですか！」

ルナエールが声を張り上げる。普段あまり感情が表に出ないルナエールには珍しく、顔が真っ赤になっていた。

「ソノ理屈ダト、一生コッチカラ会エナイガ、ソレデイインダナ？」

「そっ、それは、嫌ですが、でも……」

声が消え入るようにか細くなっていく。

「ソッチノ鳥ハ禁止ダ！　直接声ヲ掛ケロ！　正直ニ不安ニナッテ来タト言エ！　ソレデ全部済ムダロウガ！」

「う、うう……し、しかし……その……」

「シカシジャナイ！」

ノーブルミミックは声を荒げる。ルナエールの瞳には、涙が溜まり始めていた。

ノーブルミミックとて、ここまでルナエールに強く出たのは初めてのことだった。しかし主を思えばこそ、強く言わざるを得なかった。このままではルナエールは、十年でも二十年でも、それこそカナタが死ぬまでメジェドラスの不可視の力でこそこそとストーカーして回って終わりかねない。

「ギィイ……」

ノーブルミミックの猛剣幕に、メジェドラスも申し訳なさそうに姿を現し、頭部の位置を深々と下げる。

7

魔法都市マナラーク近隣の森の奥、その地中深くには巨大な空洞が生じていた。その大きさは都市マナラークの大きさを一回りは超えていた。

広大な土壁にはぎっしりと隙間なく、大小様々なラーニョが犇《ひし》めいている。冒険者ギルドが危険視していた巨大ラーニョだけでもざっと百以上、他にもまだ目撃報告の上がっていない変異個体に溢れていた。正にそこは、ラーニョの地下帝国であった。

そしてその空洞には、多くの魔物や人間が糸で全身を巻かれて吊《つ》るされていた。多くは既に絶命していたが、中には生きている者もいた。

「たっ、助けてくれ！　助けてくれぇっ！　誰か、誰か……」

男は逆さ吊りにされながらも、とうに潰れた喉を酷使し、助けを呼び求めていた。

「貴方……煩《うるさ》いですのヨ」

「人がいるのか!?　助けて……」

男は相手の姿を見て顔に希望を灯《とも》したが、次の瞬間にそれは絶望に変わる。

人間の少女のような上半身を持っていたが、下半身は化け蜘蛛《ぐも》となっていたのだ。化け物は赤色の派手な髪をしていた。顔立ちこそ整っていたが、見開いた鋭利な眼《め》には鈍い光が灯っており、口から覗く牙には彼女の残虐さが表れていた。

「ばっ化け物ォ！」

男が叫ぶ。化け物はその声を楽しむように微笑《ほほえ》み、大きく口を開いて彼の頭部を潰した。男は顔面から多量の血を流しながら、地面へと落ちた。

「処分しておきなさい」

化け物が言えば、無数のラーニョが寄ってきてすぐさま男の身体を喰《く》い荒らし始めた。背後から肉が潰れる咀嚼《そしゃくおん》音が響く。

既に男に何の関心も抱いていない化け物は、振り返ることなく淡々と空洞の中を進んでいき、何かを探す様に首を回していた。

「マザー、マザー」

「どうしたのだい？　妾《わらわ》の可愛い、三女マリーや」

呼び声に応え、壁の一角が動いた。化け物、三女マリーの、五倍近い背丈を持つ巨人であった。

マリー同様に大きな蜘蛛の下半身を有した女であったが、その顔面にマリーのような可愛らしさはない。

肌は土肌のようにごつごつとしている。大きさの異なる不均一な真紅の眼が蠢《うごめ》き、大きく裂けた口を持っていた。手には、巨大な刃のような爪が四ついている。蜘蛛の下半身には、巨大な紫紺色の水晶が埋め込まれていた。

彼女こそが、魔法都市マナラークを騒がせる蜘蛛の魔王であった。

「マザー……ニンゲンがここに、気づき始めているみたいですのヨ」

マリーの手のひらには、小さな蜘蛛が乗っていた。偵察用の小型種のラーニョであった。都市に紛れ込ませ、内情を探っていたのだ。

マリーの言葉に、マザーが大きく裂けた口を開いて笑う。

「世界の力を得てから、我が子らを増やしすぎたものね。管理しきれなくなった我が子らが表に漏れていたのだから、フフフ、気づかれるのは時間の問題だった」

マザーはそう口にして、身体に埋め込まれた紫紺色の石を手で撫でる。

「でもまさかニンゲン共も、姿らがここまで強大になっているとは思いもよらないでしょうねぇ」

「そうですのヨ。マザー、ここまで警戒する必要なんてなかったのヨ。あんな都市一つくらい、マリーだけでも充分なのだもの」

「しかし、気をつけなさい、我が愛娘《まなむすめ》マリーよ。予言ではね、決して慢心するなと出ているの」

「大丈夫よマザー。マリーがこんな下等生物に、後れを取るとお思いなの？」

マリーがぺろりと赤紫の舌を伸ばす。その先には、先ほど顔面に喰らいついた男の眼球があった。

「マリーのお姉様方も、ニンゲンなんかに後れを取るような魔物じゃないのヨ。もっとも……末女リリーなら、わからないかもしれないけれど」

マリーがくすりと笑った。

マザーは自身の寵愛《ちょうあい》を深く与えている四体のラーニョの変異体を、四姉妹と称して大事にしていた。長女ドリー、次女メリー、三女マリー、末女リリーの四体である。

「まぁ、気づかれたのならば、コソコソと隠れている意味もなくなったわ。末女リリーに、ラーニョを引き連れて都市へ向かわせなさい」

「マザー、マリーやお姉様は？　マリーも、ニンゲン狩りがしたくてしたくて堪らないですのヨ。活《い》きのいい冒険者の四肢をもいで、嬲《なぶ》り殺しにしてやりたいわ」

「マリーや、よくお聞き。どこの集団にも、極端に強いニンゲンが少数混ざっているものなの。まずは末女リリーを向かわせて、そういったニンゲンを洗い出し、同時にこの程度だと油断させるのよ。リリーだけで片がつくのなら、それはそれで結構なこと」

「……仕方ないですのヨ。マリーは、マザーに従うですのヨ」

「もしも末女リリーを破るようなニンゲンがいれば……そのときはマリー、貴女《あなた》と次女メリーの役目よ。長女ドリーまで役目を回さないで頂戴ね。あの子は、この妾の命令さえ聞かない、暴れん坊なのだから」

マザーの言葉に、マリーがにんまりと笑った。

「わかりましたですのヨ、マザー」

8

冒険者ギルドの会議があった翌日の早朝、俺はポメラ、フィリアと共に冒険者ギルドへと向かっていた。ガネットの依頼を受け、魔王の侵攻に備えた街の人の集団移動の護衛に付き添うためである。

「いつ魔物の大群が現れるかわかりません！　速やかに貴重品を持って外に出てください！」

「そ、そんなこと、急に言われても困るぞ！　魔獣など、追い返せばいいではないか！　この都市にはS級冒険者のコトネ様もいらっしゃるのに！」

街は大騒ぎになっていた。領主の私兵や冒険者が走り回り、避難勧告を行っていた。

「カナタさん……わかっていたことではありますが、とんでもないことになってきましたね……」

ポメラが周囲を窺《うかが》い、そう零《こぼ》した。

ポメラの気持ちはわかる。冒険者会議の段階で、なんとなく今が異常事態らしい、ということはわかっていた。街の様子を見て、ようやく事の重みを実感させられたのだろう。俺も同じだった。

ガネットは依頼を無視し、早々に単身で逃げても恨まないと、俺達にそう言った。そのことから察するに、高位の冒険者であっても、魔法都市からの脱出に手間取れば命に関わる事態なのだろう。自分だけ逃れるのと、守るべき対象を大勢引き連れて移動するのでは全くわけが違う。少し、軽々しく引き受けてしまったかもしれない。

「……ポメラさんとフィリアちゃんだけでも、先に別の都市へ移動してもらうべきだったかもしれません」

「何を言っているのですか、カナタさん。ポメラは、どんなに危なくても、カナタさんに付き添いますから！」

ポメラは力強く握り拳を作り、そう言ってくれた。

「……それに、フィリアちゃんが危ないくらいだったら、この都市の人間なんて誰も助かりませんよ」

ポメラがちらりとフィリアへ目をやった。フィリアは気合を入れ、ふんと鼻息を漏らしていた。

「任せて、ポメラ！　フィリア、いっぱいラーニョぶっ殺すから！」

……フィリアが心強すぎる。ただ、あまりフィリアに暴れられると、どんどんポメラが化け物染みた人間として街の人達に記憶されていくことになってしまう。

「……フィリアちゃん、その、ほどほどに頑張ってね」

「うん！　カナタの言う通りにする！　ほどほどにぶっ殺す！」

その物騒な物言いはどうにかならないのだろうか。俺が苦笑していると、背後から妙な視線を感じた。

気のせいかと思ったが、フィリアが同時にびくりと身体を震わせて振り返っていた。怯えた様子で周囲を見回している。俺も足を止めて周囲を見るが、怪しい人影は見つからない。

「……カナタさん、今、誰かにつけられていましたね」

ポメラがムッとした表情で背後を睨む。エルフは精霊の扱いに長《た》けているため、人の気配を読むのも得意なのだ。

「アルフレッドかもしれません。正々堂々の決闘であれば、あんな男がカナタさんを害せるとは思いませんけれど……気を付けてくださいね」

ポメラの言葉に、俺は小さく頷いた。

『……俺は執念深いんだ。あんなもので勝った気でいるなよ。クク……会議の趣旨は知らんが、どうやら絶好の機会が用意されたようだ。この俺に恥を掻かせてくれたことを、必ず後悔させてやるぞ』

冒険者会議で顔を合わせた際、あいつは確かにそう言っていた。あれだけ言って、何も仕掛けてこないとは思えない。危険な護衛の依頼中に足を引っ張ってくることも考えられる。

フィリアがじぃっと、目を見開いて一か所を睨んでいた。彼女の表情には怯えがあった。

「……フィリアちゃん？」

「前に感じた……嫌な感じがする。フィリア、怖い」

「前に……？」

フィリアの言葉に、以前黒ローブの魔術師にフィリアが挑み、一蹴された時のことを思い出した。あのときは顔が見えず、有り得ないとその可能性を消していたが、今思えば、彼女はルナエールであった可能性が高い。

もしや、本当に俺の様子が気になって追いかけてきて、周辺をうろうろしていたのだろうか？ 仮にそうだとすると…………正直、ちょっと嬉しい。

「い、いるんですか？ ルナエールさん……じゃあ、ないですよね？」

声を掛けるが、反応はない。

既に、何者かの気配がこの場から失われているように感じた。捜してみようかとも思ったが、その時間はない。余裕を持って出てはいるが、冒険者ギルドの約束の時刻に遅れるわけにはいかない。

「……行きましょう。本当に俺達がつけられていたのかは、わかりません」

俺が諦めて前へと身を翻したとき、黒外套を纏い、山羊の仮面をした人物が目についた。

「貴様らもギルドへ向かうところか。……フン、悔しいが、貴様らがいれば護衛は安泰であろうよ」

「ロズモンドさん！」

「山羊のお姉ちゃん！」

フィリアがロズモンドへと嬉しそうに近づく。ロズモンドは大きく退きながら、慌てて金属製の十字架を構えた。

「わ、我に何をするつもりだ！　このワッパめが！　ま、前の時のように行くとは思わぬことだな！」

……ロズモンドは明らかにフィリアに怯えていた。ラーニョ狩りの際に纏めて吹き飛ばされたのがやはりトラウマになっているようだった。

「ご、ごめんなさい……？」

フィリアがきょとんとした表情でロズモンドに謝った。

「ロズモンドさんも都市に残っていたんですね」

ロズモンドは冒険者会議では、魔王出現の可能性が浮上した時点で、一刻も早くこの魔法都市から離れたいと口にし、ギルドの職員と口論になっていた。もう魔法都市にはいないかもしれないと思っていたのだ。

「報酬は弾むと、あの狸爺が口にしたのでな。なに、都市を守るわけではない。そう危険はなかろう」

ロズモンドはそう言ってから、大騒ぎ状態の街へと目をやった。あまりスムーズに住民達の了承や理解を得られてはいないようだった。この状態だと、住民達の逃げる準備が整うまでに、予定よりも時間が掛かるかもしれない。

「……我は、この魔法都市マナラークで育ったのだ」

ロズモンドがぽつりと漏らす。

「幼い頃に親を亡くしたが……親の友人と、その知人が助けてくれてな。仕事の世話もしてもらったし、冒険者のパーティーに参加させてもらったこともある。冒険者としてのノウハウや、魔法や棒術を学んだこともあった。ある意味、このマナラークが我の育ての親のようなものでもある」

人を威圧するような、いつもの声調ではなかった。俺とポメラは黙ってロズモンドの話の続きを聞いた。

「悔しいではないか。大きな力を前に、ただ逃げ出して故郷を失うなど。せめて、何か我にできる抵抗をしたかったのだ。ここが魔物の手に落ちることに変わりはなくともな。ただ、それだけだ」

「ロズモンドさん……」

「……くだらん感傷だ。口で言うほど、人は非情になりきれんものだな」

ロズモンドが息を吐いた。

9

冒険者ギルドの前へと辿《たど》り着いた。まだ約束の時間ではないが、中に入ればガネット辺りが奥へと案内してくれることだろう。詳しい予定を聞かされ、住民達の準備ができ次第、護衛として馬車に乗り込み、別の都市へと向かう手はずになっている。

「我も自分の命が惜しい。分が悪くなれば、街の住民共を置いてでも逃げるつもりである」

ロズモンドがぽつりと零した。彼女の物言いに、ポメラが少しムッとしたように顔を顰《しか》める。

「故郷のために……せめて、街の人達を逃がす手伝いがしたかったのではないのですか？」

「ハッ、馬鹿を言え。だからといって、我は無謀な死を選ぶつもりなどないわ」

ロズモンドの言っていることは当然のことだ。

命を擲ってまで少しでも多くの住民を守ると、そんな崇高な想《おも》いで冒険者をやっている人間など、ほとんどいないだろう。俺だってそんな覚悟はできていない。ただ、敢《あ》えてそれを口にするロズモンドは偽悪的でもあった。

「で、でも、わざわざ、そんな言い方をしなくたって……！」

「ハッ！　魔法の腕は立つようだが、経験は随分と浅いと見える。鈍い小娘よ。お人よしの貴様らに、助言をくれてやろうというのだ」

ロズモンドが高圧的に口にする。

「な、なんでしょうか」

ポメラが口を曲げたまま、ロズモンドの言葉に応じる。

「どこまで残って、どうなれば逃げるのか、しっかりと頭の中で決めておくがいい。土壇場で改めてそれを考えるわけにはいかんぞ。黙ってはいはいと頷いておれば、危険な殿を押し付けられることもあるだろう。急いての行き当たりばったりの判断が、貴様らの信念に沿ったものであると言えるか？　誤った答えは、望まぬ死に直結し得る。そのときには、悔いる時間さえないのだぞ」

ポメラはロズモンドの助言が意外であったらしく、ぽかんと口を開けていた。だが、すぐにきゅっと口を結んで頷いた。

「………はい、わかりました。ありがとうございます、ロズモンドさん」

ポメラは少し恥ずかしそうにしていた。ロズモンドの口から、ろくでもない助言が出てくると思っていたのかもしれない。

俺もポメラも、ロズモンドのことを誤解していたようだ。彼女は彼女なりに、魔法都市マナラークのことを思って行動しているのだ。

「……それで、その、そっちのガキも戦うのか？」

ロズモンドが少し怯え気味に口にする。彼女の目線の先には、気合を入れて握り拳を作るフィリアの姿があった。

「うんっ！　フィリアも頑張るの！」

「そ、そうか……それは、心強い」

ロズモンドは顔を逸らしながら口にした。

「……フィリアちゃんは、その、なるべく必要以上の力は使わないように気を付けてね」

「うんっ！　わかった！　フィリア、カナタの言うこと守る！」

フィリアが俺の腰に抱き着き、得意げに俺を見上げる。俺はフィリアの頭を軽く撫でた。

ポメラが不安そうに俺を見た。

「……仕方ありませんよ。敵の規模は、かなり大きいみたいですから。フィリアちゃんの力は、必ず役に立つはずです」

「カナタさん、もしかして、またフィリアちゃんが何かやらかしたら、ポメラが誤魔化した方がいいのですか？」

脳裏に始祖竜の一件が過《よ》ぎった。フィリアが造り出した始祖竜の件を誤魔化すために、アレはポメラが召喚したものとして一部の人間には伝わっている。ポメラは当然、そのことに思うところがあるのだろう。

俺は自分の表情が引き攣るのを感じていた。つい、ロズモンドへと目を向けた。

「な、なんであるか。話の流れはわからぬが、我に何かを押し付けるつもりではあるまいな。厄介ごとは御免であるぞ」

俺はポメラへと向き直った。

「ハハ……だ、大丈夫ですよ、ポメラさん。今度はその、俺が被るようにしますから……」

……ポメラにばかり押し付けているわけにもいかない。そんなことを繰り返していれば、ポメラが本人の実力以上の厄介な連中に目を付けられることに繋がりかねない。

フィリアの頭を撫でながら、俺はロズモンドの言っていたことについて考えてみた。自分が、どこまで危険を取るのか。

ガネットには大きな恩がある。集まった冒険者達は、皆それぞれに命を懸けて戦おうとしている。

俺は少なくとも、A級冒険者達よりはかなり強い。彼らと同じ護衛任務についていて、本当にいいのだろうか？

それに俺は……人前では、あまり力を使いたくはない。必要とあれば無論使うが、できれば避けたいところだ。今更ではあるが、他の冒険者達と同行して護衛任務につくのは、どの面から見てもあまりよくないのかもしれない。

俺は街門の方へと目を向けた。先日の冒険者会議で、ラーニョの親玉の根城はわかっている。

俺はラーニョにはどれだけ数を相手にしても、後れを取るつもりはない。俺なら……根城に向かい、敵の数を根本から一気に減らすことだってできるはずだ。

当然、大きな危険は付き纏う。敵はきっと、普通のラーニョだけではない。だが、俺はロズモンドの覚悟を聞き……実力を隠し、安全な場所に立っているだけではいけないのだと、そう思ったのだ。

本陣に乗り込めば、一気に敵の雑兵を減らせるだけではなく、魔王のレベルや実際の敵の規模なんかも摑めるはずだ。

「……ポメラさん、ロズモンドさん、フィリアちゃん。すいません、俺、護衛任務は、抜けさせてもらおうと思います」

「カッ、カナタさん!? どうしたんですか!?」

「……貴様、あれ程の力を持ちながら、護衛依頼は受けんというのか？」

ポメラは驚きを、ロズモンドは苛立《いらだ》ちを露《あらわ》にした。フィリアはぷくっと頰を膨らませて「……カナタが行かないなら、フィリアも行きたくない」と不満げであった。

「すいません。どうしても……やりたいことができてしまったんです。移動先の地は、都市ポロックでしたね？ きっと、そこで合流しましょう」

「カナタさんがやりたいことがあるのでしたら、ポメラにもお手伝いさせてください！」

俺は首を振った。

「申し訳ありません。偵察のような形になるので、俺一人で向かった方がいいかと。それに今回は異常な事態だと聞いています。ポメラさんとフィリアちゃんには、護衛依頼の保険になってあげてほしいんです」

「……わかりました。カナタさんがそう言うのであれば、ポメラはフィリアちゃんを連れて、護衛依頼の方に向かいます。……ただ、その、無茶はしないでくださいね。今回の魔王は、実際にはどれだけの規模なのか、ほとんど不詳だという話でした」

ポメラもフィリアも、A級冒険者の水準よりはかなり強い。彼女達がいれば、馬車の移動の方も安全なはずだ。

それに、ガネットにもしっかりと義理立てしておきたい。彼には大きな借りがある。筋を通さない人間だとは思われたくない。

偵察に向かえば借りを返したことにはなるだろうが、どういった形で情報を伝えるかはまだ考えていないのだ。俺が調べてきたと明かさないことになるかもしれない。

ガネットが目をつけているのは聖女ポメラであるし、彼女が参加するならば、ガネットは俺がいなくてもさして気には留めないはずだ。

「我《わ》が儘《まま》を口にしてすいません。ポメラさんと、フィリアちゃん、それからロズモンドさんも、気を付けてくださいね」

「はい。……カナタさんも、気を付けてくださいね」

「むー……わかった。フィリア、ポメラについていく」

フィリアが頬を膨らませたままそう言った。

「……フン、仲間を危険に晒《さら》して私用とは、いい身分だな」

ロズモンドは俺を軽蔑するように睨み、そう呟いた。

「魔物は勿論ですが、アルフレッドに気を付けることも忘れないでくださいね。力でポメラさんに敵わないのはわかったので、もっと卑劣な手を取ってくるかもしれません」

俺はポメラへと近づき、彼女へと声を潜めて耳打ちした。

アルフレッドが次もしつこく絡んできたときは、俺が叩くつもりだった。アルフレッドは、あの様子では何を仕掛けてくるかわかったものではなかった。これ以上干渉されては敵わない。

だが、都市ポロロックに着くまでの間、俺とポメラは別行動することになる。アルフレッドは恐らく、護衛依頼のどさくさに紛れて仕掛けてくるはずだ。もしかしたら他の人達を巻き込むような手も取ってくるかもしれない。

「……ええ、わかっています。あの男は警戒しておきます」

ポメラが頷く。

俺は改めて彼女達へと頭を下げ、冒険者ギルドの前で別れることになった。俺は冒険者ギルドの前を横切って街門へと向かう。少し歩いてから振り返れば、ポメラ達が冒険者ギルドへと入っていくのが見えた。

第四話 ■ 蜘蛛の魔王

1

カナタと別れたポメラは、フィリア、ロズモンドと共に冒険者ギルドへと入った。ギルドの表では、昨夜には声を掛けていなかった一般冒険者にも馬車への同行を呼び掛けているようであった。

ポメラ一行はガネットの補佐、尖《とん》がり帽子の男ジルドに案内され、先日と同じ奥の会議室へと通された。中に入れば、ガネットが素早く入口へと歩み寄り、手揉《ても》みしながら出迎えてくれた。

「おお、来てくださいましたか！　聖女ポメラ殿に、ロズモンド殿……それから、そちらのお嬢ちゃんはフィリア殿でありましたな」

「は、はい！　あの、今日は頑張らせていただきます！」

ポメラはガネットへとぺこぺこと頭を下げた。

元々ポメラはあまり人慣れしておらず、特に格式ばった場や相手は苦手であった。最近はカナタがいない状態で街を歩くこともほとんどなかったので、少し緊張していた。

「いえいえ、そう頭を下げなくとも」

畏《かしこ》まるポメラとは反対に、ロズモンドは不遜な態度であった。ガネットへと目線をやったくらいで声を返すこともせず、ほとんど彼の挨拶を無視していた。

フィリアはガネットへと近寄り、彼の髭《ひげ》へと手を触れていた。

「お髭のおじさん！」

「フィッ、フィリアちゃん！　駄目です！　失礼ですから！　ガネットさんは偉い人なんですよ！」

「ほっほ、子供のすることです、お気になさらず。こんな爺《じじい》の髭でよければ、好きなだけお触りになってくだされ」

ガネットが柔和に微笑《ほほえ》んだ。それからすっと目を細め、ポメラの方を向いた。

「それで、その……カナタ殿は、どちらへ」

「す、すいません！　その、実はカナタさんなのですが……急用ができてしまったとのことで、こちらには参加できなくなってしまったのです！　すいません！」

ポメラの謝り振りを見て、その場にいたギルドの職員が笑った。

「いえいえ、聖女と名高いポメラさんに来ていただけただけで本当に助かります。今回はよろしくお願いいたしますね」

ただし、ギルドの職員とは打って変わり、ガネットはがっくりと肩を落とし、落胆を露《あらわ》にしていた。

「……そ、そうでございましたか……カナタ殿は、急用で……。あの、カナタ殿はどちらへ向かわれましたかな？　よろしければ、儂《わし》の部下を差し向けてカナタ殿のお手伝いをさせようかと。もしもそれで手が空くようでしたら、こちらに参加していただければ幸いなのですが……。それでも駄目でしたら駄目で、無論構いません」

「え、えっと、そのう……ポ、ポメラにはちょっと、カナタさんがどこへ向かったのかは、わからないと言いますか……」

ガネットが顔を上げ、じろりとポメラの目を見た。ポメラの言葉が本当かどうかを探っているような目であった。ポメラは思わず、目線を逃がすように床へと落とした。

「なるほど……いえ、仕方ありますまい……」

「ほ、本当にすいません……」

ポメラは思わず、もう一度ガネットへと謝罪した。ポメラの肩を、ロズモンドが仰々しい鎧籠手《よろいこて》越しに軽く叩《たた》いて顔を寄せた。

「おい、ハーフエルフの小娘。あの男は頑《かたく》なに力を隠していたようであったが、狸爺《たぬきじじい》には話していたのか？　狸爺は、妙にあの男に執心の様子ではないか」

「い、いえ、黙っていたはずではあるのですが」

ポメラは不安に思いながら、落胆しているガネットを見つめた。どうやらガネットは、カナタの実力に勘付いている節があった。

その後、ポメラ達《たち》は円卓周りの椅子へと移動した。フィリアは元々呼ばれていないので、円卓周りの椅子を使うのは少し悪いと考えたポメラが、自身の膝へと乗せることになった。

ポメラは隣の席に座る、黙ったまま腕を組んでいるロズモンドを、横目でちらりと確認した。流れでロズモンドはそのままポメラの隣へと座っていたが、特に何も話さず沈黙が続いていた。

昨日の冒険者会議の段階で、ロズモンドはカナタと不思議と話が弾んでいたが、ポメラはたまに少し相槌《あいづち》を打っただけで、まともに話をしたといえる状態ではなかった。一応ここに来るまでに話をしたといえばしたが、ポメラがロズモンドの言葉が少し気に障り、突っかかってしまったくらいである。知人というにはあまりに遠い距離感であった。

ロズモンドも元々愛想がいい方とはいえないし、ポメラも極度の口下手であった。しかし、顔見知りであり、近くにいる以上、ずっと黙ったままというのも引っ掛かるものがあった。ポメラとしては、このままお互い沈黙を保っているのは妙な気まずさがあるというか、なんとなく不自然であるような気がしたのだ。

声を掛けた方がいいのかもしれない、いやそれが自然なはずだと考え、呼吸を整えながらタイミングを見計らっていた。ポメラは人見知りをする方ではあるが、変なところで律儀であった。

「き、昨日会議にいた皆さんは、ほとんど全員来られているみたいですね」

「……ほう？　それは、我が身可愛《かわい》さに、ここへ来るか悩んでいた我への当て付けか？」

ロズモンドは山羊《やぎ》の面を傾け、ポメラを睨《にら》みつける。

「ち、違います！　あ、あのあの、ポメラ、別にそういうつもりではありません！」

ポメラはぶんぶんと首を振って否定した。ロズモンドが彼女の様子を鼻で笑い、会議室の中を見回した。

「……しかし、《軍神の手《アレスハンド》》がおらんな」

「S級冒険者の、コトネさん……ですよね？」

ポメラはロズモンドの言葉を聞き、コトネの顔を捜した。だが、確かに見当たらない。

「……来ない気かもしれんな。奴《やつ》の実力は間違いないが、何を考えているのかまるで読めん、無口で不気味な女だ。しかし、奴が来ないとなると……それだけで此度《こたび》の集団移動の危険度が増すな」

ロズモンドが重々しく口にした。

ポメラも思わず息を呑《の》んだ。見れば、ガネットも落ち着きなく、扉近くをうろうろして部下に声を掛けている。

ポメラは掛け時計へと目を向ける。既に約束の刻限になっていた。

「ガネットさん、これ以上は……」

「う、うむ、そうであるな。ジルドはコトネ殿と……それから、カナタ殿を捜させておけ」

扉の前で、ガネットと部下のジルドがやり取りをしていた。ポメラがそれを眺めていたとき、ゆっくりと扉が開いた。

黒い艶やかな髪が目についた。冷たい無感情な瞳が、じろりと会議室を見回す。ポメラが昨日見た、コトネ・タカナシに間違いなかった。

「コ、コトネ殿、来ていただけたのですな！」

コトネが扉から入ってきたのを目にして、真っ先にガネットが彼女を出迎えるために駆けていった。コトネは会議室の様子を眺めてから、ガネットへと目線を戻す。

「まだ始まっていなかったの」

「コトネ殿がすぐ来られるかと思い、少しばかり待っていただいていたのですよ。何か、用事でもおありだったのですかな？」

「いえ、少し寝坊しただけ。遅れて悪かったわ」

「そうでございましたか。昨日は遅くまで会議で時間を取り、早朝に呼びつけてしまいましたからの。こちらこそ申し訳ない。此度の集団移動に助力いただけること、感謝いたします」

ガネットは先程の焦っていた様子を微塵《みじん》も見せずに、コトネへ笑顔で対応を行っていた。

「……あの人、切り替えが早いですね」

ポメラも思わず感心してしまった。ロズモンドはガネットの方を見て、「狸爺め」と呟《つぶや》いていた。

コトネは空いている席へと向かう途中で足を止め、ポメラへと目線を向けた。ポメラは目が合い、びくりと肩を跳ねさせてしまった。そのままコトネは行き先を変え、ポメラへと近づいてくる。

「ど、どうも……あの、コトネさん。えっと、ポメラに何か、御用でしょうか？」

「昨日、横にいた男は？」

コトネは短く、ポメラへとそう尋ねた。

「きょ、今日は、用事がありまして……その……」

「……そう。彼、どこから来たの？」

「い、いえ、ポメラはカナタさんと、そういったお話はあまりしたことがなくて……えっと……カナタさんもあまり、話したがらない様子でしたので……」

「彼の家名はわかる？」

「か、勝手に口にしていいものなのか……」

ポメラが言い淀《よど》むと、少しコトネの眉が動いた。コトネには独特の威圧感があった。

「それくらい構わないでしょう。何か、後ろ暗いことでも？」

「そ、その、カナタさんは、カンバラと言っていましたけれど……えっと、それがどうかしたのですか？」

コトネは小さく首を振った。

「別に、なんでもないわ」

　コトネは礼も言わずに、空いた席へと進んでいく。

「……カナタ・カンバラ、カンバラ・カナタ。やっぱり、似非《えせ》ニホンのヤマト王国の出というわけでもなさそうね」

　コトネはそう呟きながら、口元を歪《ゆが》め、微《かす》かに笑った。だが、すぐにまた元の無表情へと戻った。

　ポメラはコトネに声を掛けられてから凍り付いており、彼女が席に着いたのを目にしてからようやく固くなっていた肩を下ろすことができた。

「な、なんだったんでしょう……」

「フン、S級冒険者様が寝坊するようなタマではあるまい。何を企《たくら》んでいることやら」

　ロズモンドが吐き捨てるように呟く。

「危険な人なのですか？」

「表立って何か事件を起こした、という話は聞いたことがない。それどころか、どんな化け物でもあっさり仕留めると、この都市では英雄視されておる。ただ、何を考えているのかわからん、不気味な奴だ。ただの興味本位や挨拶で人に声を掛ける女ではない。目を付けられたのは、厄介なことになるかもしれんぞ」

　ポメラはそうっとコトネの方を見たが、彼女と目が合いそうになったので、すっと彼女の奥を見て視線を誤魔化した。

　ガネットが会議室の扉側から奥へと移動を始めていた。コトネが来たところで、そろそろ今日の流れについての話を始めるつもりなのだろう。

「ポメラッ！　フィリア、すっごく頑張るから！」

ポメラの膝に座るフィリアが、威勢よくそう口にした。

「フィ、フィリアちゃんはその、抑え気味にお願いしますね……」

ポメラは言いながら、別れる前にカナタが口にしていたことをふと思い出した。今回はカナタが、フィリアが何かやらかしたときは責任を持って誤魔化してくれるという話になっていた。

「……あれ？　でも結局今回カナタさんがいないから、ポメラが誤魔化すしかないんじゃ……」

口にしていて、自身の血の気が引いていくのを感じていた。

前回は勢いのままに、勝手に始祖竜を召喚できることにされてしまったのだ。今回は何を背負わされるかわかったものではない。

「これで恐らくは全員でしょうな。では、儂から夜の間に得られた情報と、今日の動きについての説明を行わせていただきましょう」

会議室の奥に立ったガネットが、そう宣言した。ポメラはそれを聞いて、ふと妙な感じがした。

「あ、あれ……？　おかしい……？」

ポメラは慌てて会議室を見回す。

そこでようやく、この場にいるはずの者がいないことに気が付いた。金髪のＡ級冒険者、アルフレッドである。空気に飲まれて緊張し、すっかり頭から抜けていた。

アルフレッドについては、カナタからも気を付けておくようにと言われていた。アルフレッドは執念深く、卑劣である。決闘でそのことはよく理解できていた。

わざわざ冒険者会議の前に脅しを掛けてきたくらいである。アルフレッドならば、集団移動の隙を突き、必ず何かしら仕掛けてくるはずだとポメラは確信していた。

この場にいないのはむしろ不安であった。これでアルフレッドの行動が全く読めなくなった。

「どうしたのだ、ハーフエルフの小娘。心配事か？」

「あ、あの、アルフレッドの姿が見当たらなくて……。昨日の冒険者会議には参加していたのに」

ロズモンドはポメラの言葉を聞いて、鼻で笑った。

「あの馬鹿者なら、とうに逃げた後であろうよ」

「えっ……」

ポメラは目を丸くした。

「い、いえ、しかし、その……多分、それはないと言いますか……」

「奴は冒険者会議が終わってから、顔を真っ青にして、仲間の女の腕を摑《つか》んで急ぎ足で走っていったからな。まず間違いあるまい。俺はこんなところで死んでいい人間じゃない、とまで叫んでおったぞ。プライドの高い奴だ、あれは演技ではあるまいよ。魔王と聞いて、恐れをなしたのであろう」

「ええ……」

「自己顕示欲が服を着て歩いているような奴であったからな。そんなものであろうよ。実力は知らんが、あの性格では邪魔にしかなるまい。去って行って清々したわい」

「……そ、そうでしたか……。教えてくださってありがとうございます」

ポメラは釈然としないものを感じながら、そう返した。

2

廃教会堂の中に入ったルナエールは、暗色の《穢《けが》れ封じのローブ》のフードを手で摑んで外し、顔を晒《さら》した。白い絹のような髪を指で搔《か》き上げ、ふうと小さく溜《た》め息《いき》を吐《つ》く。

「ノーブル、戻りました」

廃教会堂奥から、眩《まばゆ》いばかりに宝石を鏤《ちりば》められた、ノーブルミミックが姿を現す。

「…………」

ノーブルミミックは胡乱《うろん》気《げ》にルナエールを見上げる。ルナエールはノーブルミミックに顔を向け、静かに目を閉じて小さく頷《うなず》いた。

「その……今回は、仕方ありませんでした」

「マダ何モ言ッテイナイガ!?」

ノーブルミミックが宝箱の姿を開閉させて怒りを露にする。

「だ、だって、どうせ駄目だったんだろうと言わんばかりにノーブルが睨んでくるから……。わ、私だって、今回はしっかりとカナタに声を掛けるつもりだったのです。……本当に、もう、すぐそこまで行っていたのです」

「ヤリ切ッタ感出シテ、白々シク溜メ息マデ吐キヤガッテ！　ワカッタ、主、コノママ延バシ続ケテ、会ワナイツモリダナ!?」

「……そういえば、マナラークで流行《はや》りのお菓子をお土産に買ってきてあげました。食べていいですよ」

ルナエールは近くの机へと、可愛らしい小袋を置いた。

小袋には《マナラークの地中豆パイ》と書かれている。地中豆を潰して、その油分を抽出してバターにして生地に練り込んだ、マナラークの特産パイである。握りこぶし程度の大きさをしており食べやすいことと、地中豆の独特の甘みを活《い》かした味わいが売りである。

可愛らしい見かけと甘みで、マナラークの若い女性を中心に支持を得ている。また、地中豆のバターの栄養価が高いため、手軽な食事としても採用でき、疲労回復にもいいとされている。パイの可愛らしい外見に照れを覚えながらも、こっそりと愛食している冒険者も多い。

「オレノ機嫌ヲ取ロウトスルッテコトハ、失敗シタッテワカッテルジャナイカ！　ナァ、主、オレニ怒ラレナイタメニ、カナタニ会イニ行クノカ？」

「ち、違います！　今回ばかりは、本当に間が悪かったのです！」

「……一応聞クガ」

ノーブルミミックが、口の部分から大きく息を吐き出した。

「ええ、聞けばノーブルも、仕方なかったと思ってくれるはずです」

「マア、間ガ悪イコトモ、確カニアルカ」

ノーブルミミックは蓋でこくこくと頷いて見せた。

どうにもルナエールの言動が言い訳臭くて攻撃的に出てしまったが、ルナエールとて馬鹿ではない。永い年月を生きる最高位のリッチである。世界の書物を全て合わせてもルナエールの知識には及ばないほどである。

慣れない色恋沙汰に翻弄されてしばし奇行に走っていたこともあったが、いい加減彼女も学んできたはずである。

ノーブルミミックも、これまでで彼女に自分から言えることは全て言ったつもりであった。もしもこれで駄目だったのならば、本格的に付ける薬がない。

「カナタが、なんだか忙しそうだったのです。今声を掛けるのはとても迷惑かもしれないと思い、今回は諦めることにしました」

「ワカッタ、実ハ主、会イタクナインダナ。ソロソロ《地獄の穴》《コキュートス》ニ帰ルカ」

「そんなわけありません。怒りますよ、ノーブル」

ルナエールがムッとした顔でノーブルミミックを睨みつける。

「怒リタイノハ、オレノ方ナンダガ……。端カラ動ク気モナイノニ、勝手ニ宣言シテ勝手ニ落チ込マレテモ、一度目ハ励マソウトハ思エルガ、二度、三度続クト……」

「そ、そういうふうに言うのはやめてください。だ、だって、仕方ないではありませんか」

「ダッテ禁止ナ」

「理由を話そうとしているだけです、茶化さないでください。ただでさえ気軽に声を掛けられない状況なのに、そういう障害があると、ハードルが一気に上がるものなのですよ。ノーブルは、自分が当事者でないから好きに言えるだけです。知ったように、上から目線で語らないでください」

「ワカッタ、ジャア当事者ニナルカ。オレガ、アイツニ話シテヤル」

ノーブルミミックが頭部を傾かせて頷いた。

「え……」

ノーブルミミックは困惑するルナエールの横を通り過ぎて、廃教会堂の外へと向かう。

「シッカリ伝エテヤル。主ガ、オ前恋シサニ建前破ッテ出テキタクセニ、直前デ駄々捏《こ》ネ始メテ迷惑シテル。面倒見テヤッテクレッテナ」

「《超重力爆弾《グラビバーン》》！」

ルナエールが素早く扉の方へと指を向ける。扉を黒い光が包んだかと思えば、光とともに扉が、その場の空間が中心へと圧縮されていく。彼女の細い指先ほどの一点に縮込められた空間は、直後轟音《ごうおん》と共に爆発を引き起こす。

壁が崩れ、柱が倒れる。それだけに留《とど》まらず、教会堂全体に罅《ひび》が入って悲鳴を上げていた。古い教会堂が、《超重力爆弾《グラビバーン》》の余波に耐えられなかったのだ。

「アッ、主ィィイイイイ！」

ノーブルミミックが叫び声を上げる。

「時空魔法第二十二階位《物の記憶《オブジエメモリ》》」

周囲に青い光が走り、瓦礫《がれき》が空中で止まる。そのまま瓦礫は持ち上がり、割れた壁や床は再びくっ付いて修繕されていく。色褪《いろあ》せていた壁のシミが消え、塗料がどこからともなく滲《にじ》み出てくる。

ルナエールの使った魔法、《物の記憶《オブジエメモリ》》は物に宿っている記憶を頼りに、因果を逆行させる魔法であった。崩壊しかかっていた教会堂はあっという間に元通りになり、それればかりか建ったばかりのように輝きを取り戻していた。

「……少し、戻しすぎましたか」

ルナエールは息を荒げながら額を拭った。

「……カナタに、余計なことを吹き込もうとしないでください。もしも本当にそんなことをしたら、私は絶対にノーブルを永遠に許しませんからね」

「カ、軽イ冗談ダロウヨ、オレガ街ヲ歩イタラ騒ギニナッチマウ」

「私の前で、カナタの冗談を口にしたノーブルも悪いですよ。カナタの前で、私に恥を掻かせないでください。カナタは私を凄《すご》い魔術師だと憧れてくれているのに、失望させてしまいます。……そうなったら、今度こそもう、私は彼と合わせる顔がありません」

ルナエールは暗い顔で俯《うつむ》き、瞳に涙を薄く滲ませた。

「イヤ、ソレニツイテハ、ボロ出マクッテルト思ウガ……。ソウヤッテ、格好付ケタイ、ヨク見ラレタイト見栄《みえ》ヲ張ッテルカラ、会エナクナルンダロ……」

ノーブルミミックはいそいそと教会堂奥へ移動する。これ以上この方面でからかえば、次は《超重力爆弾《グラビバーン》》の直撃を受けかねない。一般にはかなりの高レベルの魔物であるノーブルミミックも、ルナエールの魔法をまともにくらえばただでは済まない。最悪一撃で命を持っていかれる。

「……ジャア、今カラモウ一回行ッテコイ」

「え？　し、しかし……」

「カナタハ、二十四時間忙シイノカ？」

「どうやら都市を少し離れるようでした。事態が落ち着くまで、様子を見た方が……」

「ソウヤッテ、言イ訳探シテ、後回シニシテルカラ会エナクナルンダロウガッ！」

「そ、そこまで言わなくてもいいではありませんか！　だっ……え、えっと」

ルナエールはだってと言いそうになり、そっと言葉を濁した。

「その、流石《さすが》に今は、後にした方がいいに決まっています！」

「全部ガ全部、万全ナ状態ダナンテ来ルワケナイダロ！　次ノ理由ハ、天気、体調辺リカ？　コジツケレバ何デモ出テクルゾ！」

「そ、そうかもしれませんが……」

「ポメラ、ダッタカ？　コンナンジャ、アノ女ニ持ッテイカレテモ知ラナイゾ」

「そ、その子の話は、必要以上に気にしても仕方ないと、ノーブルも言っていたではありませんか」

「主ノ話ジャ、ホトンド一緒ニイルンダロ？　ズット好意向ケラレテリャ、一切意識シナイ奴ノガ珍シイダロ。今ハ知ラナイガ、コンナ茶番繰リ返シテル間ニ、手遅レニナッテモ、オカシクナイト思ウガ」

「…………」

「マァ、ドウセ主ハソウナッテモ声掛ケナイダロウシ、イインジャナイノカ？」

ノーブルミミックは、わざとらしくルナエールに背を見せて深い息を吐いた。この方面から攻めるのが、ルナエールを焦らせるには丁度いいと考えたのだ。

だが、少し間が空いても一向に返事がない。ノーブルミミックはちらりとルナエールを振り返った。

「…………あのハーフエルフ、私にはカナタしかいないのに、どうしてこんな酷《ひど》いことを」

ルナエールは自身の指の、関節辺りを噛《か》んでいた。彼女の白い皮膚が破れ、鮮血が流れていた。

「イヤ、ソコマデ思イ詰メロトハ言ッテナイガ……」

ルナエールは覚束《おぼつか》ない足取りで、ふらふらと教会堂の外へと出て行った。

「もう一度、カナタに会ってきます」

「主、事件ハ起コスナヨ」

ルナエールは振り返らず、頷くこともなく、そのまま教会堂を出て行った。

「……悪イ、顔モ知ラナイ、ハーフエルフヨ」

一体残されたノーブルミミックは、小さくポメラへと謝罪を口にした。

しばらくノーブルミミックはルナエールが去っていった扉を見つめていたが、ふと机の上にある小袋が目についた。舌を伸ばして絡め取り、《マナラークの地中豆パイ》を袋ごと口の中に放り込んだ。

「美味《うま》イナ、コレ。マタ買ッテキテモラウカ」

ノーブルミミックは呟いた。

3

冒険者ギルドに集められた冒険者達への此度の集団移動についての詳しい説明が行われた後、ポメラ達はマナラークの街門付近に移っていた。既に夥《おびただ》しい数の馬車が集まって隊を組んでいた。住民達の移動用である。

移動先は商業都市ポロロックである。

ポロロックは、元々は貧しい都市だった。しかし、六十年前に訪れた商人の青年グリードが他の都市との距離から交易に向いていると目をつけ、周辺の魔物の間引きや商会の立ち上げを進め、今や国内で最も富の集まる都市とまで呼ばれるに至っていた。

グリードは都市の発展に尽力しただけではなく、都市が魔物災害で危機に陥った際に多額の出資を行ってポロロックを救ったこともある。彼はその功績を讃《たた》えられて今やポロロックの領主となっており、大商公グリードと呼ばれている。


ガネットの説明では、ポロロックに住民を避難させると共に、そこを拠点に魔王に対抗する手段を探したい、ということであった。

グリードは大量に武器を抱えており、冒険者とは別に私兵団も有しているという話であった。交易で栄えた都市だけあって、他の都市との連絡も取りやすく、支援を募ることもできる。ポロロックは魔王討伐にこれ以上なく向いている都市でもあった。

「……まぁ、我に言わせてみれば、グリードとやらも胡散臭《うさんくさ》い男であるがな。我としては、あまり関わりたくはない相手だ」

その場の流れで、ポメラはロズモンドと一緒に行動していた。

一匹狼《おおかみ》タイプかと思いきや、意外にロズモンドは喋《しゃべ》りたがりらしい。ポメラが聞けば嫌々という体で話し始め、長々とあれこれ詳しく教えてくれていた。

「そうなのですか？　ガネットさんの話では、ポロロックを救った英雄ということでしたが……」

「昔、集めた錬金術師に錬金生命体《ホムンクルス》の実験を行わせて死亡事故を起こしたという噂《うわさ》がある。その際、関係者に金をばら撒《ま》いて、他の者に罪を擦《なす》り付けたという話だ。我もその話は詳しいわけではないが、表で言われておるほどクリーンな男ではないだろう。何せ、一代であれだけの成功を収めたのだ。後ろ暗いこともかなりやっておろうな」

ロズモンドはそう言い、つまらなそうに鼻で笑った。

フィリアは、ポメラに身体《からだ》を支えられ、心地良さそうに眠っていた。ロズモンドの長話に耐えられなかったのだ。

「貴様らはどうするつもりだ？　我は住民共をポロロックに送り届ければ、それ以上のマナラークへの義理はないと考えておる。魔王と戦って英雄を気取って死ぬつもりもないし、大商公様とやらにいいように扱われるのも虫唾《むしず》が走るのでな」

「……そうですね。それはまた、カナタさんと相談して考えてみようかなと思います。あの人がどうしたいのかはわかりませんし……それ以上に、今どこまでするつもりなのかわかりませんから……」

カナタはポメラと別れる前に、偵察のようなものだと口にしていた。

魔王について詳細な情報を得るために、ガネットの言っていたラーニョの巣の中心部へと向かったのだろうと、ポメラはそう考えていた。

今回の魔王討伐に対して、カナタはかなり前向きであるように思えた。商業都市ポロロックに残り、グリードの支援を受けて魔王と戦う道を選ぶかもしれない。

「しかし、予定よりも出発が遅いな。まだ移動したくないと、駄々を捏ねている現実の見えていない一般人共が多いのか。おい貴様、適当な役人を捕まえて事情を聞いてこい」

「ポ、ポメラがですか？」

「貴様以外に誰がいる。我は、領主の犬共と話すのは嫌いなのだ。過去に何度か揉《も》めたことがあるのでな」

「わかりました……じゃあちょっと、フィリアちゃんを支えてもらっていていいでしょうか？」

ポメラの言葉に、ロズモンドがびくりと肩を震わせた。

「ロズモンドさん……？」

「や、やはり、別によいか。重大なことであれば、向こうから特別枠の戦力である我らに報告してくるはずだ。それがないということは、伝達がまだ充分に行われていないか、大したことではないかのどちらかだ。急《せ》かしても仕方あるまい」

「……もしかして、フィリアちゃんが怖いのですか？」

前に、ロズモンドはフィリアにラーニョ諸共《もろとも》吹っ飛ばされたことがあった。その件でまだ、フィリアに対する恐怖を引きずっているのかもしれないと、ポメラは思い至った。

「そうではないわ！　我を馬鹿にしてくれるなよ小娘！」

「ご、ごめんなさい！　馬鹿にしたつもりはなかったのですが……」

そのとき、フィリアがぱちりと目を覚ました。ロズモンドの大声に驚いたのだ。

「どうしたの、ポメラ？　蜘蛛《くも》？」

フィリアが眠たげに腕で目を擦《こす》る。

「うぬっ！」

ロズモンドがびくっと肩を震わせ、フィリアから一歩距離を置いた。フィリアが不思議そうにロズモンドを見上げる。

数秒、沈黙があった。つい、ポメラもロズモンドをまじまじと見てしまう。

「な、なんだ、悪いか！」

「い、いえ、ポメラは、何も言っていませんが……」

そのとき、辺りの地面がボコボコと盛り上がり始めた。

一か所だけではない。付近一帯に、似たような盛り上がりが数十、いや数百と続いていた。周囲の者達も、なんだこれはと騒ぎ始めていた。

「土魔法第五階位《土塊爆弾《クロツドボム》》！」

ロズモンドが十字架を掲げると、魔法陣が浮かんだ。

ロズモンドの前方に赤い光の球が浮かび上がる。地表が剥がされ、光の球へと引かれるように纏《まと》わりついていく。あっという間に綺麗《きれい》な土の球体ができあがった。

「先手必勝であろう！」

ロズモンドが十字架を振り下ろす。土の球体が飛んでいき、地面に触れると僅かに膨張し、次の瞬間に爆発した。地表が吹き飛び、爆発に巻き込まれた黒焦げのラーニョが宙を舞った。

「やはりこやつらか！　人間が集まったところに仕掛けてくるとは、どうやら魔王とやらは、本気で我々を潰しに来ておるらしい。面倒なことになったわい」

周囲の地面の凹凸を突き破り、大量のラーニョが姿を現した。中には、カナタが前に討伐した大型ラーニョの姿もあった。

周囲の者達が悲鳴を上げて逃げ始める。

「……全く、これだから残りたくなかったのだ。小娘、やるぞ。貴様、それなりに戦えるのだろう？」

「は、はい！」

ポメラも大杖《つえ》を構えた。

周囲はあっという間にラーニョに埋め尽くされていく。この場にいる人間は、とにかくこの場から離れようと逃げる者、馬車の中に隠れようとする者、そしてラーニョに立ち向かう者へと三つに分かれた。

「ど、どうして、この場にピンポイントで魔物が現れるんだよぉ！」

逃げる男がそう叫んでいた。その後を一体のラーニョが地を這《は》って追っていく。

ロズモンドが間に飛び入り、手にした十字架でラーニョの背中を地面へ串刺しにした。ラーニョは体液を撒き散らし、手足を痙攣《けいれん》させて動かなくなる。ロズモンドは逃げる男を尻目に睨み、鼻で笑った。

「ハッ、これで察しの悪い馬鹿でも、今回が魔王絡みだと気が付くな」

通常、都市近辺に魔物の大群が現れることはない。冒険者が定期的に周辺を探索し、魔物を間引いているからである。

故に逸《はぐ》れた個体がたまたま都市近くまで来て騒ぎになることはあっても、魔物の大群が冒険者にも狩られず、感知もされずに都市まで現れることは滅多にない。あるとすれば、知性の高い魔物が明確な害意を以《もっ》て魔物の群れを都市まで誘導した場合くらいである。

「フィリアも、フィリアも頑張る！　都市守って、いっぱい褒められる！」

フィリアもぐぐっと腕を伸ばし、そう意気込んでいた。思わずポメラは彼女の肩を押さえて止めた。

「ま、待ってください！　フィ、フィリアちゃんはその……加減が苦手なので、あまり人の多いところでは、大人しくしておいてもらえると助かるといいますか……」

フィリアが本気を出せば、魔物諸共街の人間まで粉砕しかねない。それと同時に、これまで同様に巻き込まれたポメラの評判がとんでもないことになることも、容易に想像がつくことであった。

「で、でも、フィリアも街、守りたい……。せっかく参加したんだし、いっぱい頑張って、後でカナタにも自慢したい……」

フィリアがしゅんと肩を落とした。

「フィ、フィリアちゃんは……その、秘密兵器ですから」

「フィリア、秘密兵器！　格好いい！」

フィリアが表情を輝かせる。何とか丸め込まれてくれそうで、ポメラはほっと息を吐いた。

「そ、そうです。ですから、もしも、劣勢になったら、そのときはよろしくお願いしますね」

「うん！」

フィリアは力強く頷き、握り拳を作って返事をした。

フィリアはわくわくした様子で首をあちこちへ回し、周囲を観察する。誰かが窮地に陥っていないか確かめているのだろう。

ポメラはそんなフィリアを見て、一人息を呑み、自分が頑張らなければならないのだと覚悟を決めていた。もしも劣勢にしてしまったら、フィリアが何をしでかすかわかったものではない。

「土魔法第五階位《土塊爆弾《クロッドボム》》」

ロズモンドが十字架を掲げる。彼女の放った土塊《つちくれ》の球体が爆発を起こし、八体近いラーニョを一度に吹き飛ばした。

「ハッ！　わらわらと雑魚が集まってくれたお陰で、我の魔法で巻き込みやすくて爽快だな！」

ロズモンドは爆風でひっくり返ったラーニョへと近づき、十字架を振り回して止《とど》めを刺していく。

「む、無茶苦茶しやがる……」

「だが、さすが《殲滅《せんめつ》のロズモンド》だな。大多数を相手取るソーサラーとして、あそこまで完成された魔術師はなかなかいまい」

周囲の冒険者達が、ロズモンドをそう評価した。ロズモンドは少し彼らを振り返る。気分を良くし、「フン」と軽く笑った。

「どうだ小娘？　貴様も魔法は腕が立つらしいが、数相手では我の方が……」

「炎魔法第七階位《紅蓮蛍の群れ《フレアフライズ》》」

ポメラが大杖を掲げ、魔方陣を展開する。十数個の炎の塊が宙を飛来して意思を持っているかのように動き回り、辺りのラーニョ達を的確に撃ち抜いていった。

「な、なんだ今の魔法は!?　複数の炎弾を、完全に自在に操っていたぞ……」

「第七階位魔法を完全に物にしている。何より、あれだけの大魔法を放って、消耗が全く見られない……。A級冒険者を簡単にあしらったと噂で聞いたが、あれほどとは……」

周囲からどよめきの声が上がった。ポメラは恥ずかしそうに肩を窄《すぼ》める。

「我の方が……我だって……」

ロズモンドは十字架を持つ手をだらんと下げて、ポメラの様子を眺め、ぶつぶつと何かを小さな声で口にしていた。

「どうしましたか、ロズモンドさん？」

「……あの男といい、貴様らといると自信がなくなってくる」

ロズモンドがしゅんと肩を落とした。

「ロ、ロズモンドさん!?」

その後も順調にラーニョ狩りを続けていった。一か所に留まらず、ポメラはフィリアを連れて苦戦していそうな場所へと向かっては、魔法を放ってラーニョの数を減らした。その度に何故《なぜ》か対抗意識を燃やしたロズモンドが、ポメラの後を追いかけてきていた。

ラーニョは地面を破ってどんどんと現れていくが、数は目に見えて減りつつあった。

「フ、フン、この調子ならば、案外苦戦することなく片付きそうであるな」

ロズモンドは息を荒げながら十字架を地面に突き、自分の身体を支える。

基本的に範囲魔法の連打で戦うため、どうしても魔力の消耗が激しいのだ。

「《紅蓮蛍の群れ《フレアフライズ》》！」

ポメラは相変わらず、一定間隔で第七階位魔法を放ち続けていた。

「貴様……魔力の量、おかしくないか……？」

討伐数ならばどうにか張り合えるかもしれないと必死に魔法を連発していたロズモンドも、ポメラの魔力量に勘づき、対抗心が恐怖へと変わりつつあった。

ポメラはロズモンドの方へと向いたが、そのとき視界にフィリアの姿がないことに気が付いた。

「あ、あれ!?　フィリアちゃん、ついてきていませんでしたか？」

「貴様はラーニョを狩るのに必死になっておったし、あのガキも自由そうにふらふら動いておったからな。しかし、目を離したからと言って不安はあるまい。あのガキならば、貴様よりよほど頑丈であろう」

「フィリアちゃんより、その……どちらかというと、フィリアちゃん以外の全てが心配で……」

ポメラが頭を抱える。

フィリアはポメラよりもよっぽど強い。しかし、心配なのは、フィリアがあの持ち前の無邪気さで、その強大な力を振りまくところである。

なるべく力を使わないようにとはポメラもフィリアに言っているが、目の届かないところで何をやらかすのかはわかったものではない。いや、目が届いていても突然ポメラの予想外の行動を取ることは考えられるし、そうなった際にはポメラには止める力がない。

「な、なるほど……。しかし、捜しているような余裕はないぞ。ラーニョを狩りつつ移動して、合流を待つしかあるまい」

「そうですね……。向こうの方、ポメラ達が全く向かえていませんでしたが、大丈夫でしょうか？」

ポメラが、建物を挟んだ少し離れた場所へと目を向けた。

「心配あるまい。あそこは、《軍神の手《アレスハンド》》が配置されておったはずだ」

丁度目を向けたとき、建物の屋根に《軍神の手《アレスハンド》》のコトネが立っているのが見えた。ラーニョの群れはコトネに目をつけているらしく、建物を大量のラーニョが犇《ひし》めきながら登ろうとしていた。

他の場所よりも明らかにラーニョの数が多い。ラーニョ達は、コトネを警戒しているようだった。

コトネは弓を構え、無表情で向かってくるラーニョを射続けている。凄《すさ》まじい速度の連射であった。

「す、凄い……コトネさんって、弓使いだったんですね……」

「いや……《軍神の手《アレスハンド》》は、それが武器であるならばどれだけ強大な力を秘めたものでも、呪われたものであっても、自分の手足のように自在に操ることができるのだ。通常、自身のレベルに見合わぬ武器を構えても力が追い付かないものだが、奴は違う」

やがて建物がラーニョで埋め尽くされた。コトネは屋根を蹴って、宙高くへと飛び上がった。

「時空魔法第八階位《異次元袋《ディメンションポケット》》」

弓と矢が光に包まれて消える。

代わりにコトネの手に、彼女の背丈の五倍以上の全長を持つ大斧《おの》が握られた。青い鉱石で造られており、文字列が模様のように刻まれている。

「《古代の巨人斧《エンシェント・ギガントアックス》》」

見ていて不自然なほどに巨大な斧が、小柄なコトネの一振りで綺麗に半円を描いて建物の屋根を穿《うが》つ。建物全体に罅が入り、一瞬で崩壊してラーニョの群れが生き埋めになっていく。

「た、確かに、あっちの方は大丈夫そうですね……」

ポメラはごくりと息を呑んだ。

コトネは残骸とラーニョの死体の山に突き刺さる、彼女自身の振り下ろした斧の刃の上に立って周囲を睨んでいた。どこか眠たげな眼《め》をしていたが、ぴくりと瞼《まぶた》を動かし、街壁の方を見上げた。

ポメラも遅れて、何事かとそちらへ目を向けた。

街壁の上に、異形の化け物が立っていた。一見、それは桜色の髪を両側に括《くく》ってツインテールにした、愛らしい少女のようであった。だが、下半身が巨大な蜘蛛になっている。ラーニョ騒動と無関係であるはずがなかった。

4

「おい、街壁の上に何か立ってるぞ」

「人間じゃなくないか？　魔物か？」

コトネが発見したのに続いて、他の冒険者達も半身が蜘蛛の少女の存在へと気が付き始めた。

少女は独特の威容を放っていた。その目はぐるぐると動き、両目の視線が一致していない。口許《くちもと》からは、常にだらしなく涎《よだれ》が垂れていた。控えめに開かれた口から、赤紫の毒々しい牙が覗《のぞ》いていた。

「あ、あれは、ただの魔物ではないぞ……」

ロズモンドは少女へ十字架を向けながら、そう漏らした。

「わ、私は、私は、お母様の四姉妹の一人、末女のリリー……です、です」

リリーと名乗った化け物は、ぺこぺこと卑屈なほどにその場で頭を下げる。その間も、口からはだらだらと涎が垂れ流され続けていた。

「お母様の命令で、あ、貴方《あなた》達を、食べ尽くさせていただきます。失敗すると、きっとマリーお姉様が私を苛《いじ》めるので、あ、あまり抵抗しないで食べられていただけると、私はとても助かります……です」

リリーが大きく口を開ける。

口の中で、血と粘液が糸を引いている。指のようなものがポロポロと零れた。ここに来るまでに、既に何人も喰《く》らっているようであった。

居合わせた冒険者達が恐怖に身体を竦《すく》めたその直後、リリーは笑い声を上げながら街壁の上から飛び降りた。

奇妙な動きで空を舞い、冒険者達の許へと向かう。どうやら壁に糸をつけ、自身の空中での動きを制御しているようであった。

「ヒ、ヒヒヒ、ヒヒヒヒ……！」

リリーは冒険者達の集まっている場所へと着地し、同時に腕を大きく振るった。それだけで、その場にいた冒険者達数名の身体の一部が綺麗に抉《えぐ》り取られた。肩や脚、抉り取られた肉の塊が、血を噴き出しながらその場に転がる。

「ニンゲンって、ニンゲンって……ああ、ああ、脆《もろ》いです、です」

リリーは落ちていた腕を掴んで空に掲げ、滴ってくる血を口で受け止める。頬についた血に舌を這わせて舐《な》めとり、恍惚《こうこつ》と微笑む。

明らかにただのラーニョとは格が違う。あちこちから悲鳴が上がる。

近くにいたコトネがすかさず移動し、リリーへ向けて《古代の巨人斧《エンシエント・ギガントアックス》》を振るった。リリーが不自然な動きで宙に浮かび、その一撃を躱《かわ》した。降りた際に、壁につけていた糸が残っていたのだ。

リリーはコトネの振り下ろした巨斧《きょふ》の上に乗り、彼女を見下ろす。

「り、立派なのは、持っている武器だけ、です？　ああ、ニンゲン、カワイソウ」

コトネは巨斧から距離を置く。

「時空魔法第八階位《異次元袋《ディメンションポケット》》」

コトネの両腕が輝き、黄金の輝きを帯びた大きな鎧籠手が現れる。

「《魔竜皇の鉤爪《エルドラゴ・ガントレット》》」

リリーは巨斧を蹴り飛ばし、コトネへと突進する。

リリーが指を張れば、その先から赤紫の毒々しい爪が伸びる。両腕を激しく振るい、コトネへと爪を用いて襲い掛かる。

コトネは辛うじて爪の連撃を籠手で弾《はじ》いていたが、後退させられていた。爪を振るわれるごとに、籠手の動きが間に合わなくなっていっていた。

「じょ、冗談であろう？　まさか、いきなりＳ級冒険者と互角以上に戦える刺客が現れるなど……」

ロズモンドも、遠くからその様子を眺めて呆然《ぼうぜん》としていた。

これまで《軍神の手《アレスハンド》》のコトネは、戦ってきた魔物をほとんど瞬殺してきたという伝説を持っていた。だが、現れたリリーと称する魔物は、明らかにコトネ以上の力を有している。

「は、早くいきましょう、ロズモンドさん！」

ポメラから声を掛けられ、ロズモンドはびくりと身体を震わせた。

「え、Ｓ級冒険者が敵《かな》わない相手であるぞ！　死にに行くつもりか？　そもそも、我の魔力は既に……！」

ポメラはロズモンドの返答を聞かず、先にコトネの許へと駆け出していた。ロズモンドはその場に立ち尽くしてポメラの背を眺めていたが、首を振って彼女の後を追って走り出した。

「じょっ、上等であろう！　マナラークの冒険者の意地を、見せてくれるわ！」

リリーはコトネに爪撃《そうげき》の連打をお見舞いしながら、前足を用いて彼女の足を払った。

「うっ」

コトネは倒れそうになったのを立て直すために、宙へと跳んだ。リリーはその動きを読んでいたとばかりに、コトネの腹部へと目掛けて爪撃を叩き込もうとした。

「甘く見ないで」

コトネは身体を捻《ひね》って回避し、リリーの顔面に鋭い蹴りを放った。

「ヒウッ！」

リリーが顔を押さえて下がる。

コトネは前進し、リリーの腹部へと籠手の手刀の一閃《いっせん》を放つ。リリーの体液が辺りに舞った。

「い、いだい、酷い、いい……ニンゲン如《ごと》きのクセに、私の身体に傷を、傷を……！」

一撃入れたのはコトネだったが、彼女も眉を顰《ひそ》めていた。

ポメラも見ていて恐怖した。傷が、あまりに浅いのだ。あの程度の攻撃では、何度か入っても致命打にはなり得ない。

リリーが大きく背後へ飛んだ。

同時に、地面に突き刺さっていた《古代の巨人斧《エンシエント・ギガントアックス》》が独りでに動き出し、刃で地面を削りながらコトネへと直進していった。リリーは、巨斧の刃に乗った際に、既に糸を付着させていたのだ。

一瞬理解の遅れたコトネは、回避するタイミングを失った。籠手を交差し、巨斧の一撃を受け止める。だが、軽々と吹き飛ばされ、地面に身体を打ち付けながら転がっていった。

「ここ、この斧……いい、かも。気に入った……かも」

リリーが焦点の合わない目を細め、嬉《うれ》しそうにそう口にする。

「精霊魔法第八階位《雷霊犬の突進《ライラプスファング》》」

ポメラはリリーを目掛け、大杖を向ける。

魔法陣が展開され、獣を象《かたど》った雷の塊が生じた。獣は一直線に駆け抜け、大地を抉りながらリリーへと突進していった。

リリーはポメラに目を向けると、それを軽やかに宙に跳んで回避した。獣はリリーの足の下を綺麗に抜けていった。

「う、嘘《うそ》……」

《雷霊犬の突進《ライラプスファング》》はポメラが最も頼りにしている魔法であった。速さも威力も、彼女の魔法の中では最大である。

アルフレッド相手にあっさりと勝利を収め、そうそう格上と出会うことはないのではなかろうかと考え始めていたところであった。

「どど、どうしました、かかか？　そ、そんな直線的な攻撃……これだけ距離があって、当たるわけない、のに、のに……」

リリーはへらっと笑い、ポメラを小ばかにしたようにそう口にした。

リリーはぐぐっと背筋を反らして背伸びをした後、気味の悪い笑みを浮かべ、一気にポメラへと向かってきた。リリーは完全にコトネからポメラへと狙いを移していた。

「炎魔法第七階位《紅蓮蛍の群れ《フレアフライズ》》！」

ポメラは続けて魔法を発動する。十を超える火の球がリリー目掛けて向かっていく。直線的な《雷霊犬の突進《ライラプスファング》》で当たらなかったならば、追尾機能と手数のある《紅蓮蛍の群れ《フレアファライズ》》ならば当たるかもしれないと考えたのだ。

だが、それらの火の球もリリーの動きには追い付けず、狙いを外して地面に落ちて、小さく爆《は》ぜて消滅していった。唯一当たりそうだった一球も、リリーの爪によって掻き消されていた。

「そそ、それだけ、ですか？　ねぇ……それだけ、ですか、かかか？」

まるでリリーに攻撃が通る気配がなかった。手数頼みの《紅蓮蛍の群れ《フレアファライズ》》でもせいぜい腕で防がせるのが関の山だが、それではまるでダメージが通っている様子がない。

「う、嘘……ポ、ポメラ、カナタさんに修行をつけてもらって……あんなに強くなったはずなのに……」

ポメラの大杖を持つ腕が震えていた。

敵わないにしても、もう少しは拮抗《きっこう》した戦いができると思っていたのだ。だが、リリーはポメラより遥《はる》かに格上の相手であった。

今の距離はまだ、魔術師であるポメラの間合いであった。ここで追撃を放たなければ、あっという間に距離を詰められてリリーの得意とする白兵戦の間合いまで持ち込まれてしまう。

そうわかっていても、ポメラは次の魔法を撃てないでいた。何を撃っても、当たるビジョンが見えなかったのだ。

「フン、やはり中身は甘ちゃんだな……自ら考えて、死地へ向かったのだろう？　このくらいの出来事は、覚悟しておくべきであったな」

ロズモンドはそう言うと、十字架を構えてポメラの前に出た。

「よいか？　我が奴の気を引く！　その隙に、あの雷を全力で撃ち込んでやれ！　この我が身体を張るのだぞ？　好機を逃せば容赦せんぞ！」

「ロ、ロズモンドさん!?　何を……！」

「む、無謀です！　あんなの相手に……失敗したら、死んでしまいますよ！」

「だから甘ちゃんだというのだ！　貴様は、敵が魔王だと知って仕事を引き受けた！　失敗すれば死など、ここに来た時点で覚悟するべきなのだ！　フン、安請負いするなと忠告してやったというのに。なに、我はそう簡単には死なぬ。そのための重装備なのだ」

「ロ、ロズモンドさん……」

リリーは向かってくるロズモンドを見て、憐《あわ》れむように首を振った。

「そそ、そんな動きで、この私に一矢報いられると思い込むなんて、カ、カワイソウ……です、です」

「くらうがいいっ！」

ロズモンドが十字架の大振りをリリーへと放った。だが、十字架はあっさりとリリーの前足に弾かれ、ロズモンド自身も派手に突き飛ばされて地面を転がっていく。壊れた鎧や籠手が散らばり、割れた山羊の仮面が地面に取り残されていた。

ポメラはロズモンドの言う通りリリーへと常に大杖を向けていたが、リリーには一分の隙もなかった。

「む、無駄、無駄無駄……です、です」

ヒヒヒヒ、とリリーが笑う。リリーはそのまま倒れているロズモンドへと向かっていく。

「……外すでないぞ、ハーフエルフの小娘よ」

ロズモンドは十字架を構えながら、ニヤリと笑う。

「土魔法第七階位《大地爆轟《グラウンドボム》》！」

ロズモンドのすぐ前方の地面が剝がれ、大きな土の塊を象っていく。カナタとの戦いでもみせた、ロズモンドの必殺技である。

だが、《大地爆轟《グラウンドボム》》は爆弾にした塊を遠くへ飛ばすだけの推進力がなく、爆発の範囲が広すぎるためにロズモンド自身を巻き添えにする。今の鎧の剝がれた状態で行うのは危険であった。

しかし、危険は既にロズモンドも承知である。

今更ポメラが止められるものではない。ポメラにできることは、ロズモンドの覚悟を無駄にしないことであった。

ポメラは大杖を構え、精神を集中させる。ロズモンドが爆風を巻き起こせば、リリーに《雷霊犬の突進《ライラブスファアング》》を当てられる好機は必ず訪れるはずであった。

「消し飛ばしてくれるわ！」

ロズモンドの叫び声と共に、《大地爆轟《グラウンドボム》》の範囲爆撃が巻き起こった。

範囲が広すぎるが故に、リリーも回避行動を取るのが間に合っていなかった。自爆技だとは知らなかったらしく、呆気《あっけ》に取られた様子で《大地爆轟《グラウンドボム》》の爆風に巻き込まれていく。

「ありがとうございます、ロズモンドさんっ！《雷霊犬の突進《ライラブスファアング》》！」

ポメラの大杖より、雷の獣がリリーへと疾走していく。

「そ、そんな小賢《こざか》しい真似《まね》をしても、音で丸わかり……！」

リリーが大きく跳び上がり、爆風から脱出した。

「は、外れた……」

ポメラは大杖を持つ手を、だらんと下に垂らした。だがそのとき、空からリリー目掛けて、何かが一直線に落下してきていた。

「《気紛れ王女の断頭台《フリーキーブレード》》！」

コトネであった。自身の背丈ほどある真っ赤な刃を両手で支え、リリー目掛けて一直線に落ちてきていた。柄も何もない、ただの分厚い赤の刃であった。

コトネもロズモンドの作った隙を突くため、時空魔法の《短距離転移《ショートゲート》》で空へと飛んでいたのだ。

「こ、こここ、こんなものっ……！」

リリーは右手でコトネの刃を弾こうとした。リリーはコトネを突き飛ばすことには成功したが、右腕が切断され、彼女自身も下へと叩き落とされていた。

リリーの体液が辺りに舞った。リリーが地面へと叩き付けられる。

「きっ、きゃぁあああああっ！　あ、熱い！　痛い！　わわ、私の腕……私の、右腕……！」

リリーが自身の腕の、切断面を逆の手で押さえる。そこへポメラの放った雷の獣が突進した。リリーの身体を雷が貫く。

「がはっ！」

リリーの身体がぐらつき、ついにその場にぐらりと倒れた。

「よ、よかった……」

ポメラは安堵《あんど》の声を漏らし、それからロズモンドへと駆け寄った。

「ロズモンドさん！　す、すぐに治療しますからね！」

「フ……よくやったぞ、小娘」

ロズモンドは立とうとしたが、再びその場に倒れ込んだ。

「無理しないでください！」

遠巻きに見ていた冒険者達から歓声が上がった。

「あ、あの化け物を、倒せたのか？」

「すげぇ！　あの魔術師、《軍神の手《アレスハンド》》でさえ敵わなかった敵に、止めを刺しやがったぞ！」

「ロズモンドも、よくあんなのに向かってってたもんだ……」

ポメラがロズモンドの傍《そば》まで来たとき、ロズモンドは遠くの冒険者達を眺めていた。

「……フン、逃げないでよかったかもしれんな。我がいなければ、あの蜘蛛女を殺し損ねておったであろう」

「そうですね。凄く、助かりました」

ポメラがくすりと笑い、そう答えたとき……すぐ近くで、リリーがむくりと起き上がった。

「かかか、勝手に、死んだことにされても、困ります、すす、よ？」

「う、嘘……」

ポメラはリリーを見て、呆然と呟いた。

「す、少しばかり、身体が麻痺《まひ》して倒れていただけですよ、よよ？　まさか、ほほ、本気で、あれっぽっちの魔法で倒せると、思われてしまったんですか、かか？」

リリーが右腕を押さえる。肩が激しく痙攣したかと思えば、新しい右腕が生えてきた。リリーはポメラとロズモンドの表情の変化を眺め、満足げに笑った。

盛り上がっていた冒険者達も、しんと静まり返っていた。

「たた、たかだかニンゲン数人で、私達を倒しきれると思ってしまうなんて……ああ、本当に、ニンゲンって浅はかで哀れ……です、です！」

リリーがポメラへと飛び掛かってくる。

ポメラが死を覚悟した、そのときであった。突然地面から現れた巨大な二本の腕が、リリーを捕捉していた。

「えっ……？　え、え？」

リリーが困惑気にそう漏らしたその次の瞬間、二つの手がパァンと打ち鳴らされた。ぽとりとリリーの拉《ひしゃ》げた肉塊がその場に落ち、二本の腕は消えていった。

「あ、あああ、有り得な……い……何、が？」

リリーは最期にそう言い残し、ぐったりと首を倒して息絶えた。ポメラが振り返ると、申し訳なさそうな顔をしたフィリアが立っていた。

「ごめん……ポメラ。あ、あのね、フィリアね、その……タイミング、わからなくて……も、もっと早い方が、よかった、よね？……ポメラ、怒ってる？」

ポメラはしばし無言だったが、ゆっくりと首を振ってフィリアの頭を撫《な》でた。

「……いえ、フィリアちゃん、ありがとうございました。でも、その……できれば、ロズモンドさんにもごめんなさいしてあげてください。ポメラも、一緒に謝りますから……」

ロズモンドは、腑《ふ》に落ちないぶすっとした表情でフィリアを眺めていた。遠くにいた冒険者達は何が起こったのか全く理解できていないらしく、今なおしんと、静まり返っていた。

5

俺は周囲へと首を回す。横も上も、見渡す限り土の壁が続いている。

そして、壁のどの面にも、一面にびっしりとラーニョが張り付いて蠢《うごめ》いていた。目を瞑《つぶ》って石を投げてもラーニョに当たりそうな勢いである。

「……本当に、マナラークの近くにこんな場所があったなんて」

見ていて気分が悪くなるような光景であった。わしゃわしゃ、わしゃわしゃと、常にラーニョの脚の擦れる音が響いている。ただでさえ無数のそれが、周囲に反響して何重にも聞こえてくる。

ここは地下に空いた大空洞の中である。壁には一定間隔で輝く鉱石が埋め込まれており、それが灯《あか》り代わりになっている。薄暗いが、とりあえず中の様子は窺《うかが》うことができる。

ラーニョは暗闇でも目が利くはずだが、わざわざ灯りが設置されているということは、どうやらそうではない特殊個体がいるらしい。

ポメラとフィリア、ロズモンドと冒険者ギルドの前で別れた俺は、ガネットの見せてくれたラーニョの出没分布図を参考に森の奥を駆けて探し回り、そして地下に大空洞があるのを見つけることに成功したのだ。

本当にガネットが円を描いて出していた予測位置とほぼぴったりであった。顔を合わせるたびに、あの人の洞観には驚かされる。

あの人と話していると、常に見透かされているような気がして落ち着かなくなる。大きな借りがあるからという意味もあるが、色んな意味で敵に回したくない人だ。

大小様々な夥しい数のラーニョが、壁や床を這いながら向かって来る。俺を侵入者と認識しているようだった。しかし、今視認できるだけで、一体何千体のラーニョがいるというのか。

「これで一体につき、二万五千ゴールドに換えてもらえれば大金持ちになれるんですけどね」

俺は一人呟き、溜め息を吐いた。

さすがの魔法都市マナラークでも、この巣のラーニョ全ての換金を引き受けてしまえば、それだけで干上がってしまうことだろう。

あまり長々とこのラーニョの巣にいれば、この巣の主である魔王に目をつけられかねない。さっさと奥まで行って、少しでも有益な情報を持ち帰ろう。

「時空魔法第十階位《次元閃《ロムスラッシュ》》」

俺は人差し指を伸ばして、その場で一閃した。視界に広がる膨大な数のラーニョ達が、俺の人差し指の動きに合わせ、次々に身体の上半分を切断されていく。

視界いっぱいにラーニョの体液が飛び散っていく。……な、なかなかグロテスクだ。

俺はラーニョの死体を踏みつけて走り、地下空洞の奥を目指した。ラーニョが迫ってくれば《次元閃《ロムスラッシュ》》で切り飛ばしていく。

地下なので、あまり無計画に大規模な魔法をぶっぱなすわけにもいかない。ラーニョを狩るには《次元閃《ロムスラッシュ》》で充分であるし、とりあえず雑魚の相手はこの魔法だけでよさそうだ。《次元閃《ロムスラッシュ》》を常時展開して、目についた敵を片っ端から切断していこう。

しばらく進んだところで、後ろからガサリと、ラーニョではない何かの物音がした。

「よくぞ、単身でここまでやってくれたのヨ」

人間の声が聞こえてくる。俺は首を周囲に向けた。だが、視界の中にそれらしい相手が見つからない。

「何者ですか、どこに潜んで……」

声が反響しているため、出所が掴みにくい。それに、光る鉱石が埋め込まれているとはいえ、ここは仄暗《ほのぐら》い。

「私はマリー……マザーに仕える四姉妹の一体、三女のマリー。どうやらニンゲン、貴方、多少は腕が立つようね。随分とラーニョを虐《いじ》めてくれたみたいだけれど、私はそう簡単にはいかないのヨ」

「……マ、マザーに仕える四姉妹？」

「ええ、そうヨ。フフ、ニンゲンなんて下等生物、雑魚ばかりだと思っていたけれど、少しは遊べそうな奴が出てきたわ。この私を楽しませて頂戴」

……やはり、魔物か。俺は息を呑んだ。

ここまで知性の高い魔物は《地獄の穴《コキュートス》》以来である。もしかしたら、こいつらのレベルも《地獄の穴《コキュートス》》相応かもしれない。

禍々《まがまが》しいプレッシャーを感じる。マザーというのが魔王なのだろうか？

四姉妹というのはよくわからないが、仕えると言っているからには、魔王を補佐する幹部のようなものなのかもしれない。

「奇遇だけど、私の糸も切断系なの。フフフ、私、ちょっと強いみたいなのヨ。だから手頃な戦いの相手がいなくて、困っていたところなの。私の力、試させてもらうのヨ！」

「丁度よかった。俺も、貴方達のことが知りたかったんです。ひっ捕らえて、尋問させてもらいます」

「アハ、やれるものなら、やってみるといい！　ニンゲン！　弄んで殺してあげるのヨ！」

シュン、と風を切る音が聞こえる。

ようやく敵の位置を把握できた。姿が見えないと思えば、どうやら天井付近に敵はいるようだ。

「いた、そこ……！」

俺が振り返った時、天井から逆さにぶら下がる、赤髪の少女の姿が見えた。

上半身は人間だが、下半身は蜘蛛であった。鋭利な三白眼で俺を睨み、笑っている。戦いを楽しんでいる。

そのとき、プツッと音がした。

マリーと称する化け物の身体に、赤い線が走った。マリーは自身の身体に走った線へと目を向ける。

「あ、あれ……ウ、ウソ？　何が……マ、マザー、私は……」

マリーの身体が赤い線を中心にずるりとずれ、上半身が地面へと落ちた。逆さ吊《づ》りになった蜘蛛の下半身から、体液が流れ落ち続けている。死んだふり、ではないだろう。明らかに絶命している。

俺は何が何だかわからなかったが、ふと自分のぴんと伸ばした人差し指へと目線を落とし、そこでようやく全てに気が付いた。

どうやらマリーを探してあっちこっち向いているときに、展開していた《次元閃《ロムスラッシュ》》が偶然マリーに当たってしまったらしい。

…………思ったより、大した魔物ではなかったらしい。知性があるというだけで構えすぎたか。

「出しっぱなしは危険か」

俺は一人そう呟いた。

《次元閃《ロムスラッシュ》》を中断しようかとも思ったが、止めれば効率的にラーニョを減らすことはできない。ただ、もう少し扱いには気を遣った方がよさそうだ。

……ひとまず、マリー以外の四姉妹とやらを探してみた方がいいかもしれない。

どうやら意思疎通を取ることは可能なようだった。上手《うま》くいけば、魔王に関する大きな情報を得ることも難しくはないはずだ。

6

俺は《次元閃《ロムスラッシュ》》でラーニョを切断しながら下の階層へ、下の階層へと目指していた。だが、思いの外にこのラーニョの巣は広いらしい。全部換金すれば魔法都市の財政が破綻するくらいにはラーニョを狩り尽くしたはずだ。

それに、途中で道がいくつも分岐していた。無事に俺は帰れるのだろうか。迷って出られなくなるかもしれない。

下に向かうに連れて、出てくるラーニョの姿が変化してきた。大型の個体は元々森でも確認していたが、最初は黒一色だったラーニョに赤のグラデーションが掛かっていたり、斑《ぶち》模様ができていたりするのだ。稀《まれ》に黄金の輝きを放っている個体もいた。

どれも一撃だったのでほとんど違いはわからなかったが、とりあえず多少レベルは違うようだった。もっとも誤差の範疇《はんちゅう》であったが。

大きな空間の中央で、俺はぐるりと指を回した。数百のラーニョが俺の《次元閃《ロムスラッシュ》》の前に切断され、その身体を崩していく。

さすがに疲れてきた。俺は深く息を吐き、額を拭った。

そのとき、遠くから一直線に何かが飛来してきた。俺は背後へ飛んだ。

俺の手前の地面に糸が突き刺さる。刺さった周辺の地面が、ぐずぐずに溶け始める。どうやら毒が付与されているらしい。

「青白い、糸……？」

「おや……よく避けたわ。ここまで来たというだけのことはあるわね。歓迎するわよ、勇者さん」

がらがらとした、不気味な声が響いてくる。毒糸が飛来してきた方向、巣穴の奥より、巨大な化け物が現れた。

全長は……十メートル前後といったところだろうか。

先ほど現れた三女マリー同様に、蜘蛛の下半身を持つ女の魔物であることらしい、ということは辛うじてわかる。

だが、マリーのような可愛げはない。青白い、岩の塊のような外観をしていた。凹凸のある顔面に、端から端まである巨大な口と、大小様々な八つの赤眼《せきがん》が付いていた。下半身には、巨大な紫紺色の水晶が埋め込まれている。

「せっかちなのねぇ。お前達ニンゲンが、こちらの存在に気が付いていたことは知っていたけれど、まさか単身でいきなり乗り込んでくるだなんて。本気でたった一人で、この魔王マザーを討ち取れると考えているのかしら？　甘いわねぇ、ニンゲンさんは」

……やはり、魔王だったか。

できれば先に三女マリー以外の四姉妹とやらとぶつかっておきたかった。確実に魔王側の戦力を減らしておきたかったし、四姉妹全体のレベルを確認すれば、直接魔王とぶつかるリスクを取らずとも、魔王のレベルを予測できると考えていたのだ。

だが、この化け物と対面した瞬間、こいつが魔王だという確信が俺には芽生えていた。この異形の姿、そして化け物の持つオーラが、三女マリーとは格が違うと、俺に警告を出していた。

俺はマザーを睨みながら、ゆっくりと退いた。いきなり魔王とぶつかったのは不幸ではあったが、元々俺の目的は魔王のレベルを確認することであった。《ステータスチェック》を使い、その後は全力で逃げ切れば今回の俺の偵察は終わりだ。

ラーニョの数もそれなりには減らした。成果としては上々なはずだ。魔王のレベルさえわかれば、王国側も魔王に対する戦略をかなり取りやすくなるはずだ。

「あらあら……このマザーの巣の深くにここまで入り込んで、逃げられると本気で思っているのかしら？　甘いんじゃあないかしら？　教えてあげるわ。私達蜘蛛は、獲物を追い詰めるのが得意なのよ。なかなかやるようだけれど、単騎でここまで踏み込んだのは間違いだったわね。蜘蛛の巣に飛び込んで、生きて帰れるとでも？」

八つの赤眼が、剣呑《けんのん》に細められる。

『マザー』
種族：クイン・アラクネ
Lv：999
HP：7192／7192
MP：3561／3596

「た、高……く、ない？　あ、あれ……」

俺は目を細めた。

《ステータスチェック》で出てきた情報がおかしい。一瞬レベルがカンストしていると驚きそうになったが、そんなわけはない。レベルは普通に千以上あるものだ。

だが、何度確認しても変わらない。

な、なんでレベル９９９なんだ。それ以上は上がらない呪いにでも掛かっているのか。

案外こんなもんなのか？　いや、それでもおかしい。だって、平常時のフィリアでもレベル１８００なのだ。

いや、よくよく考えれば、フィリアは元々、古代の王国を守護するために造られた錬金生命体《ホムンクルス》であったという。恐怖の神と崇《あが》められていたくらいだ。魔王を迎撃するくらい、熟《こな》せていたのかもしれない。

「ここまで来たということは、少なくとも入り口の番をしていた、私の大事な、大事な三女マリーを殺したのでしょう？　他にもたっくさん、散々私の可愛い子らを殺してくれたようねえ。お前が懇願しようが、容赦しないわ。手足を捥《も》いで、生きたまま脳汁を啜《すす》ってあげる。知っているかしら、ニンゲン？　美味《おい》しいのよ……フフフ、レベルの高い、生物の脳味噌《のうみそ》は。お前の味は、どうかしら？」

……だとしたら、マザーの脳味噌はそこまで美味しくはないのかもしれない。いや、元々魔物の脳味噌なんて、食べようという気はおきないが……。

し、しかし、本当にこれが魔王なのだろうか。レベル１０００もない相手にあれだけの警戒をしていたのだろうか。い、いや、A級冒険者でもせいぜいレベル１００もないようであったし、そういうものなのか……？

「おやおや、どうしたのかしら凍り付いて？　遊びましょう、ニンゲン。ここまで辿《たど》り着いたのだから、多少はできるのでしょう？　そうでなければ、張り合いがないわ」

……対話に応じるつもりはあるようだし、一応確認しておいた方がいいかもしれない。

「あの……四姉妹とかいうのじゃ、ないんですよね？　本当に魔王なんですよね？」

マザーが腕を振るった。四つの剣が重なったような巨大な爪が壁に走る。

巻き込まれたラーニョが体液を撒き散らし、残骸が床に落ちていく。周囲のラーニョが、そそくさとマザーから離れていく。

「この期に及んで軽口を言えるなんて、いい度胸をしているわねえ！　私を怒らせたいのかしら？

お望み通り、弄んで殺してあげるわぁ！」

マザーの巨体が俺へと向かってくる。

や、やっぱりそうだったか。姉妹だとか次女でマザーは変だし、正直しっくりこないとは思っていた。

「その余裕振った態度、腹が立つのよ！　お前はこれまで、本物の化け物というものに遭ったことがないのね！　魔王である私が、直々に真の恐怖を教えてあげるわぁ！」

マザーが大木のような腕を大きく引いた。

「なまじ才覚があるばかりに、勘違いしてたった一人で私に挑むとはね！　運と、己の頭の悪さを嘆きながら、バッラバラになりなさぁい！」

マザーは大木のような腕を振り下ろし、俺を爪で狙う。俺は右へとひょいと回避した。爪が地面に突き刺さり、罅が走った。

「反応はなかなかのものねぇ！　そうでなくっちゃ遊び甲斐《がい》がない！　でも、それもどこまで持つかしらぁ！」

マザーが逆の腕も振るう。俺は横へ、上へと跳んでマザーの爪を躱していく。《ステータスチェック》は、自分以外はレベル、HP、MPしか確認することはできない。だが、この調子だと別段他のステータスが飛び抜けているわけでもなさそうだ。

「ちょこまか、ちょこまかと……まずは四肢を落とすつもりだったけれど、少し面倒になって来たわねぇ！　もういいわ、終わらせてあげる！」

俺の頭を狙い、爪の一撃が放たれる。俺は首を反らしてそれを回避した。

段々とマザーの攻撃が雑になってくる。当たらないことに苛立《いらだ》ちを覚えているようだった。

「お、おかしいわね？　勘が鈍ったのかしら？　存在を隠すために、巣の奥に籠って身を潜めていたせいかしらね。掠《かす》りでもすれば、貧弱なニンゲンなんて一撃なのに……！」

マザーが大振りの一撃を俺へと振り下ろしてくる。俺は左腕を伸ばし、マザーの爪を素手で受け止めた。

「……なんですって？」

マザーが腕に力を込めているのがわかる。俺をどうにか押し潰そうとしているのだろう。段々と腕に込められる力が増していき、それと比例するようにマザーの表情に焦りが滲み出てきていた。

「う、嘘よ……こ、こんなの、あり得ない！　ニンゲンが、私と力比べができるなんて、そんな……どうして……！」

「終わりにしましょうか」

俺は左腕でマザーの爪を押さえたまま、逆の腕で《英雄剣ギルガメッシュ》の鞘《さや》を抜いた。マザーの複数の目が、一斉に剣の刃へと向けられた。大きな口がわなわなと震えている。

「と、止まりなさい！」

マザーの全ての目が、俺を睨んで赤い光を発した。俺の身体に赤い光が纏わりつく。

「ざ、残念だったわね……フフフ、私のとっておき《金縛りの魔眼》よ。まったく、膂力《りょりょく》で私に迫るなんて、恐ろしいニンゲンがいたものね。ニンゲンに対する認識を改める必要があるわ。でも、力ばかりで魔力のないニンゲンは、私の《金縛りの魔眼》を破ることはできないのよ！」

マザーが逆の腕を大きく引いた。

俺は身体中の魔力を意識し、腕に力を込めた。

「ふんっ！」

マザーの顔の眼球が次々に爆ぜる。すぐに顔面が体液塗《まみ》れになっていた。

「うっ、うがぁああっ！　目が、目がぁ！」

マザーは引いた手で自身の顔面を押さえる。

俺はマザーの爪を止めている手で、マザーの巨体を持ち上げ、そのままぶん投げた。巨体が宙を飛び、壁へと派手に激突する。

「うぐわぁああああああっ！」

巣全体が大きく揺れる。遠巻きに見ていたラーニョ達が、一斉に遠くへと逃げ出した。どうやら尋常ではない事態だと察したらしい。

マザーは壁に埋まった半身を引き抜き、素早く俺へと振り返った。再び巣穴全体が揺れ、マザーの周囲に土の塊がいくつも転がった。

「ど、どうしてよお！　どうして私の《金縛りの魔眼》が効かないのぉ！　止まれ、止まれえええええええ！」

マザーが何度も何度も目から赤い輝きを放つ。その度に赤い光が俺の身体に絡み付くが、赤い光は拘束力を発揮する前に俺の身体から弾けて消えていく。

そしてその都度、マザーの眼球が割れ、体液を噴射している。

マザーの言葉から察するに《金縛りの魔眼》の効力は、互いの魔力差によって効きづらくなるのだろう。マザーがレベル相応の魔力だとすれば、俺に通用するわけがない。

「止まりなさあああぁあああああい！　止まって頂戴よおおおおおおおぉっ！　なんでよおおおおおっ！」

マザーが大きく口を開けて叫ぶ。岩塊のような顔に、びっしりと筋肉の筋が浮かび上がる。瞼が裂けるほどに全ての目を見開いていた。

赤い光が、何重にも俺の身体に重なっていく。

「うぐっ」

足が突然重くなった。前に出せない。か、《金縛りの魔眼》とやらが通ったのか？

「よよ、よし……これで一方的に攻撃できるわあ！　さ、散々脅かしてくれたけれど、お前はここまで……！」

「ふっ！」

俺は強引に足を前に出した。俺の身体に絡みついていた赤い光がブチンと千切れた。

そのとき、マザーの巨体が急にぐらりとふらついた。ぷるぷると両腕が震えている。

「ま、魔力が……もう、ない……？　嘘でしょう、どうして……？　まさか、あの男をたったの一瞬止めるために、私の魔力の大半が持っていかれたというの……？」

俺は《英雄剣ギルガメッシュ》を構え直し、マザーへと直進した。

マザーの周囲に、いくつもの土の塊が浮かび上がった。どうやら糸で引っ張って持ち上げているようだ。目を凝らせば、宙に線のようなものが見える。

「あり得ない！　こんなことはあり得ないのよお！　わ、私は、世界の意思に見込まれた、特別なのよ！　魔王の中の魔王、そのはずよ！　そうじゃなかったの！　私は魔物の神となる存在……！

ニンゲンの歴史を終わらせ、新世界を築く……そうじゃなかったの！　こんなの、こんなの話が違うわ！」

マザーは我武者羅に俺目掛けて両腕を振るう。いくつもの土の塊が飛来してくる。

俺は《英雄剣ギルガメッシュ》を振るい、土の塊を斬った。真っ二つになった土の塊は、各々《英雄剣ギルガメッシュ》の魔力に焼き尽くされて消滅していく。

「ひ、ひぃいいいっ！　こっ、来ないでよおおおお！　化け物っ！　化け物おおおおお！」

俺は一気にマザーへと距離を詰め、《英雄剣ギルガメッシュ》の一閃を放った。マザーの両腕が地面へと落ち、体液が舞う。

「ひいっ！　ひいっ！　嫌、嫌よおおおお！　リリー！　マリー！　メリー！　ドリィイイ！　私をっ、母を助けなさぁああい！」

マザーが身体を捩《よじ》らせる。

既に切れていたマザーの腹部に線が走り、体液が溢《あふ》れ出て上半身がどさりと落ちた。どくどくと体液が漏れ出て、あっという間にその場に水溜まりができていた。

「ああ、あああああああっ！」

マザーの上半身と下半身が、別々にもがき苦しみ始める。だが、すぐに切断面から身体が崩れていき、動きが鈍くなっていった。

「嫌よぉ、嫌よぉっ！　こんなのあり得ないわ！　せ、世界の意思の加護を受けた、この私が……ああ、あああ……」

マザーの呻《うめ》き声《ごえ》もどんどんと小さくなっていく。戦いは終わったと考えてよさそうだ。

《英雄剣ギルガメッシュ》の一撃をまともに受けたため、その魔力によってマザーの身体は蝕《むしば》まれ、崩壊を始めている。すぐに死へと至るだろう。マザーにこれ以上俺へと抗《あらが》うすべはない。

「……どうやら、これで終わりみたいですね」

俺は安堵の息を吐き、背の鞘へと《英雄剣ギルガメッシュ》を戻した。

「ここ、これで、終わり……？　ウフフフ、アハハハハハ！　ざ、残念だったわねえ……！　見当外れなのよぉ！　まだ、終わってなんていないわ！」

マザーの崩壊は既に首許まで達していたが、か細い声でせいいっぱいに俺を嘲弄する。

「な……何が……」

負け惜しみかとも思ったが、どうやらそういうふうでもないらしい。マザーは体液塗れの苦悶《くもん》の顔を更に歪ませ、不気味に笑って見せた。

「アハ……お前、ここまで来たということは、門番をさせていた三女マリーは倒したんでしょうけど……四姉妹の、他の三体はどうしたのかしらねぇ？」

俺は息を呑む。確かに、マリーしか見ていない。

「末女リリーは、既に都市に攻め入っているわ……フフ、今頃都市は、死体の山になっているわ」

「すっ、既に都市に!?」

ということは、今頃ポメラ達とぶつかっているかもしれない。ポメラ達をマナラークに残したのは、やはり正しかった。

とはいえ……本当に、末女リリーはポメラの撃破できる相手だったのだろうか。末女リリーのレベルはいくらだろうか？　ポメラはせいぜいレベル２００なので、それ以上であるとかなりキツくなる。

　三女マリーは俺の振り向き誤射で死んでしまったのでレベルの見当が全くつかないのが痛いところだ。フィリアがいるので問題ないと思いたいが……。

「次女メリーは狡猾《こうかつ》で、長女のドリーは私以上のポテンシャルを秘めているわ。私の大事な、大事な娘達は既に、私の死を察知して、僻地《へきち》へ逃れているはずよ。あの子らは、いずれ私以上に強くなり、国を滅ぼし……お前を殺す。そのときが、お前の最期よ……！」

　……厄介なことになった。マザーの残党を取り逃がしてしまったか。

　野放しにしておけば、きっとたくさんの人を殺すだろう。俺が逃がしたようなものだ。どうにか見つけ出して、処分しなければ……。

　そのとき、天井に大きな亀裂が走った。すぐさま崩壊して何かが落ちてきた。

　周囲に土埃《つちぼこり》が舞う。落下してきたのは、ひっくり返った巨大な蜘蛛であった。

　マザーよりも更に大きい。ただ、人間の上半身はついていない。純粋な蜘蛛の魔物であった。

　巨大蜘蛛はひっくり返ったまま、ゴバァと口から体液を漏れ出させた。脚は全く動かない。既に絶命しているようだった。

「わっ、私のドリィィィイイイ!?」

　マザーが、ほとんど頭部しか残っていない状態で叫び声を上げた。

　巨大蜘蛛の腹の上には、一人の少女が立っていた。滑らかな絹のような白い髪が、ふわりと空気抵抗に乱れる。血を連想させる毛先の赤が、この地下を照らす鉱石の輝きに当てられて神々しい。

　彼女の細い白い指が自身の前髪を掻き分け、マザーの頭部を一瞥《いちべつ》する。その後、何事もなかったかのように、碧《あお》と深紅の左右で色の異なる瞳を、俺の方へと向けた。

「ル、ルナエールさん……？」

俺は彼女の名前を呼んだ。

恰好《かっこう》は魔法都市で見かけたときの黒ローブではなく、《地獄の穴《コキュートス》》で纏っていたときの白い衣であった。

しかし、ルナエールであることは疑いようがない。そもそも、こんな美しい人は、俺は二人と目にしたことがない。

彼女、ルナエールは俺が名前を呼ぶと軽く瞬きをして、それから手にしていた何かを、どうでもよさそうに放り投げる。それは巨大蜘蛛の死体の上を転がり、地面へと落ちた。

人間の頭だった。いや、魔物の頭部だ。左右対称に、八つの目があった。

「メ、メリィ……あ、ああ、そんな……」

マザーの頭が、がくりと力なく天井を向いた。頭部が石化したように白くなり、亀裂が入ってバラバラになった。

……どうやら巨大蜘蛛の方が長女ドリーで、この頭は次女メリーのものだったらしい。愛娘《まなむすめ》二人の死が、死の間際であったマザーの心に完全に止めを刺したようだ。もう少し早く死んでいれば、少なくとも二体の死は知らずに死んでいっただろうに、敵ながらマザーも運が悪かった。

これでマザー四姉妹の内、少なくとも三体は片付いていたことが明らかになった。後は魔法都市に向かったらしい末女リリーさえ討伐されていれば、少なくともマザー四姉妹は滅んでいたことになる。

ルナエールは上の階層で次女メリー、長女ドリーと鉢合わせしたらしい。

それで交戦になって……まぁ、ルナエールの圧勝であったことは想像がつく。

というか、まともに戦いにもならなかったはずだ。ルナエールは俺よりも遥かに強い。大将のマザーであの程度だったのだから、四姉妹が束になったとしてもルナエールには傷一つ付けられなかったはずだ。

しかし、なぜルナエールはこの場に現れたのだろうか。元々彼女は冥府の穢れがあるため、《地獄の穴《コキュートス》》を出て外を歩くことはできないと口にしていたはずだ。

恰好こそ違っていたが、魔法都市マナラークで出会った黒ローブの魔術師も、ルナエールであったに違いない。なぜあのとき、俺の前に姿を現しておきながら、何も言ってくれなかったのかも気にかかる。

何か、俺にどうしても伝えなければいけないことでも言い忘れていたのだろうか。だとしてもマナラークでは何も言わず、なぜこんなラーニョの巣の地下深くまで追いかけてきてくれることになったのかもわからない。

ルナエールのおかげでマザー四姉妹の長女と次女が各地に逃走するのを防ぐことはできたが、それは結果論である。元々それが目的であった、ということはまずないだろう。

まさか偶然、全く同じタイミングでラーニョの巣に用事ができた、というわけでもあるまい。ここに来る前に、冒険者ギルドの手前で感じた視線も、恐らくルナエールのものであったはずだ。

「ル、ルナエールさん……その、どうしてこんなところに……？」

俺が尋ねると、ルナエールはオッドアイをぱちくりと瞬きさせる。それからそうっと不安気に唇へと手を触れた。

「ルナエールさん？」

ルナエールは小さく咳払《せきばら》いをして、口を曲げてそっと目を逸らした。

「奇遇ですね、カナタ。まさか……その、こんなところで顔を合わせることになるなんて、思いもしませんでした」

「ぐ、偶然はさすがに無理です、ルナエールさん！」

思わず突っ込んでしまった。本人が隠し通したいのであれば見逃してあげたいのはやまやまだが、さすがにあまりに苦しすぎる。

ルナエールがびくっと肩を震わせ、恥ずかしそうに白い頬を赤く染めた。

「……別に、そうおかしなことですか？　偶然、強い魔物の気配を感知できたので、様子を見に来ただけです。放置していれば、国一つが簡単に滅んでしまってもおかしくはないですからね。元々、時折こうしたことは行っていました。まさか、同時にカナタがここを訪れているとは、思いもよりませんでした」

ルナエールは淡々とそう口にした。

「い、いえ、でも、以前は全く《地獄の穴《コキュートス》》から出ていないと……」

俺と出会ったばかりの頃のルナエールは、人間との接触に対してかなり複雑な感情を抱いている様子だった。外に出るようなことは、全くしていないと口にしていたと思うのだが……。

「一部の例外を除いて、です。そこまで厳密に説明する意味はないでしょう」

「でも……」

「ここで会ったのは確かに偶然ではないのかもしれません。未知の魔王の巣に単独で踏み込めるような人間は、あの都市の周辺には私とカナタくらいしかいなかったでしょうからね。しかし、そうだとして、カナタは何をそこまで気にしているのですか？」

ルナエールはきっぱりと言い切った。

「……そ、そうですか、ですよね。いえ、すいません」

確かに、言われてみればそんなものかもしれない。

ルナエールが人間に対して複雑な感情を抱いていたのは間違いない。しかし、それでもルナエールは、出会った当初から、縁も何もない俺の身を案じて、高価なアイテムをいくつもくれたり、付きっ切りで修行をつけたりしてくれていたのだ。傷つくのを承知でひっそりと魔王の脅威から世界を守っていたとしても、何らおかしくはない。

俺が一方的に、もしやルナエールが俺の様子を見に《地獄の穴《コキュートス》》を出て会いに来てくれたのではなかろうかと思い上がって、それを前提にあれこれと考えてしまっていただけなのだ。考えてみれば当然のことなのだが、勝手に盛り上がって、勝手に落ち込んでしまった。

「別に、その……わ、私は、カナタに会いたくなかったといえば嘘になりますし……多少は、そういう考えもあったかもしれません」

ルナエールは俺の様子を見て、毛先の赤い部分を指で弄《いじ》り、少し顔を逸らしながらそう口にした。

「本当ですか！　嬉しいです！　俺……もう、何年もルナエールさんに会えないんじゃないかと考えていまして……！」

「そ、そうですか、カナタは、私に会えてそんなに嬉しいのですか」

ルナエールはやや俯いて少し声量を落とし、俺の言葉を噛みしめ、再確認するようにそう言った。ちょっと顔が赤くなっている。俯いた顔を軽く覗き込もうとすると、ルナエールはさっと顔を逸らした。

「ルナエールさん？」

「それにしても……唐突に、随分と規模の大きな魔王が現れたものです」

ルナエールは俺から顔を逸らしたまま、彼女の背後の、蜘蛛の魔王マザーの残骸へと目を向けた。

マザーの肉体はほとんど崩れており、溶けた肉片や体液、骨ばかりが残っていた。変色した肉塊の中に、下腹部に埋め込まれていた、大きな紫紺色の水晶だけが残っている。

「こんな大きな魔物の巣は、私もほとんど見たことがありません。これまで全く感知されていなかったとなると、短期間に急成長したことになりますが……」

「やっぱり、かなり規模が大きい方なんですか？」

「ええ、レベルは確認しましたか？」

「レベル９９９でしたね。配下の数は多かったですが、そちらもレベルはそこまで……」

ルナエールは俺の言葉を聞いて、オッドアイの双眸《そうぼう》を細める。

「……そこまででしたか。魔王が、そこまで強大になるまで放置されていたなんて……。何か、妙なことの予兆でなければよいのですが」

「レベル９９９って、そんなにまずいんですか……？」

俺が尋ねると、ルナエールが呆《あき》れたように息を吐く。

「カナタは《地獄の穴《コキュートス》》しか知りませんし、外に出てからまだ日が浅いですから、仕方ありませんね……。ただ、レベル１０００となると、一つの大きな国が戦力を全て掻き集めて対処に当たって、それでももしかしたら滅ぶかもしれないクラスの魔王です」

「え……」

俺の脳裏に、フィリアがマザーに土下座させて威張っている図が浮かび上がった。レベル１０００で最強格の魔王なら、最大でレベル３０００にまでなったフィリアは一体なんなんだ……？

「最低クラスの魔王でレベル３００からですからね。それでも小さな国だったり、対応を誤ったりすれば、充分一つの国がなくなるかもしれない大災害になります」

「うん？」

……確か、ノーツはレベル４００近くだったはずだ。あの人、ゾロフィリアなしでも小国一つ相手取れるくらい強かったのか……？

「カナタは、変なところに鈍いですね……。《歪界の呪鏡《わいかい》》もありましたから多少は仕方ないかもしれませんが、そこまで感覚がずれ込んでいたなんて。……でも、その……わ、私は、そういうカナタの少し抜けたところも、可愛気があって嫌いではありませんよ」

混乱してきた。確かに、何となく色々なことがおかしいような、そんな気はしていた。

価値観がずれ込んでいることを意識させられたことも、一度や二度ではなかった。しかし、しかし……だとしたら、どうしても決定的に引っ掛かることがある。

「ルナエールさん」

「どうしましたか、カナタ？」

ルナエールが、くすっと微笑んだ。

「あの……俺がレベル４０００以上まで上げたのって、最低限、外で安全に暮らせるようにだったんですよね……？」

ルナエールは顔から笑みを消し、目を大きく見開いた。

「レベル１０００で、大国一つ落とせるレベルなんですか……？　あ、あの、今の俺ってどうなってるんですか？」

「ち、ちち、違います……。え、えっと、そ、その……ち、違うんです、本当に……」

ルナエールは困ったように目を泳がせ、口をぱくぱくとする。

「ほ、本当です、信じてください。不必要に過剰な修練でカナタを潰して、ずっと《地獄の穴《コキュートス》》に閉じ込めておこうだなんて、本当にそんなこと、全く考えていませんでしたから」

「落ち着いてくださいルナエールさん！　そんな恐ろしいこと、誰も疑っていません！　ただ、その……認識のズレがあるかもしれなかったので、正しておきたいなと……」

「た、確かにその……カ、カナタと離れるのが寂しくて、少し目標を高めに設定しすぎたかもしれませんが、え、えっと、その……」

ルナエールは落ち着かない様子で、自分の指を口許に押し当てていた。

「い、います！　結構、レベル４０００、５０００くらいまでは。レ、レベル１０００で大国と渡り合えるのは、言い過ぎたかもしれません」

「ルナエールさん……」

「わ、私も、最大でレベル１００００くらいの相手と会ったことがあります」

「本当ですか……？」

「ほ……本当です、よ……？」

普段無表情なルナエールが、不安気な、必死に俺へと懇願するような表情をしていた。

「な、なるほど……そうなんですね。転移者は狙われやすいみたいですし、注意しますね」

俺が納得した振りをして頷くと、ルナエールは安堵したように大きく息を漏らした。

「いえ……ま、まぁ、カナタくらいのレベルがあれば、大抵の難事に巻き込まれてもどうにかはなると思います」

こ、このことは、あまり深くルナエールには突っ込まないでおこう。

本人も永く人慣れしていないと言っていたが、ルナエールには変な方向に極端に拗《こじ》らせている部分がある。本人の中で、色々と折り合いのついていないこともあるのだろう。

俺はただ、心中でロズモンドへとひっそりと謝罪した。今考えれば、彼女が激怒するのもやむなしの言動をかなり繰り返していたように思う。

「カナタの方は、《地獄の穴《コキュートス》》の外に出てからどうでしたか？　こちらの世界の、人里を歩くのは初めてになるのですよね？」

ルナエールの問いに、俺は頷く。

「はい。ちょっと色々と巻き込まれて大変でしたが……なんとか、楽しくやって行けていると思います」

俺はルナエールへと苦笑いを返す。

文化的にあまりに躊躇《ためら》うポイントは、これまで驚くほど少なかったように思う。食文化でも、清潔さでも、あまり苦労した覚えはない。元々、この世界はナイアロトプや、他の神が色々と手を加えて作った、転移者を招いて見物するための世界だという話だった。恐らく、そういった事情が関わっているのだろう。

厄介な冒険者に目をつけられたり、ゾロフィリア騒動に此度のラーニョ騒動と問題ごとは尽きないが、どうにか楽しくやれている。

「それはよかったです。その……他に、交友関係だとか、人間関係の面はどうでしょうか？」

「え……交友関係、ですか？」

「ひ、久々にカナタに会いましたから、どういった旅をしていたのか、少し聞いてみたいだけです」

「そうですね……少し、濃い人が多くて。一番気になっているのは、ガネットさんですかね」

この都市での出来事を語るのであれば、ガネットが一番かと思ったのだ。

何せ、マナラークの心臓部のような人だ。俺としても恩人でもあるが、ちょっと怖い相手でもある。よく顔を合わせたので、エピソードにも事欠かない。

ルナエールはガネットの名前を聞いて、眉を少し怪訝《けげん》気に歪めた。

「このマナラークのギルドマスターと、錬金術師団の《魔銀の杖《ミスリル》》の幹部を兼任している人なのですが……」

「……他に、もっとよく顔を合わせる相手はいませんか？」

ルナエールが急かすように口にした。

「え……じゃ、じゃあああの、フィリアちゃんの話を……」

ゾロフィリア云々《うんぬん》の一件は、ルナエールにとっても珍しい話になるかもしれない。

「もしかして、疚《やま》しいことがあるから、避けているのですか……？」

オッドアイの双眸が、ジトっと俺の顔を覗く。

「え……？」

「い、いえ、なんでもありません。そ、そういえばカナタは、エルフを目にしたことがありますか？　耳の長い、精霊魔法に長《た》けた一族なのですが……」

な、なぜ、唐突にエルフの話を……？

ルナエールは、反応を窺うように、俺をじっと見ている。

「えっと……もしかして、ポメラさんのことが聞きたいのですか？」

「そ、その方は知りませんが、カナタの冒険者仲間のお話は少し聞いてみたいですね」

「冒険者仲間であることは知ってるんですね……」

俺がハハハと笑うと、ルナエールは大きく肩を跳ねさせる。

「い、いいえ、ただ、消去法でそうかもしれないと……」

「以前、ルナエールさん、ポメラさんやフィリアちゃんは見ていましたもんね。あのとき、どうして声を掛けてくれなかったんですか」

「そ、そ、それはその……いえ、あの……」

ルナエールが、顔をどんどんと赤く染めていく。あわあわと、視線を右へ左へと逸らす。

……ルナエールとしては、これもあまり聞かれたくないことであったらしい。こうときは深入りせずにさっと流してあげた方が本人が安心することは知っているが……慌てふためいているルナエールも、正直可愛い。

「……わ、私は、そんなことはしていません」

「え……？　し、しかし……」

「た、他人の空似でしょう。私には冥府の穢れがありますから、都市の中に入り込もうものなら、大変なことになります。で、ですから、私ではありません。黒いローブにも、こ、心当たりがありません」

　ルナエールは早口でそう言い切った。瞳に薄《う》っすら涙さえ溜まっていた。

「えっと……その、ルナエールさん。上手く言えませんけど、俺は、何があったってルナエールさんを嫌いになったりなんてしませんよ。ですから……」

　ルナエールは、俺の言葉に一層、白い頬を赤くして、困ったような顔をする。顔を伏せ、そっと衿で隠そうとした。

　ルナエールはちらりと俺の顔を見た後、ぐっと決心したように眉根を寄せる。目を瞑って息を整えてから、改めて俺の方へと向き直る。

「じ、実は……その、カナタに言おうと思っていたことがあるんです」

「俺に、ですか？」

「はい、実は、冥府の穢れを抑えるローブ……」

　め、冥府の穢れを抑えるローブ……？　そんなものがあったのか……いや、もしかしたら、外に出るために造ったのかもしれない。

　そうか、だから都市に出てくることができていたのか。あのときに纏っていたローブは、ルナエールの冥府の穢れを抑え込むためのものだったのだ。元々ルナエールは外に出ようという気持ち自体がなかったため、これまでは冥府の穢れを抑え込むアイテムを造ろうという発想自体がなかったのかもしれない。

だ、だとしたら、今後、ルナエールさん、俺と一緒に外を見て回ってくれ……？

「もしかしてルナエールは外を自由に出歩くことができる……！」

「……ローブには、心当たりがないと言ったところでした」

ルナエールは額から汗を垂らし、口許を手で押さえて、しまったという表情をしていた。

「え……？」

「……す、すいません、やっぱりその、なんでもありません」

「大丈夫ですよ、ルナエールさん！　なんというか……もう、大体察しましたから！」

「ち、違います、わわ、私ではありません！　そんな、こそこそと後を付け回した挙句、隠れ見て勝手に動揺して攻撃して逃げるような、そんなことはしていません！」

「あれはそういうことだったんですか!?」

俺が驚きの声を上げると、ルナエールは顔を青くし、口を固く閉じた。

「きょっ、今日は、偶然とはいえ、カナタとお話しできて良かったです。私は用事が終わったので、また《地獄の穴》《コキュートス》に帰りますね。ま、またお会いできるときを楽しみにしていますよ」

ルナエールはそう言うと、宙に魔法陣を浮かべた。

「ま、待ってください、ルナエールさん！　まだまだ話したいことが山ほど……！」

俺はルナエールを止めようと彼女の腕を摑んで引き留めようとしたが躱され、人差し指でトンッと額を突かれた。

「いたっ」

「時空魔法第十階位《転移門《ゲート》》」

ルナエールの身体が光に包まれる。俺は抱き着いて止めようとしたが、身体が通り抜けて地面へと倒れてしまった。

時空魔法の《転移門《ゲート》》は、使った魔力次第で、いくらでも遠くの場所へと瞬間移動することができる魔法だ。数ある魔法の中でも、複雑で発動までかなり時間が掛かるはずだ。だというのに、ルナエールは一瞬で発動してしまった。

「……次会ったときには、どうにか引き留めないと」

俺は地面の上に倒れながら、一人でそう零《こぼ》した。

7

魔王マザーと、その配下の四姉妹は全て滅びた。後は主を失った大量のラーニョが残っているはずだが、それは大したことではない。また地道に討伐依頼が出され、数を減らしていくことだろう。

魔法都市マナラークから商業都市ポロロックへの大移動は延期になっていた。

どうやらマナラークへ襲撃に来た末女リリーが魔王だった、という話になっているらしい。今は魔物の動向を冒険者達が調査して、魔王が本当にもういないという裏付けを探しているようだ。マザーは既に死んでいるため、じきに大移動は延期ではなく中止になるだろう。

気になる……といえば、マザーの骸《むくろ》は妙なものを残していた。下腹部に埋め込まれていた紫紺色の水晶である。嫌な邪気を放っており、後で《アカシアの記憶書》で調べたのだ。


【深淵《しんえん》の月】《価値：神話級》

邪悪な魔力を帯びた水晶玉。

十三体の強大な魔王の血を掛け合わせ、高度な錬金術によって結晶化したもの。

水晶の中には、今なお閉じ込められた魔王の魂の片鱗《へんりん》が蠢いている。

魔物を誘《おび》き寄せる力がある。また、魔物の身体に埋め込めば急激な成長を招くことができる。


どうやら……埋め込まれていた紫紺色の水晶は、かなりヤバい代物のようだった。マザーがどこであれを手に入れたのか、確かめておく必要があったのかもしれない。

森の奥に引き籠もって細々と配下を増やしていたマザーが、突然《深淵の月》を手に入れたのは不自然だ。

《深淵の月》の錬金難易度からいって、たまたまどこかで拾いました、ということは考えにくい。もしかしたら、ナイアロトプが絡んでいるかもしれない。ルナエールに相談しておくべきだった。

……因《ちな》みに《深淵の月》は、まずいかと思ったが俺が時空魔法で保管している。勿体《もったい》ない精神が抑えられなかった。

何はともあれ、魔王騒動は片付いたのだ。俺はマナラークの酒場《赤の蝙蝠《こうもり》亭》にて、ポメラ、フィリアと共に、今回の魔王騒動のちょっとした打ち上げのようなものを開いていた。

「カナタしゃーん、酷いですー！」

ポメラはぷくっと頬を膨らまし、顔を赤くしていた。ポメラが顔を赤くしているのは怒りのせいではない。なんならもっと悪い。酒に酔っているのだ。

「次のときは、カナタしゃんがフィリアしゃんを誤魔化してくれるって言っていたのに、あの直後に何事もなかったかのように去るんですもん！　普通、そんなのしますか？　ポメラ、びっくりしました！　びっくりして驚きました！」

ポメラが非難がましくそう言い、グラスをドンッと机に叩きつける。中から林檎《りんご》酒の飛沫《しぶき》が零れる。

「び、びっくりと驚くは同じ意味ですよ……」

「わかってますぅー！」

ポメラが口を尖らせ、顎を机につけていた。

「今日のポメラ、楽しい！」

「何言ってるんですか、フィリアしゃん。ポメラはいつでも楽しいですよー」

ポメラが隣の席のフィリアを捕まえ、ウリウリと擽《くすぐ》り始めた。フィリアは身体を捩って避けながらも、満面の笑みで燥《はしや》いでいた。

「ポ、ポメラさんが壊れた……」

俺はその様子を眺めつつ、思わずそう呟いた。

ポメラがこの状態になるのは、俺が見る限り二度目である。一度目は都市アーロブルクで、討伐した魔物の肉を調理してくれると聞いて《狩人《かりゆうど》の竈《かまど》》に向かったときのことである。

あのときも似たような調子だった。ポメラは酒癖が最悪なのだ。まだ首を絞められていないので、前よりはいくらかマシかもしれない。

あのときは翌日、ポメラは俺に低頭平身状態になっていた。ポメラに次に酒の話を振ったときには『生涯の恥です……本当に、カナタさんには迷惑をお掛けしました。もうお酒は一生飲みません』と涙ぐんで誓いを立てていたほどだったのだが、その誓いはどうやらなかったことになったらしい。というか、飲まないとやっていけないと思ったのかもしれない。

「カナタしゃん、この林檎酒、すっごく美味しいですよ！　甘くて、果実の芳醇《ほうじゅん》な香りが、飲んだら口の奥から広がってきて……嫌なこと、全部忘れられそうですよ！」

「……ポメラさんに嫌な思いをさせてしまって申し訳ないです」

俺は頭を下げた。

「本当ですよお……ポメラ、もう一生このイメージを背負っていくしかないんですよ。もう、もう、ポメラ、お嫁にいけません……」

ポメラが林檎酒を一気に飲み干し、机へと頬をつけた。

「そ、そんなことありませんよ。ポメラさんは可愛いですし……」

「そう思うんだったら、カナタしゃんが責任取って結婚してくださいよお！　ポメラをもらってくださいいいい！」

ポメラが俺のローブの袖をぐいぐいと引っ張る。

「は、放してくださいポメラさん！　俺が悪かったですから、謝りますから！」

「やですぅうう、ポメラ、一生放しませんもん」

「仕方なかったんです！　結果的にほら、いい方に向きましたし……。魔王は倒せて、魔法都市も守ることができました」

「でも、でもぉ……」

ポメラが嘆いていると、帰るところだった冒険者らしき二人組が、ポメラを見つけて歓声を上げた。

「お、おい、あの人、魔王を倒したポメラじゃないのか？　《軍神の手《アレスハンド》》のコトネを筆頭に、この都市の冒険者が束になっても敵わなかった魔王を、一発で倒したって噂の……！」

「ほ、本当にあの人がポメラなのか？　酔い潰れてるぞ？」

俺は席を立ち、ポメラの背を撫でた。

「ポ、ポメラさん、見られています！　名前もバレてます！　しっかりしてください！」

俺達の許へと、二人の冒険者が近づいてきた。

「あ、あの、聖拳ポメラさんですか！」

その呼び名を聞いて、ポメラがムスッと頬を膨らませる。

……そう、ポメラの新しい渾名《あだな》は聖拳ポメラである。聖女から格が上がったのか、下がったのかまるでわからない。

フィリアが巨大な腕を出して末女リリーを叩き潰したらしいのだが、その際に色々と誤って伝わり、ポメラが魔王を素手で叩き殺したことになってしまったらしい。ポメラは何がなんだかわからないと憤っていたが、聞いている俺にも全くわからない。

ポメラは精神の幼いフィリアに注目を集めるわけにはいかないと思って消極的ながらも手柄を認めるようなことを口にしてしまったため、それがまず理由の一つだろう。後は、ポメラがアルフレッドを杖で殴り飛ばした事件が有名であったため、意外と肉体派という誤った認識が広まっていたのが二つ目だ。

それらが要因となり奇跡的な形で合わさり、『ポメラが魔王を素手で殴り殺した。気迫のあまり腕が大きく見えた』という最悪な広まり方をしてしまったようだ。

そのせいで、ついた渾名が聖拳ポメラである。

「あの、聖拳ポメラさん、握手してください！　ファンなんです！」

ポメラがその場でシュッシュッとシャドーボクシングをやって見せた。

「今のポメラはオフなんです。カナタしゃんとゆっくりお酒を飲んでるんです。邪魔するとポメラの拳が火を噴きますよ」

「す、すいませんでした！」

二人の冒険者は逃げるように去っていった。

「ポメラ、格好いい！　聖拳ポメラ！」

フィリアがポメラに抱き着いた。ポメラは得意げな表情を浮かべ、林檎酒の残りを飲み干した。

8

カナタと別れたルナエールは、マナラークの教会堂に残したノーブルミミックと再会していた。

通常の状態で都市に入れば冥府の穢れで混乱が起きるので、今は既に《穢れ封じのローブ》へと着替え直している。

ルナエールはノーブルミミックに、カナタが魔王マザーを討伐した一件と、その後の話し合いについて断片的に話していた。

「あのときのカナタは、大真面目な顔をして『何があってもルナエールさんを嫌いになりませんから』なんて言い始めて……ま、全く、困ったものです。カナタは、急にああいうことを言い出すところがありますからね。最初に《地獄の穴《コキュートス》》で別れたときだって……」

ノーブルは箱を閉じ、ただじっとしていた。いつもなら途中で相槌を打ってきそうなものだが、今はその様子もない。

「……聞いていますか？　ノーブル」

「惚気《のろけ》ハ、ワカッタ。ソレ以上ソコバッカリ掘リ下ゲラレテモ、聞イテイテツマラナイゾ」

「聞きたがったのはノーブルではありませんか。私はカナタの話をしろと言われたので、カナタの話をしただけです。聞きたくないのでしたら結構です」

ルナエールは腕を組み、ムッとしたようにノーブルへとそう返した。

「……訊《き》キ方ガ悪カッタナ。何デ、マタ逃ゲテキタンダ？」

「えっ……」

ルナエールが眉尻を下げる。

「そ、そこはどうでもよくありませんか？　まずは私は、長らくの課題を果たしたわけですから。まずはそこを喜んでくれても……」

「イヤ、全然ヨクナイガ……」

「状況は好転したではありませんか。何がそんなに不服なんですか」

「……次ハ、何ト言ッテ会ウンダ？　マタ理由ヲ付ケテ離レテキタナラ、ソレガ足枷《あしかせ》ニナルダノ言イ出スンダロ？」

ルナエールは大きな瞳を瞬かせる。

「……そうでした、《穢れ封じのローブ》なんて知らないと言ってしまいましたし、もう《地獄の穴》《コキュートス》に帰るとも言ってしまいました……。そ、その、その場の流れと、勢いで……」

「モウ帰ルカ!?」

「い、嫌です！　だ、だって、カナタの傍には、あのハーフエルフだっているんですよ！」

「ヨシ、ジャア今スグ行クカ」

「そ、それも嫌です！　帰ると、帰るともう、言ってしまったのですよ！　それに、黒いローブなんて知らないとも！　これですぐさま姿を現したら、私が馬鹿みたいではありませんか！」

ルナエールが必死にノーブルミミックをそう説得する。ノーブルミミックは力尽きたように、ゴトンと箱を横に倒した。

「本当ニ、オレヲ連レテ行ッテクレ……。ナ、主、悪イヨウニシナイカラ。オレモ、カナタニ会イタイゾ」

「駄目です。ノーブルは、何を言い出すのかわかったものではありません。人の気持ちがわからないから、ああしろこうしろと、好き勝手にそう言えるのです。取り返しの付かないことになったら、どうしてくれるのですか」

「ナァ、主……オレ、ソンナ駄目ナコト、コレマデ言ッタカ……？　カナタハ、何ガアッテモ嫌ワナイッテ、ワザワザ言ッテクレタンダロ？　信ジテヤレヨ」

「そうですが……そ、それとこれとは別なんです！」

反省会という名目の、永遠に続きかねないルナエールの惚気話と怒濤《どとう》の言い訳を前に、ノーブルミミックもいい加減うんざりし始めていた。

ふとその時、教会堂の外から大きな声が聞こえてきた。何か、騒いでいるようであった。

「……なんでしょうか？　魔王の一件が尾を引いていて、細かい騒動でも起こっているのでしょうか？」

ルナエールが人間だった時代でも、そういった騒動は珍しくなかった。魔王を撃退しても、そのための国の重税や懲役、犠牲ありきの作戦に不満が募り、騒動が起きることは珍しくない。それでひっくり返った国もあるのだということを、ルナエールは知っていた。

今回であっても、強引に進めた住民の大移動と、その唐突な中止である。過去に比べれば大したものではないが、一部の人間が騒ぎを起こしたとしても、それは不思議なことではない。

「イヤ……ココガ怪シマレテル」

「ここですか？　もしかして、ノーブル、何か余計なことを……」

「主、魔法、使ッタロ」

「……そういえば、そうでしたね」

ルナエールは教会堂の外へと目を向けた。

以前、ルナエールが《超重力爆弾《グラビバーン》》を飛ばして教会堂を半壊させ、その際に《物の記憶《オブジエメモリ》》で再生したのだ。

そこまではよかったが、《物の記憶《オブジエメモリ》》で教会堂に宿る記憶を遡りすぎたせいで、寂れた廃教会堂が、すっかり綺麗になってしまったのだ。

「何かしらの偽装をしておくべきでしたか。甘かったです」

「マァ、ソレニ関シチャ、オレモ急カシタカラナ……。移動シタ方ガイインジャナイノカ？」

「しかし、《穢れ封じのローブ》も完全ではありません。普通の宿に入り込むわけにもいかないでしょう。別に都市の外でも構いませんが、カナタを監視……見守るためには、やはり都市の内側にいた方がいいでしょう」

「サラット恐ロシイ言葉ガ漏レタゾ」

「……放っておけば、あのハーフエルフが私のカナタに何をするかわかったものではありません」

「オ、オウ」

ノーブルが呆れたように返し、ふと何かを思い出したように、周囲をきょろきょろと探す。

「どうしましたか？」

「主、今回ノ土産ハ？」

「……ありませんよ？」

ノーブルがあからさまにがっかりしたように、大きく息を吐きだした。

「オレ、一向ニ前ニ進マナイ、主ノ愚痴聞イテ頑張ッテルノニ……」

「わ、わかりましたよ。また何か、探しておいてあげます」

「前ノ！　前ノデイイ！」

前回ルナエールは、ノーブルに《マナラークの地中豆パイ》をお土産として持って行っている。

ノーブルが言っているのはそれのことであった。

「……ノーブルがそこまで言うのは珍しいですね。わかりました、買っておいてあげます……」

そのとき、扉が開かれる音が聞こえてきた。複数の足音が近づいてくる。

「ア、主……！　コレ……！」

「真《ま》っ直《す》ぐ向かってきますね。ノーブルは、一旦ただの宝箱の振りをしてやり過ごしてください」

「ワ、ワカッタ」

ルナエールが教会堂の奥へとさっと隠れる。

その直後、五人の人間が入り込んできた。先頭に立つのは、白と赤の派手なローブを纏った、大柄の中年男であった。頭は禿《は》げ上がっており、身体はぶくぶくに肥えている。頬が大きく腫れていた。

「ドアール司祭様……これは、一体……！　確かにここは、数十年以上手入れがされていない場所であったはずなのに……！」

「奇跡じゃ、奇跡が起きたのじゃ！　神の愛じゃ！」

ドアール司祭と呼ばれた中年の男は、その場に膝を突いてオイオイと涙を流した。

「神の愛……ですか？」

「うむ、そうじゃ！　我々は神の愛を無駄にしてはならぬ！」

「なるほど……要するに、何をすればよろしいのですか？」

「うむ！　我々にはこのネタを誇張して喧伝《けんでん》し、支援金と寄付金を募る義務がある！」

「……なるほど？」

部下が首を傾《かし》げる一方、ドアールは教会堂の中を目敏《めざと》く見回す。そして宝飾がふんだんにあしらわれた豪奢《ごうしゃ》な宝箱を見つけると、額に皺《しわ》を寄せ、小走りでそちらに近づいて行った。

「ドアール司祭様！　何を！」

「ムムッ！　恐ろしい呪気！　この宝箱は呪われておる！　解呪せねば、この都市に未来はない！」

「な、なるほど……。なぜそんな宝箱が、神の愛を受けたこの教会堂に？」

「知らぬ！」

「なるほど……」

ドアールは、ぶくぶくに肥えた人差し指を教会堂の扉へと伸ばした。

「私の部屋に運んでおきなさい！　誰も開けてはならんぞ！　凶悪な呪いじゃ、未熟者が開ければ命はない！　私一人で解呪に当たる！」

「ハッ、お任せください！」

部下が、豪奢な宝箱……ノーブルミミックを二人掛かりで担ぎ、せっせと運び出していった。

「では、我々も調査を切り上げるとするか」

「え……？　ま、まだ、まともに調査を行っていないのでは……」

「宝箱の解呪もある。それに、この教会堂の奇跡を広めねばならん！　これは面白く……いや、忙しくなってきたぞう！」

慌ただしくドアール一派が引き上げていく。

彼らが出て行ってから、ルナエールは教会堂の奥からそうっと顔を出す。それからノーブルミミックが連れ去られた扉の外を、真顔で眺めていた。

「まあ、どうとでもなるとは思いますが……」

9

上位世界の一つ、幾つもの次元の裂け目のある真っ白な空間で、ナイアロトプは頭を抱えていた。緑の髪をワシワシと掻き毟《むし》る。

「どうしよ、これ……」

次元の裂け目から覗いているのはカナタの様子であった。

既にカナタがマザーを討伐してから数日が経過していた。魔王の討伐報酬が出るかもしれないだのなんだのと、冒険者ギルドで騒いでいるのが見えていた。

マザーに《深淵の月》を渡したのは、ナイアロトプであった。既存の魔王を強化し、カナタを処分させようと考えたのである。

正直、ナイアロトプも、ちょっとこのくらいでは足りないかな、と考えていた。だが、本当に異世界ロークロアを崩壊させるわけにはいかないのだ。対応できない化け物を投じれば、バグであるカナタだけではなく、世界そのものを吹っ飛ばしかねない。

マザーでは力不足だとは思っていた。しかし、ナイアロトプに任されている権限にも制限がある。それにできないと言えば、主である上位神の反応が怖かった。

とりあえずその場凌《しの》ぎ的にどうにかして見せます、努力しますとは言ったが、ぶっちゃけ無理だろうな、奇跡起きないかな、とずっと念じていた。

奇跡は起きなかった。ついでに、想定よりカナタとルナエールが遥かに強いことが明らかになった。

「これもう、今の僕の権限じゃ、手の出しようないんじゃ……嫌だなぁ、なんでこんなことに……。だから僕はあのとき、僕が直接始末しに行きますって言ったのに。前にカナタ・カンバラの《メモリースフィア》が出回ったときに、散々主様が馬鹿にされてたからなぁ……」

ナイアロトプは顔に手を当て、深く溜息《ためいき》を吐いた。

ナイアロトプは上位神に仕える下位神である。ナイアロトプの失敗は、神界の世間的には、主の失敗として認知される。そのため、ナイアロトプもこれまで散々、カナタの件では主から詰《なじ》られていた。

カナタの《メモリースフィア》が配信された当初、異世界ロークロアはもうボロクソに叩かれていた。元々複数人の転移者の旅の軌跡を追って、物語として提供するのがナイアロトプ達の役目なのだ。それが一人、ナイアロトプの大へマでバランスブレイカーが投入されたことによって、他の転移者のドラマや成長を楽しみにしていた既存のファンが当然の如く大ブーイングを起こしたのだ。

神々の間で流行っているSNSの《ゴディッター》では、既存ファンと珍事を聞きつけて馬鹿にしに来ただけの野次馬の間で激しい論争が繰り広げられ、書き込まれた回数の多い人気ワードの一位がナイアロトプの主への罵倒となり、二位がカナタとなっていた。神々は、基本的に暇を持て余した厄介な連中が多かった。

「全部僕のせいみたいな空気になっていたけど、あのときさっと僕が処分しとけば、今よりずっと傷が浅く済んでいたのに。そうだよ、僕は最善策を出していたんだ。なのに主様が、ぐちぐちと古い考えで文句をいって、それはダメこれはダメって難題吹っ掛けるから、ほら、こうしてダメージが大きくなった」

ナイアロトプは頭を抱える。

次元の歪《ひずみ》の一つを手で動かし、世界時間を確かめる。世界時間は、時間の流れが違う多数の次元を考慮したものであり、絶対の指標になるものである。

確認したナイアロトプは、はあ、と溜め息を吐いた。カナタ・カンバラの最新の《メモリースフィア》が公開されてから、もう二時間近く経過していた。《ゴディッター》でナイアロトプの主が馬鹿にされているピークである。

「やだなぁ……また僕が怒られるんだろうなぁ……。なんでニンゲン一人のせいで、この僕がこんな目に遭わないといけないいんだ……。神だぞ、僕は……神なんだぞ……？」

ロークロアのルールとして、生きている限り転移者の《メモリースフィア》は更新し続けることになっていた。破ってしまえばいいのに、ナイアロトプの主は『ルールは守らなければならない』といって律義に作業を続けさせている。

神々は基本的になんでもできるが故に、暇を持て余している。世界を一つ使って行うこのロークロアの企画でも、神々の干渉する範囲に細かく制約を設けることで、他の神々の関心を得ていたのだ。なので、思い通りにいかなかったとしても、権限で捻《ね》じ曲げるようなことはしてはいけない。

一度でもそれを行ってしまえば、他の神々は一気にロークロアへの関心を失ってしまう。

ナイアロトプもそれはわかる。わかっているつもりだった。だが、さすがにここまで来たら、もうルールを破ってでもカナタを排除した方がよかったに違いないと、考えるようになっていた。

「見ないわけにもいかないからなぁ……ああ……」

ナイアロトプは片目を閉じながら、次元の歪の一つを指で押し広げた。中では複数の文字列が飛び交っている。

《ゴディッター》である。見たくなかったが、主からロークロアの反響を定期的に確かめておけと命令を受けていた。

『カナタ強すぎでしょ』

『最近しょうもない敵に引っ張る奴が多かったから助かる』

『このまま行ったら人魔竜滅びそう、笑』

『ルナエール不憫《ふびん》かわいい。このまま報われずにいてほしい』

『ミツル嫌いだからカナタぶつけといて』

ナイアロトプは《ゴディッター》を眺めながら、首を傾げる。その後、強張《こわば》っていた表情を段々と和らげていった。

「あ、あれ……もしかしてこれ、許されてる……？」

他の転移者のファンも、文句を言っているのは一部の少数派となり、ひとまずは鎮火の動きを見せ始めていた。

ナイアロトプは《ゴディッター》を追うにつれ、段々と引き吊《つ》っていた顔に笑みが生まれ始めていた。

これまで、状態が悪化すれば消されかねない勢いだったのだ。上位神の眷属《けんぞく》である下位神は、主の神の怒りを買えばその瞬間消されてもおかしくないのだ。

「我が眷属よ」

そこへ、主の声が響いてきた。ナイアロトプは、笑顔で次元の歪を指差した。

「見ましたか、主様！　《ゴディッター》！　《ゴディッター》を開いてください！　なんだか許されている流れになってきていますよ、ほら！　騒ぎは落ち着いてきましたし……これ、結構人気出るんじゃないですか！　野次馬も、このままファンとして定着してくれそうな勢いです！」

「愚か者め、そんなぬるい認識だったのか……」

「え……？」

　意気揚々と報告するナイアロトプに対し、上位神の反応は冷たかった。

「カナタ・カンバラが受けているのは、お前や他の下位神、そして我が、頭を捻り、手間を掛けて蒔いてきた種……布石を、高速で踏み潰しているからに過ぎない。お前は、カナタ・カンバラが他の魔王と《人魔竜》を全て滅ぼしても、同じことが言えるのか？」

「そそ、それは……し、しかし、とりあえず炎上は止まりましたよ！　ほら！　とりあえずいいではありませんか！　とりあえず！」

「《ゴディッター》など、そんなものは初めからどうでもよいのだ」

　主からそう告げられ、ナイアロトプは閉口する。手に握り拳を作り、唇を噛んで俯いた。

「まったく……その場凌ぎに、ほとんど無意味に《深淵の月》をロークロアに蒔きおったのか。神のルールとして、グレー行為であるぞ。あんなものが、偶然魔王の手に渡るものか」

「お、お言葉ですが……主様。《ゴディッター》一位に名前が出たとき、随分と怒っていらっしゃいましたよね？　気になさっていなかったと？」

「それはロークロアのバランスを、お前がヘマで崩したからだ」

「それだけではなかったはずです！　第一、僕はロークロアに行って始末すると、そう言ったではありませんか！　そんなに気にするのなら、僕の言うとおりにしておけばよかったんです！　功績は全部自分のもので、失態は全部僕のせいですか！　そうですか！　いい御身分ですねぇえ！」

ナイアロトプはそう言い切って、肩を震わせた。

上位神の怒りを買えば、眷属の下位神は消されかねない。それはわかっていたが、それでも言わざるを得なかった。

恐怖より、今は怒りの方が大きかった。確かに始まりこそ自分のヘマだが、今の失態続きは上位神の判断ミスもあると、ナイアロトプはそう考えていた。

「ほ、ほら、何も言い返せない！　はっ！　ぼ、僕が気に食わないなら、だっ、黙らせたいなら、消して黙らせたらどうですか！　もっとも、主様の失態はそれでは消えませんけどねぇ！」

ナイアロトプは苛立ちと恐怖に声を震えさせながら、そう言い切った。

「はぁ……いいか、我が眷属よ。方針は変えん、最低限の干渉で、カナタ・カンバラとルナエールは始末しろ。世界に置いている布石を活かしきるのだ。マザーに駄目元で《深淵の月》を投げたような、しょうもない真似はやめろ。グレー行為に手を出すなら、徹底的にやってしっかりと潰しきれ。それができなければ……消えるのは、お前の方になるかもしれんぞ」

上位神は、呆れたようにそれだけ言い残し、声が途切れた。

気配が去っていた。元々姿は見えなかったが、どうやらナイアロトプから意識を逸らしたようだった。

「クッ、クソ！　クソ！　カナタ・カンバラめ！」

ナイアロトプは激情のままに、足許《あしもと》の次元の歪を一つ、蹴り飛ばした。それから頭を抱え、ヘナへナと力なくその場に座り込んだ。

10

石壁に覆われた部屋の中で、二人の男が机を挟んで顔を合わせていた。

男達の背後では、それぞれに彼らの部下が二名ずつ控えていた。黙って立っているが、全員相手の動向に目を光らせている。両陣営とも、何かあれば素早く武器を抜くつもりであった。

二人の男の内の片割れは、木の幹ほどの腕を持つ巨漢であった。禿げ上がった頭をしており、目は硝子《ガラス》玉のように無機質であった。

彼の名はボスギンである。冒険者狙いの盗賊団、《血の盃《さかずき》》の頭領であった。《血の盃》は全体で五十人を超える大規模な盗賊団であった。普段は国内の各地方に分かれ、時折組織内で情報交換を行っている。幹部勢はA級冒険者にも匹敵する凄腕《すごうで》が揃《そろ》っていると、恐れられている。

一触即発の空気の中、ボスギンが口を開く。

「わかっているだろうが、オレも、お前と戦争したいわけじゃねえ。オレらだけじゃ手に余る案件があってな。お前の手を借りたいわけだ」

低姿勢なボスギンを前に、相手の男はニヤリと笑い、机の上に足を乗せた。

「そうか。だが、俺はここでお前達と殺《や》り合うのも悪くないと思っているんだがな」

「き、貴様……！　ボスギン様、こいつ、俺らを舐めてますよ！　やっちまいましょう！」

ボスギンの部下が、交渉相手に苛立ち、剣に手を伸ばした。

その瞬間、ボスギンは立ち上がって腕を振り乱し、自身の部下を殴り飛ばした。構えようとした剣が宙を舞い、部下は壁に叩きつけられる。

「あがっ！　ボ、ボスギン様……！」

「……部下が失礼した。話を続けよう」

ボスギンは頭を下げ、椅子に座り直した。

「別にさっきの話、冗談ってわけじゃないんだがな。ボスギン、お前は俺と対等に戦える、この国有数の人間だ。お前ほどの力があれば、冒険者として、そこそこのスリルを得ながら、真っ当に生きて暮らすのは簡単なはずだ。何故、この道を選んだ？　渇いているんだろう、血に」

男の言葉に、ボスギンは首を振る。

「勘弁してくれ。オレは、お前ほどはキマっちゃいない。レベルだって、そこまで高くはねぇ。オレの望みは、奪い、犯すこと、それだけだ。死にたがりにオレを巻き込むな、狂人め」

ボスギンは相手の言葉をまともに受け止めず、平静に対応した。その様子に男は興が削《そ》がれたらしく、溜息を吐いた。

「ボスギン、お前は何もわかっていない。《血の盃》も、程度が知れるというものだ。レベルなど、一つの指標に過ぎない。俺は相手のレベルが上だと知っても、それで情けなく屈服したりはしない。むしろ、自分より上の相手など、レベルを上げる絶好の機会だろうに」

「挑発しても無駄だ。それに、お前の相手は別にいる」

「ほう？」

「本題に入らせてもらおう。《血の盃》の部下が摑んだ情報だ。王城の宝物庫に保管されていた……数百年前の異世界転移者の持ち込んだ杖、《赤き権杖《けんじょう》》が持ち出されたそうだ」

「持ち出された、ね。確かなのか？　王家が、不用意にそのような真似をするとは思えんが」

男の疑問に、ボスギンが頷く。

「そうだ、これまで《赤き権杖》は、扱える者がいないため、宝物庫に仕舞《しま》われていた代物だ。杖に封じられている大精霊と契約した者のみが手にする資格のある杖であり、所有者であった転移者がとうに死んだ今、意味のないアイテムだとされていた」

「ならば、なぜ今更……？」

「魔法都市マナラークのS級冒険者、《軍神の手《アレスハンド》》のコトネであれば、《赤き権杖》の装備条件を無視して扱える可能性があるからだ。王家はマナラークに使者を送り、コトネに《赤き権杖》を譲渡するおつもりだろう」

近年、地方の魔物被害が苛烈になってきた。

少し前にマナラークでも魔王騒動があり、コトネはその討伐に大きく貢献したと、王城にはそう報告がなされていた。王家も、コトネを戦力として期待しているのだ。戦力強化のために加えて、魔物の討伐にあまり積極的ではないと噂の立っているコトネの退路を断つ目的があった。

「《軍神の手《アレスハンド》》がなければ、《赤き権杖》などただの飾り物だ。だが、その飾り物を欲している、金持ちの蒐集《しゅうしゅうか》家はごまんといる。わかるな？」

ボスギンの言葉に、男がニヤリと笑った。

「なるほどな。それでお前達は《赤き権杖》を掠め取るため、コトネを見張るつもりか。だが、肝心なコトネが怖い、そういうわけだ」

「……ああ、そうだ。だが、ロヴィス、お前ならば部下の援助があれば、《軍神の手《アレスハンド》》とも渡り合えると期待している。勿論《もちろん》、オレの部下もいくらでも貸してやれる」

ボスギンの交渉相手の男……ロヴィスは、椅子へと背を倒し、満足気に腕を組んだ。

「わかった、乗ってやろう。だが、無粋な協力など不要だ。お前達は時期がくればマナラークを荒らして、邪魔が入らないようにしろ。フフ……次の相手は、《軍神の手《アレスハンド》》か、悪くない」

ロヴィスは席を立ち、ボスギンへと背を向けた。

「雑兵はお前達で充分だ。《黒の死神》に召集を掛ける必要はないな、俺達はこの三人でやらせてもらう。早速マナラークへ向かうぞ、ダミア、ヨザクラ」

「はい、ロヴィス様」

ヨザクラが応え、ダミアが大きく二度頷いた。

「《赤き権杖》を狙っているのは、オレらだけだとは限らない。気を付けておけ、意外な強者がマナラークに潜伏しているかもしれん」

「それは俺達に言っているのか？」

ロヴィスはボスギンへ背を向けたまま、ひらひらと彼へと腕を振った。

「はっきり言っておいてやろう。ボスギン、俺はお前を殺すつもりでここに来た。お前の提案に乗ってやったのは、《赤き権杖》騒動に興味が出たからだけじゃあない。単にお前への関心が失《う》せたからだ。俺達《黒の死神》は、《血の盃》のように甘っちょろい集団じゃあない。群れて猿の大将を気取っている内に、牙が鈍ったか、ボスギンよ」

番外編◆不死者の監視と酔いどれポメラ

酒場《赤の蝙蝠亭《こうもりてい》》にて、魔王騒動の打ち上げ兼、反省会が続いていた。ポメラはすっかり酔っ払っており、顔が林檎《りんご》のように真っ赤になっている。さすがにそろそろ飲むのを止めた方がいいのではなかろうか。

ポメラはフィリアを膝に乗せ、頭や頬、顎を撫《な》で回《まわ》していた。フィリアは心地よさげにされるがままにしている。

「聞いてくださいフィリアちゃん。カナタしゃん、すっごく酷《ひど》い人だと思いませんか？　ポメラがさっきから結婚してくださいって言っているのに、誤魔化してばっかりなんですもん！」

ポメラが頬を膨らませて俺を睨《にら》む。流れでそんな話が先ほど出たのだ。聖拳ポメラだの言われて散々なイメージが付いてしまったから嫁に行けない、もらってほしい、と。酔って支離滅裂なことを口にしているのだろうと思って流していたのだが、ポメラは定期的にその話をぶり返してくる。

「ポ、ポメラさん、水飲みましょう、水。これ以上のお酒は控えた方が……」

「あー！　ほらー！　また誤魔化したー！　聞きましたかフィリアちゃん、カナタしゃん、酷いですー！　ほらほら、フィリアちゃんも酷いと思いませんか？　面と断るのは嫌だけど、お嫁しゃんにしてくれる気はないから、そんな誤魔化し方するんですー！　三回目ですよ、三回目！　同じ誤魔化し方三回目ですよ！　カナタしゃんは、酔っ払いの相手なんてこれでいいと思っているんですよー！　フィリアちゃんからも言ってやってください！」

　酔って思考が飛んでいるのかと思いきや、意外と記憶はしっかりしている。俺は頭を抱え、机に両肘を突いた。今日を凌《しの》いだら、もう絶対にポメラに酒は飲ませないようにしよう。

　俺自身、酔っ払いポメラの相手をどうすればいいのかわからないこともあるが、周囲の客や店員も奇異の目でポメラを見ている。ポメラの名誉のためにも、二度と酒を飲ませるべきではない。

「フィリアも！　フィリアもカナタ、大好き！　フィリアもカナタのお嫁さんになる！」

　フィリアはポメラの腕の中で、楽し気に手を挙げてそう口にした。

「フィリアちゃんは純粋で可愛《かわい》いですね。でも駄目ですよー！　フィリアちゃんは、ポメラのお嫁しゃんになるんですぅー！　逃がしませんよーだ」

　ポメラが一層激しくフィリアの身体《からだ》を撫で回す。フィリアはきゃっきゃと楽しげに手足を動かしていた。俺はただ、この悪夢の時間が一秒でも早く終わってくれることを祈っていた。

「ポメラも大好き！　フィリア、ポメラのお嫁さんになる！……でもポメラも女だから、どっちもお嫁さんになるの？」

「フィリアちゃん、姿を変えられるんですよね？　カナタしゃんの姿になってもらっていいですか？　それならお嫁しゃんとお婿しゃんですよ！　フィリアちゃん、カナタしゃんに振られたポメラのこと、慰めてください」

「フィリアちゃんに何えげつないことさせようとしているんですか!?　ちょ、ちょっと、ポメラさん、そろそろ冷静に戻ってください！」

　駄目だ、酔っ払いポメラは自由過ぎるというか、無敵過ぎる。

「ポメラばっかりお酒飲んでいて、なんだか申し訳ないです。フィリアちゃん、ポメラのお酒に付き合ってください」

「飲んでいいの？　フィリア、飲む！」

「ちょ、ちょっと、まず……くはないのかもしれませんが、他の人がびっくりしますから！　止めてくださいポメラさん！」

フィリアは実年齢でいえば数千歳である。飲酒しても一切問題はないだろうが、店内の人が皆驚くだろう。問い詰められた際に上手《うま》く説明することもできない。

ポメラは唇を尖《とが》らせ、机の上に顎を付ける。

「じゃあカナタしゃんが付き合ってくださいよぅ。ポメラばっかり酔っ払ってるの、寂しいです」

「いえ……あまり得意じゃなくて……」

「いーじゃないですかぁー！　魔王騒動のことを悪く思っているから、今日は何でも付き合ってくれるって話だったのに！　たのに！　フィリアちゃーん、ポメラ、またカナタしゃんに裏切られました……。ずっと暮らしてきたアーロブルクを出て、カナタしゃんを信じて身一つでついてきたのに、こんな裏切りってあんまりです」

ポメラがわざとらしくおいおいと泣き始める。そ、そこを責められると辛《つら》い。

「わかりました。で、では、ちょっとだけいただきますね。店員さん、新しいグラスを一つ……」

ポメラは俺のグラスに入っていた水を一気に飲み干すと、そこへテーブルの上のワインボトルを手に取って注ぎ始めた。

「えへへー……ポメラ、カナタしゃんと間接キスしちゃいましたぁ。ほらほら、ポメラが注いであげますよー。今夜は飲み明かしますよーカナタしゃん！」

店員が死んだ目で俺達《たち》の方を見ていた。今のポメラに夜通し居座られたくないのだろう。俺は目で合図を返し、どうにか適当に帰りますとメッセージを送った。

そのとき、外から大きな音が鳴った。壁が削れるかのような、そんな音だった。どこぞの酔っ払いが壁にぶつかったのだろうか？

その後、飲み終えては新しく注がれ、飲み終えては新しく注がれを繰り返していた。どうやら、レベルが上がっても全く酔わなくなるわけではないらしい。それなりの酩酊《めいてい》感があった。

「えへへー、ポメラ、今幸せですぅー……。ポメラは、お酒とカナタしゃんとフィリアちゃんが大好きです」

ポメラはフィリアに替わって、ワインボトルを抱き締めていた。

「ポメラさん、そろそろ宿に戻りましょう……」

俺は足がふらつく中、ポメラの腕を摑《つか》み、立たせようとした。だが、酔っていたためか、足がふらつき、ポメラの方へと倒れ掛かってしまった。ポメラはワインボトルを床へとさっと転がし、俺の身体を抱き留めた。

「と……すいません、ポメラさん。俺もちょっと酔っているみたいで」

俺はポメラと至近距離で顔を合わせた。ポメラはぼうっと俺を赤い顔で見つめていたが、突然目を瞑《つぶ》ったかと思うと、ぐっと顔を近づけてきた。

「ちょ、ちょっと、ポメラさん……？　何を……」

俺が呆気《あっけ》に取られている内に、どんどんポメラの顔が迫ってくる。ポメラの唇が、俺の唇に触れそうになった瞬間……急に、世界が途切れた。

気が付くと、俺は椅子に座っていた。

何があったのか混乱した。ポメラはいつの間にやら、机に頭を乗せて心地よさそうに眠っている。

「ポメラさん……？　あれ、え……？　あれ……？　今、何が……？」

おかしい。ついさっき、ポメラが俺にキスしそうになっていたはずだ。俺も酔っていたせいで、半分夢のようなものでも見ていたのだろうか？

ただ、フィリアは、真《ま》っ蒼《さお》な表情で、窓の方を見つめていた。

「フィリアちゃん？　何があったんですか？」

「フィ、フィリア、何も見てない！」

フィリアは激しく首を左右に振った。

「そ、そうですか……。とにかく、ポメラさんを連れて、宿に戻りましょうか」

◆

「あのハーフエルフ……！　カナタにあんな馴《な》れ馴れしく、べたべたと……」

ルナエールは《赤の蝙蝠亭》の窓辺に立ち、店の中の、カナタとポメラの様子を窺《うかが》っていた。

あまり盗み見るのはよくないとはわかっている。わかってはいるが、二人の間に何かが起こるかもしれないと思うと、ルナエールは居ても立ってても居られなかったのだ。

特に今回は酒場である。人間、酒が入れば何かの間違いが起きやすくなるものだ。二人の間に、男女の仲としての何らかの進展があってもおかしくはない。

「なんてはしたないハーフエルフでしょう……！　さっきから、よ、嫁にもらってくださいだのなんだのと……！　やっぱりカナタのことを、そういう目で見ていたのですね！」

ルナエールは指を噛《か》み、その先端から血を流す。黒いローブの頭を押さえて引っ張って顔を隠しつつ、ポメラの顔を睨《にら》み付ける。

その後もルナエールはポメラとカナタ、フィリアの様子を、ただじっと歯噛みしながら見守っていた。興奮のあまりに息が荒くなりそうになるのを、必死に呼吸と気持ちを整えて堪えていた。ポメラがカナタのグラスを勝手に使って間接キスだのとほざいたときには、怒りのあまりに壁に爪を立てて傷跡を付けてしまった。

やがて事件が起きた。カナタが座っているポメラを立たせようと彼女の腕を引いたとき、足を滑らせて彼女の方へと倒れ掛かってしまったのだ。

ポメラがカナタを抱き留める形になり、二人は至近距離で顔を突き合わせる。ポメラはぼうっとカナタを赤い顔で見つめていたが、突然目を瞑ったかと思うと、ぐっと顔を近づけていく。二人の唇がどんどんと近づいていく。

「時空魔法第二十五階位《世界の支配者《ワールド・ルーラー》》！」

ルナエールは咄嗟《とっさ》に、自身が使える最高階位の魔法を展開した。白と黒の巨大な魔法陣が展開され、世界から時間が失われた。《世界の支配者《ワールド・ルーラー》》は時間を止める魔法である。その間、術者であるルナエール以外は、何人たりとも、行動することも思考することもできない。ただ、ルナエールからしても膨大な魔力を消耗する上に、持続時間も不安定である。

ルナエールは一瞬の内に窓を開いて中へ飛び込み、カナタを抱えて椅子に座らせ、素早く背後へと跳んだ。何せ、いつ効果が切れるのかわかったものではないのだ。

窓に向かう途中で、効果が切れた。ルナエールは、たまたま外を見ていたらしいフィリアと、まともに目が合うことになった。

フィリアは驚いた表情でルナエールを見ていた。ルナエールは『黙っておきなさい』という意思を込め、フィリアの顔を睨み付けた。その後、音を立てないようにそっと窓縁を押して閉じ、店の外で身を屈《かが》めた。

「……姿を見られたかもしれませんが、とにかく最悪の事態を回避できてよかったです」

ルナエールは外で一人、小さく安堵《あんど》の息を漏らした。

あとがき

作者の猫子です！　不死者の弟子第二巻、お買い上げいただきありがとうございます！

表紙はポメラ、カナタ、フィリアです！　今回もイラストレーター様の絵がカッコイイ！　フィリアのデザインが凄《すご》く好きなので、表紙に出してもらえて嬉《うれ》しいです！　聖拳様も、お美しい……！

実は後方に、チラっと覗《のぞ》くあの御方がいらっしゃったりします。読者の皆様はお気づきになりましたか？

今回デザインを上げていただいた主要な新キャラは、ロズモンド、コトネ、末女リリーですね！　どのキャラも格好よくて、可愛《かわい》くて、本当に嬉しいです。キャラデザや表紙、挿絵を確認するときが、書籍化作業の中で一番わくわくします。

退場したリリーちゃん以外は下手なことを書くとネタバレになるので何も言えませんが、今後の彼女達《たち》の活躍をお楽しみに！

また、不死者の弟子、コミカライズ始動しております！　オーバーラップ様のＷＥＢ漫画配信サイト、コミックガルドにて無料配信中です！　ぜひぜひこちらもご覧ください！

作品のご感想、
ファンレターを
お待ちしています

あて先

〒141-0031　東京都品川区西五反田 7-9-5 SGテラス5階
オーバーラップ編集部
「猫子」先生係／「緋原ヨウ」先生係

不死者の弟子 2
～邪神の不興を買って奈落に落とされた俺の英雄譚～

発行　2020年10月25日　初版第一刷発行
著者　猫子
イラスト　緋原ヨウ
発行者　永田勝治
発行所　株式会社オーバーラップ
〒141-0031
東京都品川区西五反田 7-9-5
校正・DTP　株式会社鷗来堂
印刷・製本　大日本印刷株式会社

ISBN　978-4-86554-766-5 C0093

【オーバーラップ　カスタマーサポート】
電話　03-6219-0850
受付時間　10時～18時（土日祝日をのぞく）

骸骨騎士様、
只今異世界へお出掛け中
Enki Hakari
秤 猿鬼
illust. KeG
目立たず過ごす――はずだったのに!?
最強の骸骨騎士による
無自覚“世直し”異世界ファンタジー、
ここに参上!!
目覚めると「見た目は鎧、中身は全身骨格」のゲームキャラ“骸骨騎士”の姿で異世界に放り出されていたアーク。目立たず傭兵として過ごしたい思いとは裏腹に、ある日、ダークエルフの美女アリアンに雇われ、エルフ族の奪還作戦に協力することに。だが、その裏には王族の策謀が渦巻いており――!?
大ヒット御礼!
骸骨騎士様、只今、
緊急大重版中!!
OVERLAP NOVELS